悄吟文丛

古耜 主编

读爱，在花开的春野

项丽敏 著

中国言实出版社

图书在版编目（CIP）数据

悄吟文丛 / 古耜主编 . -- 北京 : 中国言实出版
社 , 2017.7

ISBN 978-7-5171-2472-6

Ⅰ . ①悄… Ⅱ . ①古… Ⅲ . ①散文集－中国－当代
Ⅳ . ① I267

中国版本图书馆 CIP 数据核字 (2017) 第 171659 号

出 版 人：王昕朋
总 监 制：朱艳华
责任编辑：胡　明
文字编辑：张　丽
封面设计：张凯琳
责任印制：佟贵兆

出版发行　**中国言实出版社**
　　　　　　地　址：北京市朝阳区北苑路 180 号加利大厦 5 号楼 105 室
　　　　　　邮　编：100101
　　　　　　编辑部：北京市海淀区北太平庄路甲 1 号
　　　　　　邮　编：100088
　　　　　　电　话：64924853（总编室）　64924716（发行部）
　　　　　　网　址：www.zgyscbs.cn
　　　　　　E-mail：zgyscbs@263.net
经　　销　新华书店
印　　刷　北京温林源印刷有限公司
版　　次　2017 年 8 月第 1 版　　2017 年 8 月第 1 次印刷
规　　格　787 毫米 ×1092 毫米　1/32　11 印张
字　　数　200 千字
定　　价　1680 元（全十册）　ISBN　978-7-5171-2472-6

东风吹水绿参差

古耜

以"五四"新文化运动为起点的中国现代散文，已经走过近百年的风雨历程。时至今日，隔着历史与岁月的烟尘，我们该怎样描述和评价现代散文的行进轨迹与艺术成就？也许还可以换一种问法：如果现代散文仍然可以新中国成立为时间界标，划作"现代"和"当代"两个阶段，那么，它在哪个阶段成就更高，影响更大？

在散文的"现代"阶段，屹立着伟大而不朽的鲁迅，仅仅因为先生的存在，我们便很难说当代散文在整体上已经超越了现代散文。但是，如果我们把观察的视野缩小或收窄，单就现代散文中的女性写作立论，那么，断定"当代"阶段的女性散文，是异军突起，后来居上，便算不上狂妄。这里有两方面的依据坚实而有力：

第一，新中国成立后的六十多年间，尤其是进入新时期以来，大陆文坛先后出现了若干位笔下纵横多个文学门类，但均擅长散文写作，且不断有这方面名篇佳作问世的女作家，如杨绛、宗璞、张洁、铁凝、王安忆、张抗抗、迟子建等。她们散文作品所达到的艺术水准，并不逊色于现代女性散文的佼佼者。况且冰心、丁玲等著名现代女作家在步入当代之后，依旧有足以传世的散文发表，这亦有效地增添了当代女性散文创作的高度和重量。

第二，借助时代变革和历史前行的巨大动力，从新时期到新世纪，女性散文写作呈现出繁花迷眼、生机勃勃的宏观态势：几代女作家从不同的主体条件出发，捧出各具特色、各见优长的散文作品，立体周遍地烛照历史与现实，生活与生命；才华横溢的青年女作家不断涌现，其创意盎然的作品，显示了强劲的生命力与可持续性；女作家的性别意识空前觉醒，也空前成熟，其散文主旨既强调女性的自尊与自强，也呼唤两性的和谐与互补；不同手法、不同风格的女性散文各美其美，魏紫姚黄，各擅胜场……于是，在如今的社会和文学生活中，女性散文构成了一道绚丽多彩而又舒展自由的艺术风景线。这显然是孕育并成长于重压和动荡年代，因而不得不执着于妇女解放和民族生存的"现代"女性散文所无法比拟与想象的。

在二十一世纪历史和时间的刻度上，女性散文创作取得了丰硕成果和扎实进步，但也同整个中国文学一样，面临着前所未有的挑战与考验：与后工业社会结伴而来的后现代主义思潮斑驳杂芜，利弊互见。它带给女性散文的，可能是观念的去蔽，题材的拓展，也可能是理想的放逐，审美的矮化，而更多的可能，则是创作的困惑、迷惘，顾此失彼或无所适从……惟其如此，面对五光十色的后现代语境，女性散文家要实现有价值的创作，就必须头脑清醒，坐标明确，进而辩证取舍，扬弃前行。也正是在这一意义上，有一批女作家值得关注——她们出生于二十世纪六七十年代之交，进入新世纪后开始展露才华，并逐渐成为女性散文创作的中坚力量。对于她们来说，现代和后现代主义自然不是陌生或无益之物，但青春韶华所经历的激情澎湃的现实主义和人文主义大潮，早已先入为主，成为一种挥之不去的精神底色。这决定了她们的散文创作，尽管一向以开放和"拿来"的姿态，努力借鉴和吸取多方面的文学滋养，但其锁定的重心和主旨，却始终是对人的生存关切和心灵呵护，可谓鼎新却不弃守正。显然，这是一条积极健康、勃发向上的艺术路径。正是沿着这一路向，习习、王芸、苏沧桑、安然、杨海蒂、张鸿、沙爽、项丽敏、高安侠、刘梅花等十位女作家，不约而同地走到了一起，她们以彼此呼应而又各自不同的创作实绩，展示了当下女性散文的应有之意和应然之道。

习习来自西北名城兰州。她的散文写城市历史，也写家庭命运；写生活感知，也写生命体验；近期的一些篇章还流露出让思想伴情韵以行的特征。而无论写什么，作家都坚持以善良悲悯的情怀和舒缓沉静的笔调，去发掘和体味人间的真诚、亮丽和温暖，同时烛照生活的暗角和打量人性的幽微。因此，习习的散文是收敛的，又是充实的；是含蓄的，又是执着的；是朴素本色的，又是包含着大美至情的。

足迹涉及湖北和南昌的王芸，左手写小说，右手写散文。在她的散文世界里，有对荆楚大地历史褶皱的独特转还，也有对女作家张爱玲文学和生命历程的细致盘点，当然更多的还是对此生此在，世间万象的传神勾勒与灵动描摹。而在所有这些书写中，最堪称流光溢彩、卓尔不群的，是作家以思想为引领，在语言丛林里所进行的探索和实验，它赋予作品一种颖异超拔的陌生化效果，令人咀嚼再三，余味绵绵。

或许是西子湖畔钟灵毓秀，苏沧桑拥有很高的艺术天赋和丰沛的创作才情。从她笔下流出的散文轻盈而敏锐，秀丽而坚实，温婉而凝重，每见"复调"的魅力。尤其难能可贵的是，她的散文远离女性写作常见的庸常与琐碎，而代之以立足时代高度的对自然和精神生态的双重透析与深入剖解，传递出思想的风采。若干近作更是以生花妙笔，热情讲述普通人亦爱亦痛的梦想与追求，极具现实感和启示性。

在井冈山下成长起来的安然，一向把文学写作视为精神居所和尘世天堂。从这样的生命坐标出发，她喜欢让心灵穿行于入世和出世之间，既入乎其内，捕捉蓬勃生机；又出乎其外，领略无限高致，从而走近人生的艺术化和审美化。她的散文善于将独特的思辨融入美妙的场景，虚实相间，形神互补，时而禅意淡淡，时而书香悠悠，由此构成一个灵动、丰腴、安宁、隽永的艺术世界，为身处喧嚣扰攘的现代人送上一份清凉与滋养。

供职京城的杨海蒂，创作涉及小说、报告文学、影视文学等多种样式，其中散文是她的最爱和主打，因而也更见其精神与才情。海蒂的散文题材开阔，门类多样，而每种题材和门类的作品，都具有自己的特色：她写人物，善于捕捉典型细节，寥寥几笔，能使对象呼之欲出；她写风物，每见开阔大气，但泼墨之余又不失精致；至于她的知性和议论文字，不仅目光别致，而且妙趣横生。所有这些，托举出一个立体多面的杨海蒂。

驻足羊城的张鸿，既是文学编辑，又是散文作家。其整体创作风格可谓亦秀亦豪。之所以言秀，是鉴于作家的一枝纤笔，足以激活一批风华绝代而又特立独行的异国女性，尽显她们的绰约风姿与奇异柔情；而之所以说豪，则是因为作家的笔墨一旦回到现实，便总喜欢指向远方，于是，边防战士的壮举、边疆老人的传奇，以及奇异山水，绝地风情，纷至沓来。这种集柔润和刚健于一身的写作，庶几接近伍尔夫所说的文学上的"雌雄互补"？

穿行于辽宁和天津之间的沙爽，先写诗歌后写散文，这使得其散文含有明显的诗性。如意象的提炼，想象的飞腾，修辞的奇异，以及象征、隐喻的使用等，这样的散文自有一种空灵跨踔之美。当然，诗性的散文依旧是散文，在沙爽笔下，流动的思绪，含蓄的针砭，委婉的嘲讽，以及经过变形处理的经验叙事，毕竟是布局谋篇的常规手段，它们赋予沙爽的散文深度和张力，使其别有一种意趣与风韵。

项丽敏的散文写作同她长期以来的临湖而居密不可分——黄山脚下恬静灵秀的太平湖，给了她美的陶冶与享受，同时也培育了她对大自然的敬畏与热爱，进而驱使她以平等谦逊的态度和安详温润的文字，去描绘那湖光山色，春野花开，去倾听那人声犬吠，万物生息。所有这些，看似只是美景的摄取，但它出现于物欲拥塞的消费时代，则不啻一片繁茂葳蕤的精神绿洲，令人心驰神往。当然，丽敏也知道，文学需要丰富，需要拓展，人与自然的关系只是文学的无数话题之一，为此，她开始写光阴里的器物，山乡间的美食，还有读书心得，读碟感悟……这预示着丽敏的散文正由单纯走向丰富。

高安侠是延安和石油的女儿。她的散文明显植根于这片土地和这个行业，但却不曾滞留或局限于对表层事物和琐细现象的简单描摹；而是坚持以知识女性的睿智目光，回眸生命历程，审视个人经验，打量周边生活，品味历史风景，就中探寻普遍的人性奥秘和人生价值，努力拓展作品的认知空间。同时，作家文心活跃，笔墨恣肆，时而柔情似水，时而气势如虹，更为其散文世界平添一番神采。

偏居乌鞘岭下天祝小城的刘梅花，是一位灵秀而坚韧的女子。她人生的道路并不顺遂，但文学却给了她极大的眷顾。短短数年间，她凭着天赋和勤奋，发表和出版了大量散文作品，成为广有影响的女作家。梅花写西域历史、乡土记忆和个人经历，均能独辟蹊径、别具只眼，让老话题生出新意味。晚近一个时期，她将生命体悟、草木形态、中药知识，以及吸收了方言和古语的表达融为一体，形成一种承载了"草木禅心"的新颖叙事，从而充分显示了其从容不迫的艺术创新能力。

总之，十位女性散文家在关爱人生的大背景、大向度之下，以各具性灵、各展斑斓的创作，连接起一幅摇曳多姿、美不胜收的艺术长卷。现在，这幅长卷在中国言实出版社的鼎力支持下，冠以"悄吟文丛"的标识，同广大读者见面了。此时此刻,作为文丛的主编,我除了向十位女作家表示由衷祝贺,向出版社的领导和同志们表示诚挚感谢之外,还想请大家共赏宋人张栻的诗句:"便觉眼前生意满,东风吹水绿参差。"——这是我选编"悄吟文丛"的总体感受,或者说是我对当下女性散文创作的一种形象描绘。

(作者系著名文学评论家、作家)

在自然中生活，以写作修行

我居住的小区里有一位老人家，她在楼下的空地里种了很多花，仅菊花就有七八个品种，还有梅、兰、月季、蔷薇、虞美人、野姜花……

她说她现在已经老了，不用再忙碌地生活，就喜欢种种花，她要让她的园子里一年四季都有花朵在开。每次我拿着相机走进她园子的时候，她都是满面笑容的样子，为有人来欣赏她的园子开心不已。

我觉得我的写作、拍摄，就像她种花一样，我们都是为自己的喜欢而去做。而所做的，若得到了别人的欣赏并从中有所获得——哪怕获得的是片刻心灵的愉悦、宁静，就是一种幸福。

当我说出"幸福"这个词的时候，觉得自己是多么幸运。这个时代有多少人能坦然地说自己是幸福的呢？

　　在我看来，能够不为衣食所虑，有独自的空间做想做的事情就是幸福。换句话说，能按自己喜欢的方式生活着就是幸福。

　　很感谢文字的书写给了我现在这样的生活，它使我的精神总是处于生长的状态，让我对生命中出现的美好事物总是那么敏感，即使物质生活并不富裕也是满足的，内心安宁。

　　这些年来的写作并没有改变我的生存状态，所改变的是我的内心，或者说我的精神。不久前我把博客公告栏里的话换成了"在自然中生活，以写作修行"。这个"自然"是万物生长的自然，也是顺其自然的自然。而"以写作修行"就是以文字的书写不断自我修正，向着明亮的地方日复一日地行走。

　　我的日常生活还是多年以前的样子，就像曾在一首旧诗里写的："很多年了，一个人在湖边，每天修筑自己的园子，每天种植……"但是因为内心感受不同，这样的生活就变成了安逸而非煎熬。

　　我喜欢现在的生活，不缺失什么，也没有多余的赘物。

　　如果现在有一盏神灯在手上，让我说出三个可以实现的愿望，我能说出的就是：让现在的生活持续下去，让我的时间仍然是我的，让我的宁静仍然是我的。

目 录

第六辑 寂静书写者

第一辑

浆果处处

我知道，一旦以自己的心像去理解另一类事物，错误就开始了。但在此时，错误或正确都不重要，重要的是它们感动了我，让我觉得其间有无尽的奥妙和无言的美好。

浆果处处

梦子

梦子就是野草莓，是乡下孩子习惯的称呼。

梦子的颜色，比家种的草莓更红艳，成熟的时候红得近紫，一触即破。捏一枚在指间，稍稍用力，便会化成血液一样的浆汁。

梦子是一种早熟的浆果，三月开花、四月结果、五月红熟。梦子在一个季节里就完成了一生的历程。

梦子天生具有和爱情相同的质地——颜色、形状、味道、生长和成熟的季节，还有它容易受伤破碎的果肉……

再也找不到比梦子更能代言爱情的浆果了。

梦子的花是单瓣的，细小，薄白，一开一大片，花溪一样。如果不是成片地开，梦子的花就不招眼了，即便它是春天最早的山花。

梦子的花几乎没有香味，就算整面山坡都被这些白花坐满，你站在中间，还是闻不到它们的香味。

和梦子红艳的果子比起来，它的花真是太简素了，与美丽无关。但，如果你长久地看着它们，会觉得，它们像极了你儿时的伙伴——单纯，拙朴，一派天真。

有一种白蝴蝶，很像梦子的花，或者，就是会飞的梦子花。这种白蝴蝶总是成双成对地飞着——从草丛飞到小溪，从小溪飞到田畔，从田畔飞到湖边……一边飞一边亲吻，恩恩爱爱，须臾不可分离的样子。

小时候，每逢此景，我会叫住我的伙伴，指着蝴蝶，说：快看啦，梁山伯与祝英台！

梦子的刺长在茎上，极细的刺，扎在手指上，就像被蚂蚁咬了一口，微微一痛。

这刺是梦子自卫的武器吧？如同玫瑰花的刺一样。

可是，这些刺又有什么用呢？它并不能保护梦子的浆果不被摘取，它只是让摘取的手小心了一些。就算被刺中，也没关系，与梦子甜美的诱惑比起来，这些刺儿，不成阻碍。

梦子的刺儿对于梦子，真的是毫无作用。

有一种蛇莓，茎上是不长刺的，但是，没有人去碰它，连鸟儿和蚂蚁也不碰它。它是有毒的莓子。它的毒就在它饱满多汁的果肉里。

蛇莓真是一种聪明的浆果。它知道，那些看起来尖锐，其实脆弱的刺儿，拦不住贪吃的人。只有在身体里喂下于自己无害，而于食者却致命的毒——只有这样，才能保全自己。

五月的第二个周末，摘了今年的最后一次梦子。

又一个春天过去了。

山樱树之果

山樱树也能结樱桃，这是最近才知道的事。

说起来有些惭愧，一个自以为对家乡的风物还算了解的人，竟会有这样的后知后觉，可见一个人对事物的认识多么容易流于片面。

我对山樱树的果子并不陌生，这些年在湖边的山路游走，不止一次地遇见过小红果。小红果密集地缀在树枝上，像极了玛瑙珠子，迎着太阳的光线看，通透可爱，仿佛小红果的心里点了一盏灯烛。

这好看的小红果能吃吗？我有过疑问，未敢尝试，因不认得这种果子，不知道结出果子的灌木是山樱树。

与山樱树也算是认识的——在它开花的时候，每年早春，面对漫山遍野的浅粉花朵，如与故友重逢，会欣喜地迎上前去，与之叙旧，说些别来无恙的话。只是山樱花一落便不再认得了，失忆般遗忘了它的存在。这也难怪，此时人间有更多的树在开花，红的桃、白的梨、粉的杏，一茬一茬，叫人目不暇接，又怎么有心思看那已落花的树呢。

是在四月下旬，谷雨过后的第一个晴天里，方知玛瑙红的小果子原来就是野樱桃。

我喜欢在久雨之后、天刚放晴的日子游走湖边，此时湖岸与山间的树木是清新的，每一枚树叶上都噙了水珠，欲落未落，照着它们的太阳也很清新，仿佛创世之初的太阳。很快，树叶上的水珠会化身为乳雾，聚拢，如一件薄缕覆在山间，袅袅飘移，上升，橘黄的辉光里渐渐散去。

我端着相机在绿荫里走着，呼吸树木的香气，或蹲在一株草花边，用不同的角度拍摄着，时间很快就过去了，等树隙里漏下的阳光变得热艳时，方觉已是近午。整个上午没有喝水的我，顿时感到口渴，就在此时，眼前出现了结着小红果的灌木。

灌木的叶子是长卵形，新鲜的翠色，繁茂得很，若不是在近处，还真不易发现叶间一簇簇的小红果。我本能地吞咽下口水，走过去，听见有个声音在耳边说：吃吧，吃吧，没关系，这小红果是野樱桃。

野樱桃！心里顿悟般惊呼了一下，是啊，这结着小红果的灌木不就是山樱树吗，三月的第一个周末，我曾来过这里，站在这个位置，拍过它满枝浅粉红的花朵呢。

这真像是大自然有意馈赠的美味——在我口渴之时，将一树野樱桃置于我的面前。我也毫不客气，踮起脚尖，牵过一根果枝，采摘起来，摘一把，塞进嘴里，未及咀嚼，津甜的浆汁顷刻溢满口腔。

很有意思的是，在我摘吃野樱桃时，有几只黄莺在旁边的树上，不停地飞起、落下、飞起、落下，连声叫着，声音大而急促，像在嚷嚷：不得了，不得了，来了一个坏蛋，吃了我们的果子。

寒莓茂盛

近来集市上有卖野果的，并不多，遇见了就赶紧走到跟前，怕别人跟我抢似的买下，也不还价，拐枣、羊桃、野柿子、八月炸、九月黄……野果虽其貌不扬，味道却是纯正的，比超市里光鲜的水果更吸引我味蕾。

买它们的另一层原因也是出于怀旧，这些野果对我来说就是童年时光，无论过去多少年，只要看上一眼，哪怕是图片上看见，也觉得亲切，不用吃，妙不可言的滋味就会在记忆里反刍、弥漫，在舌尖漾开。

有些野果集市上是买不到的，比如寒莓，不知道为什么没有人去采寒莓来卖，可能是它太常见了吧，常见的东西容易让人轻慢，觉得不值什么。

寒莓这种野果确实是太寻常了，晚秋初冬时节，只要是走进一条山路，目光随意一撩，就在路边看见它，与金黄的斑茅纠缠在一起，或在落尽叶子的灌木林里四处蔓延，如红玛瑙的攒珠串，密集地垂挂着。

寒莓为蔷薇科，悬钩子属，和春天的四月泡、树莓子是近亲，色与味都差不多，只在形状上有些区别：四月泡和树莓子是单生子，独个儿缀在枝间；寒莓则是簇生，聚集成团、成串。摘一串下来，一粒粒地数着吃，吃着吃着，就忘记数了。

寒莓成熟之时是秋色最为华美的时候，每逢此际，就想起普希金的《秋之韵》：忧伤的季节！眼睛的陶醉！我喜欢你道别的美丽——我爱大自然豪华的凋零，森林换上了红色和金色的外衣，林中是风的喧嚣和清新的气息，天空覆盖着波浪般的阴霾，有罕见的阳光、早来的寒冷，还有白发的冬天远处的威胁。

这样的诗句不像是诗人写出来的，更像是上帝的创造，有着自然天成的生命律动。在心里默诵着诗句，沿着水杉和枫香以落叶铺成的小径进入山林，在一只翅膀有些残破、身姿仍旧敏捷的蝴蝶的引领下，忽紧忽慢，越走越深。

阳光如金箔，将蝴蝶的翅膀镀上一层安谧的光，隔一阵子，风便送下几片褐红和金黄的叶子来，叶子以蝴蝶般轻盈的身姿落下时，空中就有梵音升起，在树梢上空长久地回旋。

走着，听着，用相机捕捉着，忽然觉得走不动了，像被一个亲熟的友人拦腰扯住，定睛一看，可不是嘛，那扯住自己的正是亲熟的旧友——童年的伙伴——秋阳下分外诱人的寒莓。

和其他悬钩子属的植物一样，寒莓的枝条上是暗藏着刺的，它以刺来保护自己，也以刺和那些经过它的事物打着招呼，若不及时停下，就会被它的刺勾住，亲密又凶狠地咬上一口。

寒莓茂盛之处必有鸟声和流水。寒莓喜阳光，也喜潮湿，而鸟儿们聚集在此则是为了取食，"删繁就简三秋树"，万物收敛的季节，林子里可吃的东西已不多了，而大自然却是恩慈的，在山林的低处，流水的近旁，特意为鸟儿们备下丰足的美味。

直到十二月，大雪落下之前，寒莓都是鸟儿们最好的食物，当然也是我的——当我在山林漫步感到口渴时，就摘下一串，像鸟儿们一样，坦然享受这大自然甜美的赠予。

五味子

图片库里有一张野果的图片，前年初冬拍的。这野果能吃，小时候吃过很多，俗名叫"秤砣"，只是不知道它的学名。昨天偶然就知道了，学名叫"五味子"。

原来五味子就是它啊。

今年春末夏初时，有放蜂人运了蜂箱和帐篷到这里来，问他怎么这么晚才来，花早开过了呀。放蜂人说，不晚不晚，现在正是五味子开花的时候，我是来采五味子花蜜的。

放蜂人说这话时，手向身后的山坡指了指。顺着放蜂人的手向山坡看去，满眼青翠，并没有看到花。

放蜂人不是本地人，他怎么就知道这山中有五味子花呢？看来做一个放蜂人也是"术业有专攻"的，除了会养蜂割蜂蜜制花粉，还得在心里存着一卷百花地图册，什么地方有什么植物，什么季节开什么花，都瞒不过他。

对这一带的山野植物，我自以为是比较熟悉的，却怎么想不起五味子花的样子，也难怪，我对这些植物的认识，就像对同一条街上生活多年的邻居的认识，知道他们的容貌、声音，却不知道他们的姓名称谓。

没有同邻居进一步交往的愿望，不知道称谓也没有关系，但对山野的植物，我还是希望自己能认识得具体一些，能记住更多的植物名，这样，在山中行走拍摄时，就可以一路叫着它们的名字，那将是多么快乐和自豪的事。

五味子的俗名真是俗——"秤砣"，听起来一点也不像是能吃的东西，毫无美感，不过用在它身上倒是形象，成熟的果子沉甸甸地坠在藤蔓上，可不就像秤砣压在秤杆上嘛，只不过秤砣是黑色，而五味子的果子是红色，生铁在锅炉里烧化了的那种红。

成熟的五味子有香气，并不浓郁，凑近了才能闻到，味道也是淡淡的，山泉水般清冽的甜。

除了甜，五味子没有别的味道了，不像覆盆子，甜中还带着酸。不知道凭什么给它冠以"五味子"这样的学名，"五味子"给人的印象是五味杂陈，如同尘世复杂的生活。也许晒干入药后，它的味道就是另外一种了，与名字相称了。

《神农本草经》将之五味子列为上品，说它有"收敛固涩，益气生津，补肾宁心安神"的功效。我的记忆里并没有人采它制药的印象，只知道它熟透的果子可以吃，味道不错，就算不想吃了，摘几个挂在窗边也很好看。

说起来植物都是可以入药的，以根茎，以果实，以花以叶，对人类身体起着修残补缺的作用。

小时候我也采过草药，在周末或暑假不用上学的日子，跟着大人上山采，采得比较多的是冬青叶、马齿苋、野山楂，还有一种俗名叫"牛奶梦子"的树莓，趁它还是青色的时候摘下，晒干了卖给药店。

有一年暑假，我把卖草药的钱照例交给我妈，我妈没有像以往那样把钱接过去，而是让我自己去买一双凉鞋。

开学了，我穿着新凉鞋去学校，很得意，很有成就感。

要是那时知道"秤砣"也是中草药，且是药中上品，就舍不得吃了，晒干拿到药店，至少能换回一条花裙子。

柿子红了

降霜了，又到了吃柿子的时节。

小时候——大概是五六岁的时候，去小伙伴家玩，小伙伴家正在吃柿子，主妇弯着腰，衣袖挽得老高，从盛着草木灰的木桶里往外掏，掏出一只柿子，先捏一下，再放到嘴边吹，把沾着的灰吹干净，递给围在身边的孩子。七八个孩子手里全捧着柿子了，主妇直起腰身，拍拍手说好了好了，到外面吃去，别把汁弄到身上。

孩子们欢呼着跑开，主妇这才看见我站在一旁眼巴巴地望着她。哎呀，我看看还有没有。主妇说着又把手伸进木桶，掏了好一阵子，又空着手出来。

你在这里等着，我去摘几个。主妇不忍看我眼睛里深深的失望，转身去了后院，很快回来，手里捧着几个柿子。

这是几个又黄又硬的柿子，不像刚才从灰里掏出来的，那么红，一捏就有一个软软的窝。主妇用手帕将柿子包起，让我捧在怀里，说，这柿子还没熟，拿回家让你妈放灰里焐着，焐软就能吃了。

我把柿子捧回家，却不敢交给我妈，我妈早就跟我说过，不准拿人家的东西，不准吃人家的东西。

怎么办？要不，自己找个地方把柿子焐起来吧。

先去厨房里找草木灰，真不巧，锅灶下空空的，草木灰叫我妈给清理了。我着急起来，没有草木灰，这些柿子放哪里焐呢？

后院角落里有堆沙子，堆那里很久了，也不知是干什么用的，没有小伙伴一起玩的时候，我就一个人蹲在沙堆跟前，挖沙坑，垒沙堡，可以玩出很多花样来，玩很久也不觉得闷。

要不就把柿子埋沙堆里焐着吧？

柿子埋进沙堆后，我很兴奋，又不安，那堆沙在我眼里不再是从前的样子了，它有了光，是"秘密"散发出来的光。

我是个有秘密的孩子了，这秘密让我的小小的心变得敏感起来，有了惦念和盼望。每天趁着大人不在家时，我就把沙堆刨开来，看那些柿子还在不在，用手把柿子轮番捏一遍——捏不动，还是硬得像块石头，就又把柿子埋进沙堆。

过去几天，柿子还是没有软，也没有变红。我有些按捺不住，太想吃这柿子了，我还从来没有吃过柿子呢。

又过了两天，我挖开沙堆，拿出柿子，用手捏，觉得变软了一些，可颜色还是黄的，熟了没有呢？先吃一个试试吧。费力地剥开柿子皮，咬一口，呀，好涩！赶紧往外吐，却怎么也吐不尽，嘴巴厚厚的，满嘴都是细小的颗粒，舌头也变得不听指挥了。

柿子果然还没有熟，估计表皮的那一层软是叫我捏出来的。要焐到什么时候柿子才能变熟呢？我知道熟透了的柿子很甜，"又甜又软，又滑又糯，一吸进嘴里就化掉了"——这是小伙伴告诉我的。

那天下午，我妈把我叫到跟前，拿着一块手帕，问，这是哪里来的？

那是主妇给我包柿子的手帕，柿子埋进沙堆后我就把它丢一边了，忘记送回去。我不敢说谎，低着头，用认错的语气把手帕的来历告诉我妈，把埋柿子的沙堆指给她看。

怪不得整天蹲在这里，真是好吃不要人教啊。我妈装作很生气的样子，又忍不住笑了起来。

　　我妈把手帕洗干净了，送到主妇家，道了谢，去田里捡来一根芝麻秸，截成牙签大小，沿着柿蒂边插进去，把柿子挨个儿摆在窗台上。可怜那几只柿子已被我捏得满是指印，凹一块，凸一块，委屈地蹲在窗台一小片太阳地里。

　　真是奇怪，过了一天，窗台上的柿子就变红了，皮也薄了，深吸一口气，能闻着一股清甜的香气。

　　又过了一天，能透过薄皮看见里面诱人的果肉了。

　　到第三天，我妈从窗台上拿起柿子，拔掉芝麻秸，揭开蒂盖，顺着蒂盖口把皮剥下一小半，再把柿子放进汤碗里，搁进一只茶匙，递给踮着脚尖、早已止不住口水的我。

浆果处处

　　十二月，一年中最后的月份。生命的能量在这个月份应当收敛于内，色素归于冷凛、简净。在山林中，十二月的我却奇遇了春天般的景致。

　　这春天就在山林的幽秘深处。

　　我记得那天的日期，十二月三日，午后。阳光也是春天的——温和的阳光。山风拂衣扬发，松鼠和野兔不时出没，一对对的鸟儿在我眼前做着孩子们常做的游戏——追逐、斗嘴、啄弄，转而又一起飞入丛林。不觉中我跟着它们，一步一步进入了山林深处，手里的相机一直举着，对着一棵棵造型怪异的树。这些树我都叫不出名字，看起来总有几百年的岁数了，身上缠绕的藤有手臂的粗壮，虬结百态。

一座山林里究竟会有多少故事和传奇？没有人会告诉我。但我只要留心看一看每棵树生长的姿态，听一听鸟儿们在草丛和枝头发出的声音，就会知道，每时每刻，这座看起来很安静的山林都有故事在发生。

我总是以自己的心像去理解一棵树与另一棵树的故事。比如两棵相缠的树，我觉得它们是一对热恋中的爱人，再比如一棵伸出长长树臂的树，我觉得它是在向另一棵树求取谅解和宽容。我知道，一旦以自己的心像去理解另一类事物，错误就开始了。但在此时，错误或正确都不重要，重要的是它们感动了我，让我觉得其间有无尽的奥妙和无言的美好。

忽然，脚胫锐痛，裤子被一根有着尖细刺芽的荆棘扯住，低头，见裸露出的小腿已被拉出几道血痕，血珠渗出细细的一排。而那荆棘仍是不依不饶地拽着我，执意不肯放开。我把相机放入口袋，弯腰，小心地解开荆棘，就在此时，发现脚边有一枚一枚、无数枚的红星星，躺在宽大的绿叶丛中。

我不敢再走动了，怕踩伤这些看起来很脆弱的红星星。目光顺着脚边伸延，才发觉山林的地面，无处不被这结着红星星的藤蔓覆盖，密密实实。我在瞬间回到春天，回到满山都是野草莓的五月。这些红星星是和野草莓一样的浆果，形状滋味都一样。

在山林中，我还遇到另一种树生的浆果。浆果很少了，被鸟儿们吃得差不多了，只剩下四串，可能是鸟儿们特意留下款待我的。这种浆果小时候吃过，名字叫癫葡萄。那样子确像一串串的葡萄，颜色和味道则像春天的红樱桃。红果晶透的薄皮下储足了浆汁。摘一粒入口，童年的味道在舌间四处奔溢。

　　山林最美的部分总在它的深处。如果不走进山林的深处，只是站在山林的外面观望，就永远不会知道山林内部的秘密，不会知道还有一个如此盛美的野浆果地在此繁衍，不会知道在十二月的冬天，还有春天般的景致和滋味。

神仙汤，氽汤肉

神仙汤，顾名思义，就是神仙才能吃到的汤，或者是吃了以后快活得不得了，两腋轻盈，简直就要离开地面飞升而起的汤。

但凡和神仙沾边的东西都是好东西，用现在的话来说就是"高大上"，普通人恐怕一辈子也无缘得见，更别说吃了。而我小时候就经常吃这种汤，我的父亲、爷爷、祖爷爷，也经常吃这种汤。

那么神仙汤究竟是怎样一种汤呢？

其实神仙汤一点也不"高大上"，非常亲民，烹制的过程也不复杂，5 岁至 100 岁的人均可操作，两分钟就可搞定。

具体的操作步骤如下：

1. 从热水瓶里倒一碗开水；

2. 往开水里加适量盐、酱油和猪油（麻油亦可）；

3. 撒几粒葱花，用汤勺拌匀后即可食用。

看，是不是很简单，再也没有比这更简单的食物了吧。

这样简单——甚至是过于简单的东西，按说无论如何也配不上"神仙汤"这个美称的，但是，实实在在，我们那里的人就是这么称呼它，隔三岔五地做上一碗，用勺子一口一口地往嘴里送，美滋滋地吃着、喝着，一幅"快活似神仙"的样子。

大道至简，食物也是这样吧。所谓至味，并不在于食材的稀有和烹制方法的繁复，而在于食者是否有享受食物的心境，是否有一个朴素而又易于满足的胃口。

神仙汤之所以这么受欢迎，除了因为它的滋味鲜美，最主要的，还是因为它制作快捷，不消耗燃料。

乡间的燃料就是柴禾，每家门前都堆着柴禾垛，一垒一垒，整齐地靠着院墙，阳光打在上面，发出腊肉一样干燥又油润的光泽。这些柴禾都是从山上砍来的，除了费一些力气，不需要化什么本钱，似乎可以随意地取用。

事实并非如此。徽州虽然多山，多林木，却也不是取之不竭的，围绕着村庄的群山，打眼看去绿意葱茏，一旦走进，就会发现内部已然虚空。树木不像庄稼，一年长一茬，一棵树苗长成碗口那样粗，和一个孩子长成青年所需的时间相差无几，而村里人家过日子每天都要烧柴，一代代，几十年、几百年地烧下来，再怎样茂密的山林也有捉襟见肘的时候。

为了省柴禾，在乡间，中午通常是不生火做饭的，就用热水瓶里的开水做一碗神仙汤，泡进几块锅巴，或把早晨吃剩的饭泡进汤里，挟一点腌菜或辣椒酱在上面，热乎乎地吃下去，不仅省了柴禾，也省了不少时间。

乡间的生活虽然散漫，不用把时间卡得那么紧，但有时候——尤其是农忙的时候，时间也会变得极其重要，半点也耽搁不得，这样，两分钟即可得的神仙汤就变得很受待见。

按现在的饮食标准，神仙汤是过于清汤寡水了，没有营养，再说汤里没有鸡精没有味素，味道能好到哪里去呢？

但是神仙汤的味道确实是不凡的——即使我之后吃过内容更为丰富，制作也更为复杂的汤，相比小时候吃过的神仙汤，仍不能企及。只是，现在如法炮制一碗神仙汤，味道却又不是记忆中的——不知是我的心境变了，还是食材不如从前的缘故。

现在的食材不如从前已是公认的事，调味料也是如此，比如酱油，已闻不见它的酱香，还有猪油、麻油——现在的猪油和麻油只是模样没变，那极其诱人的油脂香气是丁点也没有了。

神仙汤再怎么鲜美，终究是上不得台面的，家里来了客，留人家吃饭，总不能端一盆什么也捞不上来的清汤在饭桌中间，殷勤地对客人说请吃请吃，不要客气这样的话吧。

逢到这样的时候，简约版的神仙汤就得升级了，至少得打几只鸡蛋，在饭头上蒸熟，蒸成蓬松的有很多蜂窝眼的糕状，用刀划成小方块，倒进刚做好的神仙汤里。黄灿的鸡蛋糕在深红色汤液中或沉或浮，翠绿的葱花点缀其间，看上去还是蛮体面的。

逢到过年过节或办喜事的时候，神仙汤又得升级，升成豪华版。豪华版的神仙汤就不叫神仙汤了，改名籴汤肉。

籴汤肉有多豪华，看看它的原料就知道——新鲜的里脊肉，新鲜的猪肝，新鲜的板油，新鲜的猪血旺。之所以强调"新鲜"二字，是因为做籴汤肉通常是家里刚杀过一头猪之后的事，从猪变成肉，再变成锅里诱人垂涎的汤，前后不过半天的工夫。

除了来自于猪身上的这些原料，做籴汤肉少不了的还有一碗水豆腐，辅料则是酱油、米醋、葱姜、山芋粉，当然还有盐。

做籴汤肉的工序如下：

把里脊肉和猪肝分别切成薄片，加盐、酱油、姜末，略微搅拌，再加调成水糊状的山芋粉，拌匀。

把板油切成片，入热锅熬。

最喜欢听熬油的声音，吱吱吱，吱吱吱，尖细的叫喊，不知道是痛苦还是快乐——当然，在我的耳朵里听起来，这声音表达的是一种快乐——美食当前，除了快乐再也没有别的了。

板油入锅后很快就成了液体，金黄色油渣浮在上面，扁而瘦，不停颤动，此时可以加水了，水量视食者的多少而定。

加水到油锅里是需要十分小心的事，即便小心，那"滋啦"的一声响仍是惊心动魄，似一场小小的起义。水烧沸后，把猪血旺切成片，与里脊肉、猪肝一同下到锅里，煮片刻，加进水豆腐、适量的盐。

汤煮开即可起锅，起锅前加入适量酱油和米醋以提味，最后撒葱花。

一锅汆汤肉做好不过一刻钟。在荤食里，这道菜算是最为快捷的了，过程也不复杂，只是对食材的时鲜度比较讲究。

汆汤肉起锅后，热腾腾的肉糜之味在葱姜的衬托下无法控制地弥漫开来，村庄浸在一片浓郁的荤香里，那香是好日子才有的香，是富足的，沉坠的。

这香气使人既幸福又不安，整个魂魄都被它揪住了，觉得非吃不可。在物资匮乏的年代，食味之美使人无法抵御，瞬间就变成了它的俘虏。

我家做汆汤肉一年里也不过三四回。端午节一回，中秋节一回，此外就是腊月里杀年猪时做一回。端午和中秋做汆汤肉的原料是从村里杀了猪的人家买来的，买的不多，做一小盆汤，勉强够家里人吃。而到了杀年猪这天，做汆汤肉就改用大锅了，极其阔气的场面，沸腾不已的汤汁简直要漫出锅来。

父亲将做好的汆汤肉盛进十几只碗里，吩咐我一碗一碗端到前院的大晒场，递给一早就坐在那里晒太阳的老人手上。

汆汤肉的肉质细腻，口感滑嫩，很适合老人吃。

前院的老人全端着碗吃氽汤肉了，我也在吃，身边的杀猪佬也在吃。估计杀猪佬有一只特大号的胃——他吃氽汤肉不是用碗，而是端着我家最大的汤盆，呼噜呼噜往嘴里倒。

几十年很容易就过去，那些坐在太阳地里吃氽汤肉的老人们相继走了，不在世了。杀猪佬也不再干杀猪的行业——老了，杀不动了。再说村里也早已不养猪——走遍整个村子，看不见一头猪。

没有猪的村子确实干净了很多，路上没有猪粪，空气里也没有猪栏臭烘烘的味道。只是，不知为什么，这干净总使人感到萧条，仿佛无端被抽走了很多生气。

不知从何时开始，豪华版的神仙汤——氽汤肉又改了名字，成了当地农家乐的冬令名菜：杀猪汤。也不知这菜名是谁起的，有股子粗野气，一点名菜的风范也没有，不过听了几次之后也就顺耳了，甚至勾起了怀旧的胃口，令多年不碰猪肝的我也忍不住想着，什么时候去吃一次。

但我终究没有去。怀旧只是一种情绪，而情绪则是捉摸不定的东西。与其去吃，不如把怀旧的味道保留在记忆里。

吃点心

吃点心通常指正餐之外的补给，或是用来待客的礼数，家里来了远客，泡上一杯茶，端上点心盒，盒子里装着本地产的糕点果饼。客人推辞不过，从盒子里拈一块在手上——也只是做做样子，不会真吃多少。

在我们本地的方言里，吃点心却不是这意思。日头过午，村里人在路上碰了面，打招呼时总要问一句：点心个吃过了？

"点心"指的是中饭，"个"是有没有、是不是的意思。

本地方言的问句常有"个"字——个来了？个走了？个好吃？个难看？

把吃中饭说成吃点心，听上去挺诱人，仿佛食物的内容有许多花色，制作精巧细致。而实际上，本地人的吃点心是很随意的事，内容大多是无须在灶头深加工，开水冲泡即可入口的速食，比如锅巴、冻米、炒米粉。

茶泡饭也是点心里的主角。

茶泡饭做起来很简单，把早晨吃剩的米饭舀一些在碗里，再把热腾腾的茶水浇在米饭上，浸没米饭为止。

泡饭的茶水是绿茶，清早沏在大茶壶里的，已喝过几道，茶汁不那么浓酽了，香气和清甜味还在，续上开水，用来泡饭最好。

黄山是名茶之乡，产黄山毛峰和太平猴魁，一代代的人以茶为业，为营生。日常的饮食也是离不开茶，每日早起，第一件事就是烧水泡茶，家家户户如此，把茶喝足了，喝得额头冒热气，每个毛孔都打开，再开始干别的。当然，最上品的茶自家是舍不得喝的，得拿到市场上去换钱，留着自家喝的是老茶片，没有看相，味道倒不比上品茶差，还更耐泡些。

茶泡饭的味道就是粗茶淡饭的味道，也是生活最为本质的味道。

粗茶淡饭没什么不好，从养生学上来说，粗茶淡饭更利于身体的健康。不过本地人——尤其是在乡村劳作的人，口味都是偏重的，嗜咸，嗜辣，不习惯吃过于清淡的食物。在田间地头干活，面朝黄土背朝天，流汗多，不吃咸一点哪来的力气呢？

于是，吃点心——尤其是吃茶泡饭的时候，必然得配上自家腌制的咸菜。

咸菜是四季都有的，腌萝卜，腌白菜，腌辣椒，腌豆角，腌黄瓜，腌生姜，腌大蒜……地里种的蔬菜，吃不掉的几乎都可以用盐腌渍，压上石块，封装在大大小小的土陶罐子里，吃的时候打开，捞一把上来。有这些佐餐，再清淡的食物都会变得有滋有味。

吃点心也不光是利用"剩余价值"。到了秋天，刚收获下来的番薯和北瓜也会成为点心的主要内容。

番薯和北瓜是不能用开水泡着吃的，而是烀着吃。

烀是烹制食物方法中较为简易的一种，把食物原料洗净，入锅，加水煮，水量不宜太多，也不宜太少，最好是食物煮熟了，锅里的水也刚好烧干，此时便可退去柴火，留几颗红枣样的火煤子在灶洞里，收去食物的水分，保持食物的温度。

我最喜欢的点心就是烀番薯和北瓜，即可当菜亦可当饭，中午放学回家，揭开锅盖，早已烀熟的番薯和北瓜懒洋洋地靠在一起，色泽浓艳，冒着温热又甜蜜的香气。

直到现在，番薯和北瓜仍是我钟爱的食物，整个秋冬季节，差不多每天都在吃它们，烀、烤、和大米一起煮粥、蒸熟了晒干当零食——怎么也吃不厌。

如此简单，又如此真味，食物如此，生活也是如此吧。

萝卜瓜、捋菜和冲菜

徽州常吃的冬腌菜有萝卜瓜、捋菜和冲菜。

萝卜瓜是萝卜腌成的，捋菜、冲菜是雪里蕻和白菜腌成的。制腌菜的时间要把握好，不能太早也不能太迟，最好在降过一两场霜后。

霜在夜间降下，静悄悄覆在瓦上、光秃的树枝上、庄稼地和空旷的田野上，薄白的一层，像柿饼外面裹着的糖粉。太阳一出，霜就化了，变成细细的水珠子，很快就消失，也不知它是升上天空还是钻到什么地方去了。庄稼地里的那些蔬菜——白菜、萝卜、菠菜、雪里蕻，经霜之后立马变甜，这是很奇妙的事，让人怀疑那些白霜果真就是糖粉，一经融化，被菜蔬大口大口吞进身体里了。

经霜后的萝卜可以当水果生吃，尤其是萝卜心，津甜爽脆，味道不输于梨。切成薄片的萝卜煮汤吃最鲜美，切成细丝用酱油炒着吃也不错，不过这样吃法只能是上冻前——萝卜的水分太足了，当气温低至零下，河里的水结了一层厚冰时，萝卜体内的水分也会冻住，使萝卜坏掉。坏了的萝卜从外面是看不出来的，在刀板上切开，就会发现里面已是面目全非，不能再吃。于是在乡下，萝卜收获后大多腌成了萝卜瓜，这样可以吃上小半年，吃起来也方便，打开陶罐，移开压在上面的石头，抓上一碗，也不用下锅炒，讲究些的浇几滴麻油，略拌一下，就可以摆到饭桌上去。

下霜的日子都有好太阳，也有风，风把天空打扫得干干净净，蓝得像刚染出来的绸布，光滑清澈，这样天气做冬腌菜最好，把收回来的萝卜白菜雪里蕻在河里洗净，沥干水，然后在太阳地里摆上两条长板凳，架起大竹匾，把刀板放在竹匾里，人坐在竹匾跟前，萝卜白菜也堆在跟前，堆成小山，等着人用刀切。

过去的人家通常有七八口人，这么多人吃饭，冬腌菜就不能做少了，光是切菜就得切上小半天。萝卜要竖着切成瓣状，白菜要斜着切成丝状——做冲菜只要白菜的菜秆，余下的菜叶要么喂猪，要么和雪里蕻一起腌制成掯菜。

切菜是家中女人的事，邻居家女人有空也会端着刀板过来帮着切，到了邻居家做腌菜的日子，这家女人再过去帮忙。女人们凑在一起总是话多，手里忙着，嘴巴也闲不下来，交流彼此做腌菜的经验，说家里鸡毛蒜皮的事，少不得要抱怨几句，然后再说说张家长李家短的闲话。说闲话时音量会降低，怕旁人听见似的，要么把切菜的刀停下来，身子倾过去，脖子伸得老长，附到对方耳边，唧唧咕咕好一阵子。

萝卜和白菜秆切好后要摊在竹匾里晒上两天，太阳下山时也不用收回家，就让它们露天放着，吸收夜气，这样腌出来会更好吃。腌揾菜的雪里蕻下河之前已晒了两个日头，洗净后不用再晒，也不用切碎，晾一下就可以腌制了。

揾菜是方言的说法，用普通话说就是酸菜。腌揾菜得用脚踩，是力气活，先在半人高的瓦缸底下洒一层粗盐，码一层菜，再洒一层粗盐，码一层菜。每码一层都要用力踩，把菜汁踩出，把盐踩化渗到菜里去。如此一层一层地码，一层一层地踩，高度升至瓦缸胸部时，便可停下，搬几块扁而光滑的大石头压上去，将踩好的揾菜压得严严实实。

踩揾菜是家里男人的事，最好是有一双汗脚的男人踩，据说这样腌出来的揾菜脆生生，味道也特别鲜美。若是换了女人来踩，那揾菜很快就发酸，吃一口，牙帮子都要酸得掉下来，也不知是什么原因——可能是女人的脚力不够，没有把菜踩透，或是别的无法解释的缘故吧。

我家腌揾菜很少用雪里蕻，只用白菜，奶奶在世的时候，家里也只有五口人，不用特意种雪里蕻来腌，把地里吃不掉的白菜腌上一缸，再腌一罐萝卜瓜，一罐冲菜，就够整个冬天吃的了。

切好的萝卜瓜和冲菜在日头下晒着时味道很好闻，那味道是阳光和植物相亲相爱、相互渗透后散发的，静谧又朴素，恬淡又浓郁，闻着很使人安心。

日晒夜露两天后，萝卜瓜和冲菜就可以腌制了。和腌掴菜不同的是，除了盐之外，腌萝卜瓜和冲菜还需要添加别的辅料，要有磨得细细的辣椒粉、八角粉，还要有黄姜白蒜，再备一些炒熟的黑芝麻。

黑芝麻是拌在冲菜里的，腌好的冲菜光是闻着就很香，有人干脆就叫它香菜。

在乡村，整个冬天差不多就是这些腌菜当家，上顿下顿，餐餐离不开。有了这些冬腌菜，即便是大雪封门也不用担心没菜吃了，去后院的大瓦缸里掏一棵掴菜，放进豆腐、山芋粉丝，咕嘟咕嘟炖上一大锅。要么在陶罐里抓一碗冲菜，把豆腐干、冬笋切成丝放进去热炒。冲菜和掴菜炖排骨也很好吃——不，是太好吃了。腌菜的咸香和肉的荤香融合后，彼此衬托、相互弥补，制造的香味使人满口生津，无法抵挡，简直是非吃不可。不过这种吃法太奢侈，平常的日子很少有，只在过年的时候才能吃个够。

说来也怪，平常的日子里最盼的就是能吃上荤腥鱼肉，而到了过年，满桌子荤腥鱼肉时又吃不下了，家里的老人把这叫作年饱，为了能吃下饭，就仍是端一碗腌菜上来，闻着腌菜的味道，满胀的肚子突然就空了，变得饥饿，胃口一下子打开。

春后，天气转暖，没吃完的腌菜酸度迅速提升，弥散出发酵过度的味道来，这时就得把它们从瓦缸坛罐里捞出，沥去水分，日头下晒干。晒干了的腌菜仍可以做菜吃，嘴巴寡淡无味时，抓一把慢慢嚼着，也是很有滋味的。在过去物资匮乏的日子里，每一样食物都被人们珍惜着，巧妙地享用。而如今，物质相对丰富的当下，食物反而得不到应有的尊重和珍惜了，被反复挑剔，大量浪费着。

生活的底味

盐和齑是两种物质，当他们组合成词语时，就代表一种朴素的生活方式，比如"朝齑暮盐""齑盐布帛"。

明代文学家冯梦龙在《警世通言》里造了一个成语，"齑盐自守"，字典中对它的解释是：比喻坚持过清贫淡泊的生活。

在我们太平，有一种常吃的干菜就是这两个字：盐齑。

准备写盐齑的时候查了一下资料，看看别的地方是否也有叫作盐齑的东西，结果发现还真有，就在一衣带水的江浙地区，只不过所指之物略有出入——他们说的盐齑指的是我们这里的挿菜（酸菜）。而我们说的盐齑是江浙一带人所说的霉干菜，也就是煮过之后晒干的挿菜。

在乡间，过日子的人家屋里少不得要有几只干菜坛子，放在储物间或低矮的阁楼上。干菜坛子是陶制的，两头细中间粗，像个发了福的人。坛子里装着干笋、干蕨、干豆角、干萝卜、干苋菜……林林总总，其中个头最大的坛子是专门用来装盐齑菜的。

春分之后，未吃完的捋菜起出大瓦缸，放进铁锅，把橄榄色浮着泡沫的腌菜水也舀出瓦缸，倒入锅内，将捋菜淹没，生火煮。

水煮开后便可将猛火退去，捋菜在锅里焖一下，然后捞起，一棵棵从中间分开，横搭在竹竿上，屋檐下晒着。

锅里剩下的腌菜水不能倒掉，用盆子装起来。竹竿上的捋菜晒至大半干时就可取下，放进铁锅，把之前的腌菜水倒进去，复煮一次。第二次煮的时间仍不能长，水煮开即可，之后仍是微微火焖在锅里，个把小时后再捞起，依旧横搭在竹竿上，很整齐地排列着，晒。

捋菜煮在锅里的时候味道很浓，隔好几户人家也能闻到。不过此时的味道还带着腌菜的酸腐，上了竹竿，晒上两个日头后，那酸腐味渐渐就淡了，复煮再晒，便是脱胎换骨之后的盐齑味。

晒好的盐齑为酱红色，闻着也是一股子鲜咸的酱香。

小时候最喜欢扯人家屋檐下晒着的盐齑吃。盐齑的味道太招引人，远远地走过来，还没看见它，就被它浓厚的味道牵住了鼻子，忍不住就想去扯一根。小孩子的个子矮，够不着竹竿的高度，加之心虚，怕被大人看见遭到训斥，慌里慌张总是扯不断，好不容易扯断一根下来，小心脏已跳得快蹦出嗓子眼了。

盐齑的味道真是咸，咸得发齁，咬在嘴里远没有闻着的时候诱人，但是每次从屋檐下走过时看见它，仍想去扯——

扯它时紧张又兴奋的趣味更甚于吃的味道。

晒干的盐齑两三棵一束，挽成团状，扯下最长的一根做绳，拦腰将盐齑团捆住，束紧，再放进干菜坛子里储存。盐齑的品质也像酱，经得起搁置，搁得时间越长味道越醇厚，两年以上的盐齑就比当年的好吃得多。

盐齑是干菜，含盐量又重，吃之前要放在水里泡开，把咸味去掉一些。盐齑含纤维度也高，因此要切得细碎，这样才便于咀嚼。也可能是这个原因，它才有了"盐齑"这个名字吧。

盐齑最有名的吃法是和五花肉一起焖，也就是江浙一带人说的"霉干菜扣肉"，据说鲁迅先生就很喜欢这道菜。在我们村里，比较奢侈的吃法是切成细丁，上面盖一层肥多瘦少的腊肉，放在饭头上蒸。腊肉的油脂遇热沁出，渗入盐齑，干枯暗淡的盐齑如遇贵人搭救，顷刻复活，油润起来。

盐齑和腊肉——尤其是饱含脂肪的肥腊肉在一起，真是天作之合，彼此气味相投，又能相互成全、提升，把咸鲜滋味发挥到极致——徽州名点中的烧饼就是以此作为馅料的。然而这样吃法并不能常有，尤其是日子过得清苦的人家，吃盐齑时最多放几片干辣椒壳，在锅里蒸一下。

我吃盐齑最多的时候是二十世纪八十年代末，在旅校读书的那几年，平常就住在学校的集体宿舍里，周末回一趟家。每次从家里返校时，手里总会拎着两只大洋瓷缸，里面装的要么是腌菜，要么是盐齑菜。这两样菜都很下饭，又不会馊，可以吃上一个星期。

　　盐齑最为突出的优点就是不会馊。夏天烧豆腐、蚕豆、土豆这些容易发馊的菜时，只需放一把盐齑进去即可，不仅提味，吃剩下的可以放心搁到第二天、第三天，绝不会腐坏变质。盐齑还有解暑热，洁脏腑，消积食，治咳嗽，生津开胃的作用，过去有钱人家隔一段日子就会做一顿盐齑汤给孩子吃，谓之"惜福汤"。

　　富人家吃盐齑是为了调胃口，教子孙懂得惜福。贫穷人家吃盐齑则是日常的饮食，对他们来说，盐齑也是生活的底味，是不让生活垮塌的那一层堤坝，遇到不好的年成，遭了水灾或旱灾，只要家里还有一两坛盐齑备在那里，就不用过于发愁，大不了天天吃盐齑菜下稀粥，熬一熬，日子还是能过下去的。

第二辑

芳香小城

　　人类是不知道花朵的秘密的，它们从什么地方获得了绝妙的颜色、姿态、香气，又因什么力量的召唤，使得它们在一夜之间打开自己，把美释放。

芳香小城

早晨的月亮

连着几天早晨，看到天空有很好的月亮。明净的月亮挂在那里，那么近，仿佛爬上楼顶就能触摸到。

早晨醒来总不想起床，在冬天温暖的被窝就是天堂。有几次睡过了头，父亲打来电话：怎么还没过来啊？

父亲每天都会赶早下厨房煮山芋杂饭，杂饭里卧着鸡蛋。这是全家的早餐。入冬后每天都吃着这样的早餐。从自己的住处走五分钟就到了父亲这边，吃过早餐，再走五分钟就到了国际大酒店门口，甘棠至太平湖的公交车就停在这里，七点半发车。有时父亲怕我来不及，就把杂饭盛好放在桌上，边上有一两样咸菜，还有几枚硬币。硬币是给我搭公交车的。不知道是哪一天开始，父亲总在桌上留几枚硬币，父亲是想我天天都回家来。

入冬以后我几乎没有在湖边住过了，每天早出晚归，有时早晨醒来会闭着眼听一下，——听不到鸡鸣声，才想起这不是湖边。

春汛

正月初一，天气晴好，一早来湖值班。

湖边没有什么游人。年前下的大雪已化得差不多了，空气中布满冷冽清新的水分子，只吸了一口，整个人就通透起来。隔着湖水看陵阳山，覆着一层薄白，山脊处白得深些，仿佛特意为迎接新年披了一件麻质莎丽。一朵云凫在山顶，就那么一朵，轻盈、孤独，吸纳整个世界的安静。

两只鹰从对岸的松林里飞出，盘旋着飞过头顶。天蓝得几近默哑，空旷，不着一物，两只鹰在这样的背景下追逐着，腾挪翻转，很快，隐入更深的山林。

这是一对恋爱中的鹰，它们敏感的身体接收到早春发出的讯息，它们知道寒冷的季节已过去了，虽然还有雪在远方的路上，或许明天就会到达，但那已是春雪，是梦一样轻的不肯在枝头伫留的春雪。

两只鹰飞过我头顶时，我分明看见它们电光火石的一吻，那么短暂，而又永恒。

湖里的鱼也感触到春的讯息了，腾身跃出水面，"啵"——声响真大啊，令人吃惊，仿佛世界有一扇秘密的门被推开了。我没看见鱼的身影，只看见湖水止不住的痉挛，涟漪在阳光下迅速生长、繁殖，一圈圈涌动、荡开。

在此时刻，岸边一树红梅不明缘由地颤动起来，花瓣纷纷坠落，在碧蓝的湖面上。

鹁姑鸟

是前天早晨听到春天的第一声鸟鸣。

鸟鸣声从楼下那片香樟林里传来，隔着细雨，"水咕……水咕……"地叫了好一阵子。我躺在床上听着，好像春天已穿着花衣服立在床边，又意外又欢喜，离着立春还有好几天呢，是什么鸟儿这么赶早，等不及送走冬天就开音了。

这几天虽然多雨，气温却是暖和了许多，乘早班车去湖边上班，车过十里山时能闻到从河岸升起的早春气息了。村边的蜡梅开了很长时间，还在开，雨雪的天气里香气更加清冽，路过的人就算看不到腊梅花也知晓她在那里，深吸一口，香气沁心。

地里的青菜已打起了青涩的花苞儿，荠菜也浮起了细碎的白花点子。油菜还是青郁一片，再过一个月，油菜地里就是另外一番景象了。

今天吃晚饭的时候和父亲说起前天听到的鸟鸣，父亲说他也听到了，是鹁鸪鸟。

鹁鸪鸟就是斑鸠，也叫水咕咕。水咕咕的叫法最有意思，可不是嘛，用它的鸣声为它命名，好像它一声声都是在深情地呼唤自己。

芳香小城

我所在的小城叫"甘棠"，一个浸着甜意的名字。

小城最让我喜欢的地方是它的香气，干净的、明亮的香。这种香气一年四季都在，早晨和傍晚浓郁一些，夜晚更分明。

起初我不知道这香气是从哪里散发出来的，左看右看也看不见花，后来才明白并不是花的香，而是树的香——香樟树的香。

这个小城的马路边几乎都种着香樟树，椭圆的、常青的叶子——叶子其实也是落的，不是那种在秋天哗啦啦铺天盖地的落，而是不知不觉的落，一阵雨或一阵风经过就落一层在地上。落在地上的叶子有青的，也有半青半红的。

香樟树开花在四月底，一小簇一小簇，颜色是比叶子更嫩一些的绿，看不出明显的花瓣，贴近了看才能确信那是花。

香樟树开花的时候，人站在树下会感觉一股力量直往你身上压，沉甸甸的。那香气，简直要把人包裹了去。一个被香气浸润的小城是能叫人打心底里生出爱的。这种爱由香气滋生，又渗透到日常生活的心境里。

当我行走在香樟树下，深深呼吸的时候，会由衷地对自己说：你住在这里，你是有福的。

小区入口处

在我住着的小区入口处有一所老年活动中心：一个有草地和假山的院子，一栋带回廊的两层小楼。

院子里有门球场，天气好的时候就有几个老年人在那里缓慢地活动着。楼上大概有间音乐室，从楼下走过时常能听到里面的手风琴声，也有吹笛子的、拉二胡的，也有唱京剧和黄梅戏的，吹拉弹唱很是热闹。从那些声音下走过时感受的不是音乐之美，而是光荫的闲适、安详之美。

老年活动中心的院墙外有一个早点摊，摊主是老两口，五六十岁的样子。

天一亮老两口就把摊子支开，炉火升起。女主人在摊子上揉面调馅做饼子，男主人将做好的饼子放到烧热的锅里煎。饼子煎好了就一摞摞地码在干净的瓷盆里，盖上沙罩。早点的品种很简单，主要是馅饼（也叫粿），有杂酱馅、萝卜馅、青菜馅和豆沙馅。此外还有煎饺、稀饭、茶叶蛋。

男主人喜欢唱歌，有时唱洪湖水浪打浪，有时唱北风那个吹，一边煎着饼子一边唱，有顾客走来时就停下歌唱，招呼客人。男主人不仅爱唱歌也爱说话，每句话都像样板戏的念白，夸张地拖长尾音，让人觉得这真是个开心的人。

女主人话不多，嘴角抿着，含着不易觉察的笑意。

秘密花

几天前的清晨，在停车场边发现了一丛草花。这草花像是有意不让人看见似的，隐在一株半人高圆球状的树下，若不蹲下来是看不到的。

我先是被树上散发着香气的白花吸引，俯身去闻，接着便看到树脚上端立着的草花。

草花的颜色接近玫瑰红，细长的花梗举着筒状的花朵，半开半收拢，俏皮可爱的样子。

那草花不像是自个儿生长的，像是谁偷偷养在这里的，会是谁养的呢？也或许是随着树一道被移栽在这里的吧，由于偶然，草花的种子落在树生长的地方，合着泥土一起被挖出，移栽之后慢慢地发了芽，长出叶子，开出花。

在树下开着的草花像是树的一个秘密，它的美被树隐藏着，也被树独享。

我以最极限的低姿态蹲下身来，用相机拍下了草花。我应当认得这草花的，只是一时想不起名字，特别是那三片倒心形的叶子，看着多么眼熟。

第二天路过停车场时，很自然地想起树下的草花，不知道枯败了没有。蹲下来，眼前的景象却叫我大为惊叹。和头一天不同的是，这是个有阳光的早晨，阳光穿过一层层树叶，将金色的光芒投在草花上，那些筒状的细长花朵仿佛被爱情唤醒的灵魂，纷纷支起身子，将花瓣摊开，伸展，伸展，通体透亮。

原来我头一天看见的花并没有完全开，而是在半睡眠中，只有见到阳光它们才会苏醒，绽放出最好的样子来。

今天路过停车场时我又蹲下来看草花。这已是第四个早晨了，今天是阴雨天，没有阳光，草花们的神情显得有些黯淡，玫瑰红的花瓣也都收卷起来了。

天气预报说未来的几天都将有雨，不知道它们还会不会再打开花瓣。

起身离开的时候，忽然想起了这丛草花的名字——它们就是酢浆草啊，小时候，在屋后那片生长着无数秘密的野地里，我不是还嚼过它们酸酸的叶子嘛。

一幕

苏果超市门口，半人高的垃圾筒，不知是谁把一块甜瓜搁在上面（可能是超市里扔出来的坏瓜）。黄色的瓜瓤被绿色的筒盖托着，有些招眼。

垃圾筒边站着两个两个拾荒者，一男一女，六十岁的样子，灰黑的脸，灰黑的衣服，灰黑的手。

女人的手里也有一小块甜瓜。女人将甜瓜放进嘴里，眯着眼，细细地嚼着，仿佛品尝世界上最精美的食物。

男人站在对面，安静地看着女人，目光温柔而满足。

女人吃完了手上的瓜，和男人说了一句话，两个人都弯腰笑起来。

女人接着拿起垃圾筒上的那块瓜，准备吃的时候又停住，把瓜伸到男人嘴边。

男人的喉间吞咽了一下，伸出手，把瓜推回女人面前。

——这是中午经过苏果超市时看见的一幕。当时很想拿出相机，把这一幕拍下来。

犹豫片刻，忍住没有拍。走过去很远后，又回头看看他们。

鸟

那只鸟又飞到窗外的栏杆上了，细长的嘴里衔着一枚青色的肉虫。肉虫也是长的，使那只鸟的嘴看起来更加细长。

鸟的脑袋很小，身子比一枚鸡蛋大不了多少，尾巴上扬，比身子还要长一些。

这是一只灰褐色的鸟，脖子和腹部有一点白。鸟的脖子很灵活，一刻不停地扭动着，向左、向右、向上、向下……过分的警觉使它的神情显得有些不安。

昨天和前天也是这个时候，这只鸟从同样的方向飞到窗外的栏杆上，停在同样的位置，嘴里衔着同样颜色的肉虫，脖子不停地扭动——这让我在突然之间有些恍惚——时间和场景的重叠让我恍惚，仿佛一个重复出现的梦境。

不知这只鸟是否看见窗子里的我。我所坐的位置和以往一样，穿的也是昨天的衣服，我一动不动的样子看起来是不是有些像稻草人呢——坐着的稻草人。

鸟在栏杆上跳跃了几步，张嘴叫起来，于是嘴里长长的肉虫便掉落了。鸟随着掉落的肉虫同时落到阳台的地面，重新衔起肉虫，又飞回到栏杆上，还是不停地扭动脖子，叫——这次叫得要小心一点，急促而热烈。

我忽然明白这只鸟是在呼唤它的同伴，它不停地扭动脖子也是在寻它的同伴，它要把嘴里衔着的猎物献给它所呼唤的——它的孩子或者它的爱侣。

"游在时光深处的鱼"

这个句子是梦里得来的。

当时我是在浅睡眠的状态中，能够听到悬浮于夜港的声响：一只青蛙在窗外孤单地叫着，叫几声，停一下，又叫几声。远一些的地方有一只鸟也在叫着，第一声很低，第二声略高，第三声更高了……每一声中间停顿的时间都极短，叫过四五声后，这只鸟陷入静寂，似一个孩子被梦所惊，急促地叫了几声妈妈、妈妈……翻过身又睡着了。

更近处，是邻人家传来的鼾声，一起一伏，绵绵不绝。

这些悬浮在夜里的声音如同缠绕着我的水草，也像透明的光，在一片深蓝水域的浮面上闪烁着。我极想潜到深水里去，到一个意识全无的大荒地带，可那些光又诱惑着我，把我往上引，想伸手去抓住光的鳞片。

就在我沉浮不定的时候，缠绕着我的水草，或者说那些光的鳞片就变成了诗性的句子，一句一句，展开在我的面前。

在梦里写诗或文章是常有的事，仿佛白天的书写未曾到达终点，夜梦里接着写；也仿佛是灶塘里的柴火没有燃尽，于灰堆中又升起了静静的余焰。

梦里的诗文都有着极美的韵致，令自己惊叹，但心里也知道，这是在梦中——梦中的东西是留不住的，无论多么好，醒来便了无痕迹。

我努力聚集已经涣散的意识，伸出双手，我想无论怎样也要抓住两个句子。

于是"游在时光深处的鱼"就被我抓住了，另一句只抓住了一半——"绿色屋檐下……"

绿色屋檐下有什么呢？我不知道。绿色屋檐下的事物应该是很美好的吧。

香气

在一户人家的后门走过，猛不丁地撞在一股亲熟的香气上，如同旧友相逢，休眠多年的情谊一下子被唤醒了。

那是焖山芋的香气。在火的侵犯下结实的山芋渐渐失去了抵抗，柔软下来，体内的糖分变成汁液，一滴一滴聚集在锅底，焦香绵绵溢出，又浓烈，又饱满。

对一个腹中饥饿的人，这种香气的袭击简直让她浑身失力，瘫软下去。

此刻只想推开那户人家虚掩的后门——像一个放学回家的孩子直奔冒着炊烟的厨房，等不及地揭开锅盖，捉起一只喷香的山芋，在两只手上丢来丢去，放在嘴边使劲吹着，将热腾腾的蒸气吹薄了，剥开红皮，咬一口……

我没有推开那扇门。那是一扇木质的门，被时光剥蚀得斑驳。我就那样站着，在午后的日荫里和香气寒暄着、叙着旧，用轻悄得只有我们能够听见的语音。

月色撩人

昨夜，大约子时的样子，被突然响起的一片蝉声叫醒，心里有些奇怪，蝉怎么会在半夜叫起来呢？

想起"月出惊山鸟，时鸣春涧中"的句子，寻思着，也许这蝉也如古代的山鸟，是被过于盛大的月光惊吓了吧。

有时候觉得这个世界之所以迷人，让人在经受痛苦和厌倦的同时仍然愿意活着，是因为，这个世界坚硬粗糙的背面还有轻灵柔美的东西，比如露珠、雪、月光，尽管它们无一不是短暂的、脆弱的，转瞬即逝一如幻象。

几天前——大概是一周前吧，撑着雨伞走在夜晚的小城，抬头的时候，竟然看到夜空有半轮明月，莹润洁净，禁不住叫起来，看啊，月亮，下雨天怎么会有月亮？身边的几位朋友也都抬头，说真是异象，下雨天也出月亮？

这几天我总在夜半醒来，醒来后就赤脚站在窗前，看当空的圆月，天地静阔，没有一丝尘埃——不知此时有多少人像我一样，被一种具有魔法力量的光引诱着，醒着。

月亮确实是有魔法的。电影《月色撩人》里，已经年老的男人在月光下变成了二十五岁的年轻人，不再年轻的女人在月光下则变成了天使，明净而忧伤。

又是秋天了，年轻的海子说，"秋夜美丽，使我旧情难忘。"

秋夜之所以美丽是因为它盛大浩瀚的月光么？月明之夜，孤独的狼会在山顶深情地呼号，那么人呢？人身体里隐匿的狼性会不会在月亮女神的召唤下苏醒？

"昨晚的月亮你看到了么，巨大的月亮像白色的雪球，美得让人感觉危险，像要砸下来一般。"

轩辕峰下

99 户人家的村子

村子在黄山脚下。确切地说，在黄山轩辕峰脚下。

带领我们上山的村长说，这村子只能有 99 户人家，如果多出一户，到达 100 户，就会有一户人家要灭掉，不明原因地，全家老小一个接一个死去。

"多出的那户为什么不迁到别处去？"有人问。

"谁也不觉得自己家是多出的一户，谁家愿意搬呢？世世代代都生活在这里，那些房屋田地、家禽家畜，谁家也舍不下啊。"

想想也是，人毕竟不同于鸟，打开翅膀就能走。即使是鸟，迁徙之路也是充满艰辛的，死于途中的候鸟太多了。

再说了，村里别人家都不搬，为什么偏要自己家搬呢？

人总是有种侥幸心理，即使活在死亡的恐惧中，也觉得祸事只会落在旁人身上，不会落在自己身上。

"为什么只能有 99 户人家，多出一户为什么就不行？"
又有人问村长。

"也没人知道原因，反正到了一百户就得少一户……
嗯，可能就像你们城里的电梯吧，只能装 10 个人，就不能
装 11 个，得退出来一个人，电梯才能动得了。"

"村子现在还在吗？有多少户人家？"

"早荒掉了，田荒了，地也荒了，就只剩下一些破房子
和房屋地基在那里。"村长顿了一下又说，"也不止这个村，
很多村都没什么人了，手里一有点钱就去城里买房子，搬走
了，现在村里种地的就只是一些老人，年轻人到过年时才回
来，过完年又走。"

"没关系，只要山还在，不会总是荒芜下去的，总有一
天，城里住不下也养不了那么多人的时候，人们就会回到村
里来。"

说到底，城市也是一个大村子啊，一个只能住那么多户
人家的村子。

黄帝坑

黄帝坑是村名，村长家就住在这村里。

起初我听成了黄泥坑。一个几十户人家的小村，叫黄泥
坑是适宜的，就像乡下孩子，取个老实巴交的名字，与出身
相符，才是好的，孩子也压得住。

但它偏不是黄泥坑，而是黄帝坑。

在乡间，村庄的名字都有个来历。以姓氏给村庄命名的，通常与最早落户的人家有关，那户家人姓什么，村庄就叫什么。也有以河流，或以物产给村庄命名的，比如香溪、桃河、蜜坑、荷花坑……

也有来源于古老传说的。

村长说，这黄帝坑的村名，就跟最早的部落首领——轩辕黄帝的传说有关。

轩辕黄帝有炼丹制药的癖好，好结交法师道士，一心想炼出能登入仙界的丹药。法师说炼这丹药，得把丹炉建在绝无人迹、与天庭相接的山上，采那里的仙气、仙草、仙木、仙水，在丹炉里熬制九九八十一天，方能炼成。

黄帝于是派人访遍全国，最后选中了黟山，也就是后来的黄山，带了法师道士两人，住在峰顶山洞，修建丹炉，专心炼起仙丹来。

从春到夏，三人轮流看守丹炉，在仙丹炼到第八十天——眼看还有一天就要炼成时，轩辕黄帝突然警觉起来，担心法师和道士起坏心，趁他不注意，把炼成的仙丹吃了。

于是黄帝抢先一步，抓起仙丹，吞了下去。

吞了仙丹的轩辕黄帝果然双腋生风，腾空而起，如仙鹤般直上云端。可还没等他在云端坐稳，忽然一沉，跌落下来。

——虽只差一天，仙丹还是没炼到火候，没能把黄帝变成神仙。

黄帝落下时，硬生生把地面砸了个坑，后来人就把这里叫黄帝坑了。那座炼丹的山峰，也因此叫作轩辕峰。

白鳗

轩辕峰下有座碧山，山里有白鳗。

白鳗是山中寺庙的和尚买来的。和尚某天在街上化缘，听到有人喊他法号，循着声音，来到卖河鲜的人身边，见一条白鳗把头高高抬起，嘴张着，黑眼珠子盯着和尚，那样子仿佛在说，救救我，救救我。

和尚当即将白鳗买下，带回碧山放生了。

那条白鳗后来就生活在这山里，有了许多后代。每天早晚，寺庙的钟声响起时，白鳗和它的孩子们就从河底洞穴钻出，头高昂，望着寺庙方向，直到钟声隐去才回到各自的地方。

碧山的山民们知道白鳗的来历，从不捕捉。进山朝拜的人更不伤害它们。在他们看来，白鳗就是这山里的神物，得恭敬。白鳗呢也不怕人，听钟声的时候，人们走到它身边，白鳗仍是不动，头昂着，入定了一般。

那个带白鳗进山的和尚活了一百多岁，圆寂了。又过了近百年，发生了很多乱糟糟的事，总是在打仗，打来打去，还进来了太平军，抢东西，烧房子，杀人，有的地方整村的人都遭了殃，杀得一个不剩。

没有人，这寺庙慢慢也就颓塌了。不过碧山里面还是住着几户人家的，有时想起白鳗，就去敲几下残钟，看看它们还在不在。那些白鳗听到钟声，仍旧会从角落游出来，浮在水面，听不到钟声了，就又游回去，有意思得很。

又过了一些年头，世界似乎平静了点，进山的人变得多起来。各种各样的人进到山里，砍树、挖树桩，挖这挖那，把河里好看的石头也掏出来，搬走了。

这些人里有两个得知山里有白鳗，听到钟声就会钻出来，也不避人，就起了歹意，想用这方法诱白鳗出洞，捕捉，卖个好价钱。

起初他俩也有些害怕，不敢下手，因为据说这白鳗有灵性，是山里的神物，捉了会遭报应。可贪欲这个东西很顽固，就像野草，长进心里后，很快就蔓延成片，牢牢抓住你的心，拔也拔不掉。

那两个人没听从害怕给予的警告。有天傍晚，先灌下一壶酒，然后一个提钟，一个拿网兜和木桶，进了山。

后来怎样呢？

村长讲到这里时，一行人中最小的孩子问道。

后来么，这两个人就再也没有走出山，连同他们带的东西，全都不见了。

村长顿了一下，接着说道：村里老辈人说，其实早先也有人起过歹意，想抓白鳗，结果也是这样，进了山就不见人了，家人来找，找几天几夜，连只鞋子也找不到。

果真是有报应啊！孩子说道。那现在这山里还有白鳗么？

有是有，但很难看到了，就算敲钟，那些白鳗也不出来了，不过隔个一年两年，总还是有人会看见白鳗，都是在下暴雨的前两天，有时看见白鳗的头，有时看见白鳗的尾。

下暴雨的时候，这山里的河水会变得特别浑浊，有腥气，老辈人说，这是鳗神在提醒山下村里的人，山里要发洪水了，不能再进山了。

马兰花开二十一

在河边看见一大丛蓝色野花。

立马走不动路了，蹲下来，拿出手机，点开摄像功能，贴近了花朵拍，拍了这朵拍那朵。

同行者中有一对中年夫妇，见我拍花，也停下来，问这是什么花。

马兰花，也叫田边菊，我说。春天吃的野菜马兰头，长到秋天就开这样的花。

这就是马兰花啊！夫妇俩几乎同时惊呼起来。

马兰花开二十一，二五六，二五七，二八二九三十一……我们小时候跳皮筋，总念这歌谣，那马兰花就是这花吗？妻子问。

是啊，就是这花。我看着她，笑起来。她念这歌谣的时候，腿向一侧高高抬起，还蹦了一下，脸上的表情瞬间变得天真，仿佛真的回到童年。

以前就很喜欢这花，只是不知道名字，这花一到秋天就开，田边路边，到处都是，原来就是马兰花啊。妻子恍然大悟的样子。

那为什么要说马兰花开二十一呢？丈夫问。

可能是指它的花瓣，有二十一片吧？妻子答。

我蹲在花跟前拍了好几分钟。这丛马兰花的花朵有些特别，比我在别处看见的都要大，颜色也深，接近靛蓝，花朵开得很是斯文，不像野生，倒像里是家养的小雏菊。

但它们确实是野生的。

等我起身时，站在另一边的丈夫大声嚷起来，仿佛有了了不起的发现：我数过了，还真是二十一片花瓣呢！

丈夫手里捏着一朵蓝花，几步跨到妻子身边，递给她，满脸的欣喜。

妻子接过花，眼睛望着丈夫，嘴角上扬，甚是甜蜜。

突然觉得这花是有魔力的，它把大人变成孩子，把两个在一起生活了半生的人，变成初恋时的少男少女。

携带河流的石头

在一户人家院内见到一方巨石，村长说是从轩辕峰下的河里捡到的。

这样大的石头，用一个捡字，似乎不合适。但在本地人耳里听来，又是合适的，明白是找到的意思。

粗略看去，石头也并没有什么奇特，只不过朝上的一面有个凹槽，像极洗脸盆——也真可以放一盆水进去，洗洗脸，净净手什么的。

村长引我走到它另一边，说你闭上眼，用手摸摸看。

于是闭上眼，用手摸。先是感觉到石头的质地，竟是有些柔软的，仿佛会随着手的力度变化形状。又感觉到它的温度，是上了年岁的人掌心的温度，不那么热，也不那么冷。略微的粗砺，毛糙，也是上了年岁的人手掌常有的。

但它又很饱满，结实，如同被风吹过的乡间女子的面颊。

继续抚摸过去，感受到一层一层的曲线，朝一个方向伸延，有明显的起伏感，还有股子混沌的力量感，似乎手中抚摸的不是石头，而是一条正在推动波澜的河流。

睁开眼睛，再看，石头的侧面确实有如流动的河水，是天工所造的流水的塑像。

村长说这石头原本拦在河的中间，从山上淌下来的水流不停地冲刷它、浸泡它，几十年，上百年，上千年后，石头就变成现在这样，就像一方河流的化石。

那条河里的石头大多是这样的，身上保留着水流的印记，无论到那里，都携带着河流的形象。

想想，还真是挺有意思的，并且觉得这里面隐藏着一种深意。但这深意又是什么呢？一时又说不清。

亭子与李白

出村时，经过一座亭子。

之前进村也经过了它，在里面坐了片刻，很有几分古意。

亭子是徽州常见的廊亭，建在桥上。

桥是单拱石桥，在徽州也是常见。几乎每个村落都有这样的桥。桥上大多有个亭子，供人躲雨、避荫，夏天的时候可在此吹风，纳凉。

在过去，廊亭里还有专门煮茶水的人。煮茶人是义工，不收茶资的，路过的人渴了，就邀进来喝一碗茶，闲闲地聊上几句，无非是本地的乡村野事、风物人情。

不收茶资，煮茶人靠什么过日子呢？

煮茶人通常是村里较穷的人家，家里没劳力，也没多少田地，村里执事便从公费里拨点银两，到年底，用红纸包上，给煮茶人做家用。

煮茶人也可算是村子的看守者，拿现在来说就是门卫。进村子是必须要经过廊亭的，来的若是陌生远客，煮茶人就得拐着弯，把对方的来路摸清楚，探明来意。

进村的桥和亭子也都是有名字的，名字刻在青石碑上，石碑砌在桥边上。

眼前的亭子名叫问余亭。当村长说出这个名字时，我再一次听岔了，听成了问鱼亭。

问鱼亭，问鱼亭。我喃喃地把这三个字念了好几遍，觉得这名字后面一定有个美妙的神话，而给廊桥取名的古人也定是诗人。

这名字太有意思了，我说，想想看，一个人站在桥上，向水里的鱼儿问询另一个人的消息，或者……

不是那个鱼，是人字头的余。还没等我说完，村长就打断了我的即兴想象，然后伸手，指我看桥边的石碑。

果然是问余亭，顿觉兴味索然。

村长说这廊亭的名字也是有来历的。说诗人李白当年上黄山，走的就是这条路，当李白走到岔路口，不知该往哪边去时，正巧一位姓余的村民——也就是廊亭的煮茶人出来了，李白于是向他问路，之后又被他请进亭子，喝了两碗茶，聊了半晌再分别。

原来李白是从这里上的黄山啊！身边的年轻姑娘感叹。

谁知道呢，也可能是后人编的故事吧，为了借名人的名气。我低声道。

我的话还是被村长听见了，转过头，很认真地说，这不是编的，李白真的来过这里，还留下了一首诗，就是那首写白鹇的诗。

写白鹇的诗？

对啊，诗句我记不全了，只记得题目，叫《赠黄山胡公求白鹇》。

年轻姑娘拿出手机，当即在百度里搜索这首诗。

还真有，并且还有序文。

姑娘用她好听的声音把序文读了一遍，又把诗读了一遍。我只听清了最后四句：我愿得此鸟，玩之坐碧山。胡公能辍赠，笼寄野人还。

鹇与白鹇

鹇这个字真是好，越看越觉得好。

看到一个好字的时候，就忍不住想把它收入囊中，据为己有，如同收藏家看到宝物。

宝物好收，只要付得起价。字又不是物，无价，怎么收呢？

也不是没办法收，比如用它做名字。

可名字是父母取的，不能改。再说了，人生过半，改名也来不及了，谁会认账啊。

要么用它来做自己的号吧。古人都有个号，号就是别名，是由自己做主取的，能体现本人的性情、志趣，对生活的意愿。

鹇这个字就体现了我的生活意愿。我希望自己生活在这样一个地方：门里有绿荫，门外有鸣禽，或者门里门外都有这些，悠闲自在地生活其间，与草木为友，与天籁为邻，多么好。

这样的生活意愿，放在古代，实现它应当不是难事吧。谁知道呢？我又没当过古人，没在古代生活过，怎能知道古代的生活是什么样。不过那时，就算最穷的人家也会有个院子，院子周围当然也会有树，有飞来飞去的鸟禽。至于生活其间的人能否悠闲自在，不得而知。外在的环境不难寻求，内在的安宁就难得了。

喜欢鹇这个字，还有另一层原因——这个字有点生僻，不常用。

一个字不常用，也就远离了污染源，能保持这个字原本的字义、尊严与洁净。

看看如今常用的那些字——时常被挂在嘴边，被放大、装裱，贴在墙上的字，还有多少是有尊严的，洁净的。

真替那些字感到无辜。不过话又说回来，作为一个字，总是没人用它，甚至认不得它，不知道怎么读它，也不是好事。时间长了，这字就真的消失了，连同它的含义、象征，它所指向的一种存在，都会消失。

在李白的诗里，白鹇是逸美的，有出尘绝俗的姿容、气质，似乎不是鸟禽，而是身着雪白霓裳，隐居于世外，悠游自在的仙子。

诗人大多好夸张，李白又更甚之，对喜爱的事物唯恐词穷，总要赞美到极致。

李白的高明之处在于，无论他的赞美多么外露，读起来却并不觉得浮夸。他是个善于驾驭高音的歌者，声音总是能瞬间穿透你，把你送入美妙的云端。

在《赠黄山胡公求白鹇》的序文里，李白坦言他平生"酷好"白鹇，也曾驯养过，只因这白鹇性情"耿介"，很难使其转变成可以亲近的家禽。

而胡公的这对白鹇却是例外，因它们是由家禽孵化的，在庭院里长大，自幼就与人亲昵。这对白鹇甚至还有名字，听到主人呼唤，就奔过来，落在主人身上，在主人的手里取食。

白鹇究竟是怎样的鸟禽呢？竟然能得一代诗仙如此钟爱。

村长说他小时候进山常能见到白鹇，红嘴，红脚爪，尾部有长长的白色翎羽，背部和双翅也是白色，冠和胸腹的羽毛则是蓝黑色。它们时常在山林中散步，慢悠悠，听到异常响动就会飞起来，飞得并不高，飞一阵又落下来，然后再飞。

听村长这一描述，我的记忆忽儿亮了一道光——童年时跟着母亲走山路，似乎也见过——白身子，长尾巴，黑色胸腹，尤其触目的是嘴喙和脚爪，鲜红如花朵。

我还曾捡到过它的翎羽，在山道上，那翎羽白而长，就像古装戏里官帽上插的冠花，手指轻抚在上面，滑溜溜，又柔软，有令指尖忍不住酥痒的舒服感。

村长说现在已很难见到白鹇了，也不知什么原因，它们的叫声倒是还能听到，尤其是春秋两季，走在深山里，隔着树林，偶尔会听到它们发出的求偶声，哑嘎嘎的，像个咳嗽的老人，并不好听。

村庄之骸

如果把村庄看成一只动物，那么人就是它的肌肉，河流就是它的血管，田地是它的内脏，道路、房屋就是它的筋络骨骼了。

这只动物由幼崽慢慢长大，长出结实的四肢，身体比原来大了几倍、十几倍——终于长成一只庞然大物。

当它还是幼崽的时候，山林里源源不断的物产是足够喂养它的。而当它长成巨兽，有着惊人的食量，山林的供给就变得紧张了。何况还有外来的、更为凶猛动物频繁的掠夺。

山林开始荒芜，一切来不及长大就被它吞入腹中，而这仍然不能满足它的需求。它的胃仿佛有一个饥饿的洞，总是难以填满的洞。

几百年过去了，一千年过去了，它变得衰弱，再也没有年轻时的活力，肌肉萎缩，骨骼老化，内脏也开始衰竭。

贫瘠的山林再也不能供养它，它倒下了，像所有动物那样，衰弱到最后，生命终结。

当它倒下，不再需要食物，山林就恢复生机了。树木多了起来，鸟兽昆虫又开始生长繁衍。种子有了发芽的时间，花朵有了开放的时间，蜂蜜有了酿造的时间，果实有了成熟和落地的时间。

它也像一枚落地的果子——像一切失去生命的生物那样，腐烂，庞大的躯体被大地吸收，慢慢消失。

消失到后来，也会有一些东西留下来，比如骨骸。

它留下的骨骸就是村庄那由石板垒起的道路、桥梁、井台、房基。此外还有石质的器物——石磨、石碓、石鼓。

石头是村庄最为坚硬的部分。村庄消失后，记取村庄过往，证明它存在过的，就是这些被人间烟火浸润过的石头了。

当我们这一行人由村长领着，走在青石板的古道，看着两边已长满青苔、灌木的石头屋基，听他讲述这里曾有过的村庄生活时，也像在听自然类节目中，一只巨型动物的成长，在丛林中的生存，以及消亡的故事。

秋天的几个瞬间

丝瓜花和辣荠花

秋天的早晨总是多雾。露水也很重，每一片叶子上都密集了露水，细小的珠子规整的排列，风吹不动，只等太阳来迎娶。

路边菜地那两棵丝瓜藤上又新开了几十朵黄花，忍不住在心里赞叹着，感动着它的殷勤努力，和开好每一朵花结好每一条瓜的认真劲。

如果有一片菜地——别说一片了，就算给丝瓜一盆土，再搭两根竹架，它也能给你开出大半年的花来，每日结出新的瓜。就算到后来你不大想吃它了，你也会喜欢看它们在藤架上开着、挂着，会把它当作一种丰足的象征。一朵丝瓜花是一滴太阳的泪珠，因为感激着什么而流淌，从春末到冬初。

这个时候的秋草还没有开始枯败。山菊初开，草花如溪。我说的草花是指湖滩上那一片片辣荠花，现在正是它们盛开的季节。仿佛一夜间被唤醒，在天亮时，所有的草尖上都顶着一簇簇粉红的碎花朵儿。

辣芥花是我们乡下的叫法，它真正的名字我不知道。我和它们之间是以面目和气味相认，就像童年的朋友，一见面就亲熟，就忍不住地拍拍对方的肩，揽揽对方的腰，用只有我们能听懂的乡语说笑。

今早我所拍摄的就只是这些草花。我远远地看到它们后，就穿过一片泥沼，走进它们中间。我被它们拥簇，姿态像个大姐。我举起相机说：站好，茄——子——

它们就全露出酒窝，笑出了声音，细腰乱摇。

蓝翅膀与花尾巴

终于知道，为什么这片湖滩的鸟儿特别多，是因为它们和我一样。它们，那些可爱的鸟儿们，和我一样喜欢上了这片菜园。

早上被一阵驱赶声叫醒，这种声音我熟悉，乡下常有人对着天空叫出这种声音："哦……吼、哦……吼……"意思是——老鹰，不准靠近，我家鸡仔！

小时候我也这么叫过，扯着脖子，对着天上盘旋的翅膀，一边叫一边张开双手，做飞翔状地拍打着。

那时候乡下的老鹰很多，春天的午后，趁着母鸡瞌睡的时候，老鹰便俯冲下来，叼着了黄毛鸡仔，把黑影投在母鸡绝望的惊叫里，飞上屋顶。主人闻声跑出，还是晚了，老鹰在村庄上空做一个优美的滑翔，悠悠然飞进深山。

这清晨的驱赶声，不是对着老鹰的，而是对着那些有着好听声音的小鸟们，对着那些轻灵的蓝翅膀与花尾巴们。

它们每天早上会来这片菜地用早餐，它们喜欢嫩嫩的豌豆苗，喜欢滚着露水的莴笋叶，喜欢青菜心。

菜园里挂了六只破灯笼，站了三个稻草人，有一个稻草人手里还拿着一只大扫把。可是那些鸟儿们多聪明啊，它们才不会被这些丑家伙们吓住，它们站在稻草人的肩膀上，叽叽喳喳，嘴角还美美嚼着一枚豌豆叶儿。

秋天的气味

在我见识葛藤花之前，就很熟悉此花的气味了。但我一直不知道这气味来自葛藤花，我甚至没有把这种气味当作花香。

立秋以后，早晨或傍晚走在路上，呼吸的空气中就飘浮着这种气味，温和清淡，很容易被忽略，又时刻提醒着一种记忆，是怎样的记忆呢？好像和家乡、童年有关。走在这样的气味里，人是安宁的，心里有些微的思念，至于思念什么又不太清楚。这时我就对自己说，确实是秋天了。每一个季节都有自己的气味，而我最喜欢的就是秋天这种。

是在一周前，走在早晨的路上，看见路边的山坡上垂挂下来的藤间开满了花，一串串，颜色和形状很像春天的紫藤，不同的是紫藤是朝下开的，垂挂着，而这种花却是灯烛一样向上，燃着紫色的火焰。我靠近了花，举起相机准备来个特写，鼻间忽然闻到一种亲熟的气味——温和的秋味。我再靠近，把脸贴上去，果然是花儿散发的味道，我又发现这花所附的藤也是我很亲熟的，大朵的叶子摊开，有纤细的绒毛——是葛藤。

葛藤在我的童年，乃至我的现在都是常见的，从春天到秋天，每条路每个山坡，都被葛藤覆盖。而我三十多年来，竟然从没注意葛藤也是开花的，且是这样馨香的花。

秋天的气味来源于此——漫山遍野的葛藤花，是它们赋予了秋天独有的气息。在给葛藤花拍照的时候，我心里想到了母亲，想到母亲身上的气味——和这葛藤花极为近似。

苍劲之色

半月没下雨，湖水又退了两步。

湖滩上的草已展苍劲之色。黄、紫、红、酱、青……混在一处，不分你我。灰土小径蜿蜒草滩，时隐时现；一沟流水，也途经草滩入湖。

水沟两侧草色深郁，葱茏如眉。一只长尾山雉小心地钻出水沟，走了几步，又停下来，一动不动，似在倾听着风里的什么声音。

高处的草滩上，有半亩玉米还没收获。玉米地对面的一大片蕃芋，昨天已经挖收，就连芋藤也捆回了家喂猪。那片蕃芋地是春上开垦出来的。先是用火烧荒，烧完再一锄锄地翻挖，再挑拣出石块和草根，弄平整了，插下芋秧。蕃芋是不挑肥地瘦地的，插什么地方都能生长得让人心满意足。

蕃芋是一位住在湖边半生的女人插种的。这女人去冬养了六头猪，听起来吓人。入夏时，不知什么原因突然死了两头。为这，女人半月没吃下饭，又急又呕，眼都眍了，好在另四头猪没什么事儿。

蕃芋收完后，女人将坡上的斑茅砍倒一片，码在翻过来的蕃芋地里。斑茅晒上半天，再拢成堆，压上土，点火烧，烧出肥白的烟来。

等那火堆的烟变成轻飘飘的淡蓝色，天就快黑了。

女人扛着锄头走过草滩时，很像一株深秋里的斑茅。

曹家庄

曹家庄，炊烟正升。

枣树上的枣子已经摘过，柿子树上的柿子正在转黄，石榴树上的石榴未曾开口。

沿阶入村，有婴儿的晨哭从窗中传出，随后传出妇人的哄慰声，极轻柔。厨房里，有刀切砧板的声音，和锅里蒸腾的沸声。

一农夫从后门走出，见我，笑问，有事吗？笑答，没事，随便看看，这个村子真好。

他笑得更深。

如果，此时，能从一扇门里，走出我的亲人，对我说，回来啦，饿了没有？吃早饭吧。多好。

萝卜缨子

秋雾如浆。

山里世界小，被浓雾隐去一半，便只剩下眼前的这些。

立在马路两边的水杉，一棵棵数过去，数到第四棵上就看不清了。

杉树下的菜地里，一对老两口已在劳作。老妇在拔一畦萝卜，那是一畦生了病的萝卜，叶子发黄，渐枯。蔬菜也会生病？可见万物的本质是一样的，也坚强也脆弱，都有生老病死。

好在只有一畦萝卜生了病，另几畦萝卜生长得都很好。萝卜在泥土上露出一小节健康的肉红色，看得见水分的样子。萝卜的叶子也是可以吃的，乡下人叫它萝卜缨子。

萝卜缨子洗一洗，晾一晾，切得细细的，放入盐、蒜、姜，吃辣的人再放点干红椒，拌匀了揉出水，再挤干放入腌菜坛子里，压上两块扁圆的青石头，蕉叶或粽叶封口，太阳下搁半天，或温温的灶头上搁两天，就可以吃了。佐粥最好。

嫩的萝卜缨子也可以清炒着来吃，多放菜油，少许蒜末，吃起来有些微苦，清凉去火。

最好吃的是萝卜秧子，和水白菜一样清爽，更有韧性，纤维素更多些的缘故吧。上海人称水白菜为鸡毛菜，很难听，不如我们乡下人的叫法优雅。

草黄叶落

草滩的青草不见了。

两天前，湖那边的草滩还是青青的。

其实草还在，不过齐刷刷换了颜色，成了赭红色，熟透的样子。

只是一夜之间的转变。

就像一种人生，在一念之间完全转变成另外一种样子。

黄檫树的叶子也开始落了。

黄檫树是爱美的树。三月初暖的时候，黄檫树就赶着什么似的，急切切在光秃秃的枝丫上开满了花。整树黄花。那种开法，鲁莽又率真。

而入秋以后，又是黄檫，最先发表出一枚枚红叶来，似一族红羽的鸟儿立在枝头；又似一枚枚浆果，醉红在暖暖的秋光里。

秋草烟香

近两日，天气又热起来了。季节好像不是在往深秋里走，而是在中秋时回了一个身，重返于夏天。也许，时光本身也是有着某种眷恋难舍的情感吧，在临别一个季节时，总是兜兜转转，去意徘徊。

这时节，若是你在清晨或傍晚行走于乡村，会闻到空气中弥散的秋草烟香。

稻子收获前，农人们先将田间地头的杂草割下，散乱的摊着。稻子收完了，草也干了，农人便将干草拢成堆，中间架空，点一把火。火势并不大，是暗火，烟却肥白，浪子一样，在田间横斜飘移。

小时候，每逢此时，我便会和哥哥一起去地里偷挖几只红皮山芋，断去根茎，塞于红热的灰堆里，再压上一块石头，做个记号。打一箩猪草的工夫，回来，便能闻到草木烟香中裹着的山芋香气了，那是一种让人口中唾液失禁的香气，是世界上最美味的食物芳香。

也有时候，香气过分浓郁，牵来大人的鼻子，于是，一顿斥骂也就在所难免，因为那山芋不是我家的，我家从来不种山芋，不知道是为什么。

其实，大人也并不是舍不得那几只山芋，而是觉得小孩子偷挖行为是要不得的坏毛病，骂上几句算是管教。

黄檫叶儿红

湖边的黄檫树是很多的，办公楼下面就有一棵，每天上班，先泡了茶，再推窗，靠窗站着，静静地看那棵黄檫树。

入秋以后，黄檫树的叶子浆果般，一天一天红熟起来。

这个时节，最先红的叶子已开始落了。落下来的叶子枯黄，打着半卷。

办公楼对面的山坡上，黄檫树就更多了，可算是一片黄檫林了。间中也有别的树，较多的是松树。

站在窗口望出去，坡上是红红的林子，坡下是黄黄的土滩，土滩里是深绛浅紫的秋草。

这贪暖而恋色的晚秋时光啊。

站在树下，仰头，正午的阳光穿透它们，每一枚叶子都在阳光里颤动，闪烁，好似获得了不凡的灵魂。

秋声

"噗"！

什么声音？

路边有一棵长满果子的树，经过它的时候，刚好有一枚果子落下来，落在草丛。

"噗"！是果子成熟的声音。

"噗"！是秋天落地的声音。

当你在早晨，经过一棵果树，听到"噗"的一声，你可以把它当作天使的问候，你是这个季节幸运的人。

下雨的日子

爱的感觉

几天前跟好友红土说，要是一个人连春天都不爱了，那他一定也不再爱任何事物，包括自己的生命。

说这句话的时候，我们正站在开满油菜花的田野面前，到处都是花香、新绿，大地仿佛流满了金酒。

这句话并没有准确表达出我的意思。我的意思是，如果一个人不再有所爱，包括自己的生命，只要置身这样的春天，就会重新唤起爱的感觉。

内心芬芳充盈，一切皆可温柔相待。皆可以爱。

下雨的日子

下雨的日子有一种奇妙的安逸，似乎任何事都可以暂停，理所应当地清闲下来，包括墙上的挂钟，也可以歇下，停止摆动。

手机最好关掉，电脑也不要开启，人呢，自然是不用出门的，不用与人见面、说话，就待在自己屋子里好了，泡上一杯热茶，在茶香里看书。

——书也可以不看，捧着杯子，让掌心吸收茶水的温热，在窗边无所事事地坐着，听雨。

如果屋子里是两个人，可以摆开一盘棋来，默默对弈。如果这两个人正在相爱，那么棋也可以不要，书和茶都不要，墙上的挂钟更是不要了，只需一张床——一张小小的床就可以。把床当作世界尽头的孤岛，把雨当作没有边际的大海，两个人与世隔绝，相依为命。

如果屋子里是三个人呢？有三个人就必须要说话了。三个人在一间屋子里待着，什么都不干，又彼此不语，那种安静会让人紧张，坐立不安。想到不得不说话，就觉得那雨和雨声带来的诗意、宁静，会被切割，割成碎片。不如离开这屋子，撑了雨伞走出去，走到野外，到雨里去听雨。

雨声听得久了会觉得寂寞，会陷入潮湿的忧郁情绪——这是不可避免的。

每年早春，我写的诗歌都带有灰暗的、湿答答的水汽，但我并不因此盼望晴天，也不想去一个热闹的可以避开雨声的场所。宁愿待在独自的地方，任单调又持续不断的雨声嘈嘈切切，在近似自虐的孤寂中与自己相守，沉思默想，写作。

对于一个写作者，或者迫切地需要独处的人来说，雨声是一面极好的屏障，能把自己与外界恰到好处地隔开一段距离。在雨声里，无处不在的喧哗与嘈杂皆被过滤，消了音。雨声是古老的天籁，是一支反复吟唱的安魂曲，给这个世界带来的是可以信赖、近于永恒的安宁。

惊蛰

惊蛰是春天的第三个节气，到了这个时候，春天开始显示出它的明显特征了：河边的杨柳返青，山间的花事渐频，田间地头新泛出的绿草茸茸，挂满水珠，清新得不忍踩踏，一阵风吹过，竹林里噗噗瑟瑟下起密集的雨点——那并非真的下雨，而是昨夜雷雨留下的遗迹。

惊蛰的雷声更像是悬在半空的钟声，总在万籁俱寂的夜里敲响，当它敲响的时候，蛰伏在泥土下的虫子们一惊，就醒了，伸一个懒腰，对自己和身边的同伴说：嘿，伙计，春天到啦，是时候出去寻找食物啦。

今年雷声动得早，还没到惊蛰就响了，也是在夜里，轰隆轰隆从天空滚过。过了两天，去野外，看见菜地里的萝卜花紫菜花白菜花都开了。油菜花也开出很多，有两只蝴蝶在菜花上忙碌着，起起落落，一只是穿了豹纹衫的黄钩蛱蝶，一只是白色的东方菜粉蝶。

那么一大片油菜地，只有这两只蝴蝶，且是互不相干的样子，各自飞着，看着一会，便觉出些寂寞来。毕竟是早春啊，更多的蝴蝶还在蛹虫的阶段，或正在艰难蜕变的过程中。

看见蝴蝶的那天还看见一只小蜗牛，在马路中间停着，也不知它要去哪里。

经过小蜗牛，想想，又走了回来，把小蜗牛捡起，放到路边已经返青的草地。我是担心来去的车辆会压到它，不过，这样自作主张改变它的方向，即便是出于善意，对小蜗牛原本的意愿来说，仍是一种冒犯吧。

收花风

清明前刮了整整三天的大风。

走在路上，风猛然冲过来，像只野犬，扑得人往后一仰。

那风有股子蛮不讲理的力气，撕扯衣服，拉拽头发，拖着人的两只脚，让人走不动路。

村里老人说这叫"刮鬼风"，是逝去的人弄出来的，提醒活着的人，不要忘记他们——听起来很是瘆人。

这风还有个说法，我奶奶在世时，管这叫"收花风"。

"收花风"听着就舒服多了，且很有诗意。尽管那风的威力丝毫未减，也不觉得有多可怕了。

每一朵春花在天上都有一个故乡，它们来到大地，不过是短暂出游，到了时间，就会被风驾驭的车马接走，告别人间四月，回到天空之城。

仙境

仙境就是神仙出没之境。

神仙出没之境究竟是怎样的？没人说得清——活在世上的人，谁也没去过呀。只模糊觉得，那里的山一半在天上，一半在人间。山中有很多云雾，不停地从一个秘密的地方涌出，流动如飞瀑，飘忽如衣袂，瞬息之间就有千形万象的变幻。

梅雨季的皖南就是这样。

雨一阵一阵地下着，中间停歇的片刻，云雾就升起来了，自河面上、屋顶上、田地间、竹林间、茶园里、山褶子里，还有无数的乡间小路上丝丝缕缕地腾起身，在空中聚拢，汇成云团。

雨后的云团是洁净的，四面青山的映衬下更显其白——栀子花一样沉甸甸的白。云团的湿气重，上升缓慢，没有风的时候就浮在低空，或挂在树梢上，一伸手就能扯下一片来。

当又白又软的云雾从低处不断涌起，缥缈绿野，缭绕在青山环抱的村庄与小镇上空时，你独自驻足其间，或与喜欢的人一同面对这情景，会觉得，所谓人间仙境，也不过就是这样了。

借用者

一个人来到这个世上，活个几十载，只是借用了一些东西，譬如房屋、家具、器皿、田地、衣服。

友谊情爱予以的暖意，也是所借之物。

这些东西与你相处一段时日，一段时日之后，或者你离它们而去，或者它们离你而去，各归其所，两两相忘，不再有甚干系。

对世间来说，人只是短暂的寄居者，是物什的借用者——真正需要的时候借用一下，但不宜多借。

若借得多过所需，搁着无用，还要费时费力地看守、照顾、保管，为之羁绊，患得患失，难免累赘了身心，如何能活得优游自在呢。

一扇窗

一个人只要有一扇可以守着的窗就好了。

此时的我就守在一扇窗子边上，窗外是湖、岛、树林和远山。

远山有一半隐在雨云里。雨云不知是从山里升起的，还是从天空降下的，从我的角度看去，那云离湖面只有一丈高，低俯着，像是要辨清湖面自己的倒影。

雨云的形状在变化，缓慢地，向北飘移，仿佛有只手在拉扯它：不要只顾着湖里的影子，还是去别处看看吧。

雨云的胳膊被拉得很长，拽走了，还没走出几步就变成雨，落进湖里。

这是一扇不断变幻着风景的窗。变幻就是无常，而无常就是自然之道了。

守着这样的一扇窗，还有什么不满足的呢？一切皆在眼中，一切皆在身外。

知秋

毫无征兆地，一棵树落下一片叶子。

在黄昏的蝉声里，一棵梧桐树的叶子从枝头一跃，落下。

这是一片掌形的叶子，姿态悠然，在空中打着旋，仿佛只是离开树端，溜下来玩一会，在夕阳迷离的光线里滑翔、出神，等蝉声退下，再回到树上。

这是梧桐树落下的第一片叶子。叶子落下时，梧桐树像是被什么推搡了一把，微微颤动，很快又恢复平静。

世界还是之前的模样，不动声色，一些细小的转变难以觉察。

湖的对岸，夕阳携着别意，悄无声息落向山外，似划过天际的一枚酡红叶子。

落蝉

初秋，暮晚，夕阳刚落下去，将一抹残红留在天边，婉转着，像一阕长歌唱罢的余音。

在马路上行走，两边的山色还是苍翠的，草木的叶子也还没有枯意，晚风穿过，跌下几片树叶，落在眼前，是乌桕树的叶子，深绿的心形。若不是这乍起的风，它们还会在枝头逗留几天吧。

随风落地的不止是树叶，还有蝉。

落地的蝉保持它一贯的姿态，腹部贴着地面，翅膀收拢在背上，仿佛随时会撑开，带着它的身体飞走。

捡起落蝉，翻转过来，却见它的腹腔已然空塌。这是一只被蚂蚁啃食过的蝉，只留着头、背部的硬壳、翅，像洗劫过后废弃的遗址。

不远处另有一只落蝉，身体完好，是刚落下的，还没有被附近觅食的蚂蚁发现。不过很快，就会有蚂蚁排着队簇拥过来。对蚂蚁来说，一只落蝉，就是上天赐给的一顿美餐，是自然的恩惠，只管享用便是。

——当然，蚂蚁也会成为他物的美餐。

将手中的落蝉放回树下。几场秋雨过后，这小小的躯壳将会和落叶一起，融进泥土，被树根吸收。

树根是蝉的来处，也是蝉的归处。

芒草花

生活在湖边的缘故，比较常见也颇为喜欢的，是水边的芒草花。

水边的芒草花极赋诗性，如同自然写在季节边缘的诗行，有节制的抒情，朴素，自在。水边的芒草花也是有画意的，与水中的倒影虚实相映，创造出一个简洁又繁复、对称又空灵的世界。

秋天斑斓，也短暂。当霜风呼啸着一遍遍刮过，把果子和满山红透了的叶子吹送到地上，芒草花也就白了。

白了的芒草花有着雪的单纯、优雅，也有着雪的苍茫与无辜。

只有到了冬天，芒草花才有雪的样子。和雪不同的是，它不那么容易就被尘世溶解，从大地消失，轻得像梦，也像一个美好的谎言。

芒草花是经得起枯索和寂寞的，整个冬天都覆盖在那里，在山坡和湖边，白皑皑，风吹过来，它就低下头，风过去了，它又直起身，安然无恙地端立，慰藉着群山的寂静与荒芜。

芒草花也经得起寒苦，日复一日的晨霜压在身上，并不能使之摧折。而当夕阳将余晖远远地照过来，芒草花瞬间就有了灿焕的容颜，细小的花絮上，闪烁着温暖又坚韧的光芒。

与树为邻

1

早起有雨。细雨，只下了一小会，地面也没淋透。很快太阳就出来了，带着一团水汽，像刚泡过温泉的少年。

鹧鸪鸟的叫声比前几天更高昂了。

风真暖。甜蜜的小骗子，对着万物的耳根轻轻吹气，不停劝诱：天气多好，快发芽吧，快开花吧。

阳台下有三株梅树，四株红叶李，两株桂花树，一株桃树，三株白玉兰。

还有一大片小叶栀子。

这时正开花的有梅。白玉兰已脱去毛茸茸的外衣，就要开了。桃树和李树也已鼓出青春痘样的苞芽。

"是风把这些树的苞芽吹鼓起来的。"我听到一个声音在说。

园子里有很多麻雀。麻雀好凑热闹，手机里的音乐一打开，它们就聚拢过来了。阳台下那么多树，它们硬是要挤在一棵李树上，乍一看，还以为树上结了好多褐色果子。

红叶李是离阳台最近的树，有两根枝丫已伸到阳台上，触手可及。

我每天都会对着李树看一会，看它们比昨天是否又有了一些变化。

"不着急啊，慢慢长，慢慢开花，春天才刚刚开始，不要着急啊。"

2

雨水这天没有落雨。

自立春后，晴日较多，少有雨天。

半月前栽的早竹叶子泛黄了，拎了一桶水下楼，给它们浇上。

给一边的李树也浇了些水。李树的芽苞已经泛红，两个三个地挤在一起，微露小花骨朵的端倪了。

给李树浇水的时候有一种奇妙的感觉，觉得李树很开心的样子，在微笑。应是幻觉吧。也不一定。也许李树确实在微笑，感受到一种特别的情意而微笑。

如果李树有耳朵，有听觉，就知道我决定把居所安在这里，是因为它们。

"我喜欢这些树。"去年八月末，第一次随中介看房时就脱口而出这句话，毫不掩饰一见倾心的欢喜。

我喜欢这些树，喜欢房子的阳台对着这些树。为此我很快做出决定：买下这房子。我的余生将会住在这所房子里，与这些树为邻，为至亲好友。

人在这世上，除了与生俱来的血缘至亲，还需要别的亲密关系，彼此交流、信任、依赖，相互欣赏和滋养。

这种亲密关系可以建立在人与人之间。也可以是人与动物之间。也可以是人与植物之间。

3

午后的阳光照在李树的枝条上，给枝条镀了一层金。

风吹过来，金色的枝条摇摆不停，仿佛要抓住空中的什么，拥抱住什么。

李树的枝条有很多幼枝，一根根戳在那里，如同鱼骨，使李树看起来并不那么随和。

这些鱼骨般的刺是李树特意生长的武器，为保护果子而生长。只是这些刺的威力并不大，并不能使鸟儿们望而生畏，止步树前。

当然，现在的李树还没有长出叶子，刺都裸露着，稍加小心就能避开。等叶子密密地长出来，掩藏住那些刺，鸟儿们想钻进去啄食果肉，还是会吃一些苦头的，免不了会被扎一下。

这些刺并不会危害到鸟儿，不会让它们受伤。这些刺只是让鸟儿们知道，浆果是自然对它们的馈赠，但也不是那么随便就能吃到的。

付出一点疼痛的代价，也会使得浆果的滋味变得更为美妙吧。

4

鸟儿也是树的果子——会飞的果子。树长到哪里，鸟儿就会飞到哪里。

一棵树若是没有鸟儿的光顾是寂寞的。一只鸟儿若是没有树来栖身，是可悲的。

这个小城的树正在减少，鸟儿也在减少。

我的旧居在一个老小区，也曾有过许多树。到了春末，一些爬藤植物——牵牛花、五角星花、凌霄花会顺着树身爬上去，爬到高高的树枝上，再垂挂下来。夏天的早晨，从树下走过，稍不留神，就与一朵花迎面撞上了。

也有人在树下围了篱笆，种上黄瓜、丝瓜、苦瓜、葫芦。

瓜藤开花的时候，小区热闹极了。这热闹不是人声喧哗的热闹，而是植物生长的热闹，虫鸟鸣唱的热闹。

后来老小区改造，要拓宽道路，树砍掉了很多，篱笆也拆掉了。

经过改造的老小区确实比以前宽敞，但也失去了生气，显得更为苍老。

5

让人痛心的是，一些活了很多年的老树，也因为某些愚蠢的原因被砍掉了。

父亲居住的小区，道路边原有两排水杉树。没有人记得这些水杉是哪一年栽下的，活了多少年。水杉的高度和小区楼房一样高，住在顶层的人，推开窗就能看到水杉的树顶。

水杉是季节感很强的树。二月发芽，三月幼芽发绿。四月五月，绿叶芽儿长出羽毛的样子。水杉的叶芽刚发绿时最为动人，我曾用绿色的星星比喻它们，但它们又比星星更为密集，莹亮，充满童稚的快乐和生机。

到了夏天，这两排水杉就为小区搭起了一条绿色甬道，把烈日隔在外面，在路面铺下浓荫。每天下班，到父亲这边来吃晚饭，一走进小区，看着满眼绿荫，听着蝉歌和鸟鸣，心里像饮下清泉，有说不出的安恬。

夏末时，水杉的叶子开始露出烈日灼伤的痕迹，泛出微黄。到了十月，叶子就全转黄了，继而转成金红。

到了十月，水杉树也开始落叶了。

水杉树的叶子像极了鸟羽，当它落下时，也像是在飞翔，在空中旋转着，轻盈又优雅。

寒露的节气过后，水杉树每天都给地上铺上一条红毯。到了十二月，水杉的叶子落得更为细密了，如金红色的雪，洋洋洒洒，凌空而下。

在我把这些当作风景、自然的恩赐，随着季节的变换欣赏和享受着的时候，有一天，却听到邻居们在议论一件事：很快就有人来砍掉这些水杉树了。

"为什么要砍掉？"

"落叶太多，麻烦，吹得家里到处都是，每天都要打扫。"邻居抱怨道。

"树太高了，挡住了家的光线，还招来那么多知了，夏天吵得人睡不着。"

"水杉树占了道，新买的车也没个地方停。"

我站在邻居们中间，脸发热、发胀，身体却变得僵硬，冷飕飕的感觉从脚底钻上来。

多荒谬啊，人是如此自大而荒谬的动物。

"我反对砍树，这些树多好啊，砍掉它们是犯罪，要招报应的。"我冲口而出这句话，像喷出一口血。

这句话太无力了，并不能阻拦砍伐的刀斧。过了几天，再走进小区时，看见水杉树全都倒在地上了。

身体里有轰然而至的坍塌声，愤怒和疼痛的石头猛击胸腔，却无处投掷。

是啊，我该把这石头投向谁呢？我也是人类中的一员，我不能惩罚自己的同族，只有和他们一起承受某一天终会降临的，自然对人类的惩罚。

6

去年八月的一天，午睡醒来，我像突然被一只手按下了按钮，在沙发上迅速写了一则出售旧居的公告，发在本地较有影响的微信公众号上。

不到半小时，有人打电话过来，询问什么时候可以来看看房子。

很快，看房的人来了。

到傍晚，看房的人交来定金，定下了我住了十年的旧居。

看房的人一月后就得住进来，在这之前我需要找到临时的住处，搬出去。

我也需要给自己再找一处新居——也是后半生的安身之所。

临时的住处是不用费神的，父亲的住处很宽裕，搬过去一张床即可。

新居该安在哪里呢？

我找来一张纸，写下自己对新居的要求，又上网查到几家房产中介的信息，给中介打电话。

"小区要安静，楼层不要高，阳台外要有树。"我将我的要求告诉中介。

阳台外要有树——当我对中介说出这个要求时，觉得自己像一只流浪了很久的鸟，再也忍受不了无绿荫可栖的生活了。

7

天气这样暖，不到三月，阳台外的李树就该开花了。

我已经为李树的花季做好了准备：在春节前装修好了房子，收拾干净了阳台，买了小茶几、草蒲团，好看的小茶杯。

还特意买了新的旗袍裙。

还买了风铃，挂在阳台上，风一吹就叮叮当当地响。

我没有为新居装防盗窗。

我不想把房子变成牢笼，不想在阳台看这些花树时，与花树隔着一道道栅栏。

陆续有朋友来看新居。"你怎么把房子买得这么远，生活多不方便啊。"

我把朋友们领到阳台上，像介绍家庭新成员那样，把李树、梅树、桃树、桂花树指给他们看。

"因为这里有树啊，我喜欢这些树。"

"过不了多久李花就要开了，坐在阳台里就可以看花，到时请来喝茶。"

　　每次，在说出这句话的时候，都觉得李树在朝我微笑，就像我朝它们微笑一样。

　　它们一定是有听觉的，就像树上的鸟儿一样，能听懂人语、音乐，能够像感受春风一样，感受来自人类的情谊，懂得彼此欣赏时静谧的光阴之美。

第三辑

女作家的书房

春天，我希望我是安静的，在湖边晒太阳，看山上一茬一茬的野花，听溪流潺潺，在溪边的树影下静坐，做一个纯粹的阅读者。

女作家的书房

女作家的书房

花梨木的书桌，有些年头了。桌面上原先的木纹已很细密，一天天、一年年又生长出很多印纹。桌子有六个抽屉，有一个带了锁扣。带锁扣的抽屉被拔出来一些，似乎刚刚有人打开过，窥探过抽屉里的秘密。桌面上有纸、眼镜、镇纸、笔盒。笔盒是浅蓝色的，像一只船（如果笔盒是船，桌子就是海了）。

桌面上最显眼的是一盏带玻璃罩的煤油灯，这盏灯摆在那里，整个室内看起来就有了又朴素又古典的味道，而将这种味道烘托得更加浓郁的是一只蓝色花瓶（细心地感觉一下，就觉得灯盏象征着男性，而花瓶象征着女性）。他们占据书桌的一角，稳妥，安静。花瓶里当然是有花的，花和叶都是素净的颜色，很新鲜，吸一口气，似乎能闻到花的清香，也能触摸到叶子上的细茸。

　　有桌子就有椅子。与有年头的书桌相配的当然得是有年头的椅子。椅子和桌子就像一对老搭档、老朋友、老伙计，或老两口，从出生之日开始，椅子和桌子没有分开过。这把椅子的面子是藤制的，被主人坐得太久了，有明显的凹痕，看起来像一个浅浅的旋涡。

　　桌椅下面铺着一块波斯地毯，也是有年头的地毯了，褪了色，边缘有明显的残破。

　　——我所描述的是一张图片。这张图片是在作家杨沐的博客里看见的。打眼看的时候以为是杨沐的书房，细看之下又觉得像伍尔芙或乔治·桑的房间。总之是一个女作家的书房。

　　为什么是女作家而不是男作家的书房呢？说不出来具体的道理，只能说是凭着感觉，这样整洁明净的空间本身就暗示着主人的性别了。

　　这张图片处处都有暗示，给人思索与想象。比如那扇半开的门、透明的玻璃窗，就暗示着一个人向外延伸的精神世界，也暗示着人与自然的息息相关、密不可分（这样的布局是使用了建筑和写作上共有的透视法吧，使人的视线突破了一个空间到达另一个空间，或更多的空间，也因此就有了立体感，多维感）。

　　这张图片可以说是由几何图形和线条构成的。而那些线条又都是倾斜的，像被一股外力拉抻着，绷着，给人紧张感，和画面里静物传达的气息相悖。另一个相悖之处就是光线了。室内的光线是均匀的，通明的，如同橘黄灯光笼罩的柔和夜晚。而那扇半开的门通向的室外则是浓荫砸地的光景：浅绿是日光，深绿是日荫，斑驳着，交叠着，犹如绿的幻梦。

从图片上看，这个房间的重心仍然落在煤油灯上。是那盏黄铜灯座的煤油灯稳定了房间，使室内倾斜的一切不至于奔突、失衡。在一个女作家的书房里，煤油灯大约也象征着精神的微光吧。

朝圣者的灵魂

"那么多人爱慕过你的年轻，我更爱你的年老与沧桑。"这是今天早晨，我在一组照片上写下的话。

我是在一组女人的黑白照片上写下这句话的。她们分别是苏珊·桑塔格、皮娜·鲍什、杨丽萍、张爱玲。除了杨丽萍，照片上的面孔都明显进入老年，皮肤松弛，眼角和嘴角布满细密的斑点与皱纹，目光里有着专注、执着、疲倦、忧伤与脆弱混合的神情，但她们的容貌无一列外地有着撼人心魄的美——纯粹、坚定、永恒的美。

写这句话的时候我想到杜拉斯《情人》中有名的句子"我觉得你现在比你年轻的时候更美，那时你是年轻女人，与你那时的面貌相比，我更爱你现在备受摧残的面容。"

爱一个人的老年，这是否是爱一个人的最高境界？当那个人风华正茂被世人倾慕时，你远远地站在角落，脸上看起来是平静冷漠不为所动的样子，没有人知道你的内心——那里有着怎样的水深火热。你在独自的爱欲里沉浮着，挣扎着，痛苦着，但你决不允许自己成为那个人身边众多拥簇者中的一个——那将使你更加痛苦，并且羞耻。

你心里又渴望又恐惧，你别无办法，唯有默默地盼望着那个人的老年早点到来，早点到来，当他（她）满脸皱纹一身瘦骨时，你愿意作为最后一个向他（她）倾吐爱意的人，无畏地走向他（她）。

——当我写下上面一段话时，想到的是自己年轻的时候。整个青春年代，我就是这样无望又痛苦地爱着，在不动声色中隐秘地爱着。那些被我爱着却毫不知情的人在当时看起来是多么优秀——被美好时光娇宠的优秀——天之所赐的优秀。只是美好时光赐予的东西并不可靠，美好时光赐予的东西也会被美好时光一一收走，留下的是疾病、苍老，以及无所不在的荒凉。

唯有灵魂的容貌是时光不能篡改的。一个人，当他（她）在岁月的掠夺中逐渐失去年轻的光华后，灵魂的容貌就会凸显出来。在此时刻，一个人的灵魂里有什么，面孔和肢体就会呈现什么——以至每一道皱纹的走向都与灵魂有关，而目光里的明暗更是灵魂之灯的明暗。

"那么多人爱慕过你的年轻，我更爱你的年老与沧桑。"当我在早晨写下这句话时也想到叶芝的《当你老了》：

"多少人爱你年轻欢畅的时候,

爱慕你的美丽,假意或真心,

只有一个人爱你那朝圣者的灵魂,

爱你衰老了的脸上的痛苦的皱纹……"

　　叶芝的这首诗是写给他爱而不得的恋人茅德·冈的。一首打动了世界上所有读者的诗,唯独不能打动诗歌所献的那个人。爱就是这么残酷吧,越是渴求越是不得,越是狂热越是遭受轻视。也正是这样的爱与挫折,成为诗人创作的源头。好的诗歌都长在心灵的伤口上——诗人在某种程度上也是情爱的受虐者,他需要爱的欲望来唤起创作的激情,也需要爱的伤痛来激发诗的灵感。

　　不知道在茅德·冈年老到只剩下"朝圣者的灵魂"时,叶芝是否依然爱她——应当是爱的吧,灵魂之爱比肉体之爱长久。或许正因如此,茅德·冈执意拒绝了叶芝一再的求婚,她要占有的,是诗人终生的灵魂之爱。

觅读记

　　一早就想去书店。

　　我很少在早晨去书店。有三个地方,我通常是下午去的——发廊、书店与服装店,上午去这样的地方似乎不妥。

这些地方是一个人得了空闲才会去的，上午的时间通常属于忙碌。而我不是忙碌的人，没有什么事情是需要我赶时间的，我可以在任何时间去发廊、书城与服装店，但我多数时候还是选择在下午去，我不想让别人感觉我是个无所事事的人。只是，今天早晨一醒来，便有一个念头钻入脑中——到书店去，到书店去——好像那里有某个人在等着我，约好了要在这天早晨见面。

要不要带侄儿去呢？这天是周末，侄儿不用上幼儿园，在家。侄儿有很多地方都像我——眼睛、鼻子、嘴、额头和下巴，难为情的笑，以及对甜味的贪喜……也许他原本是我的孩子吧，借了嫂子的腹，来到我们中间——这是我窃以为的想法。不知是不是从小随我去书店的次数太多，以至于也喜欢上了那里，每到周末，侄儿见到我的第一句话总是——阿姑，我们去星星书城吧。

当我吃过早点对侄儿说要带他去书城时，他停下手里玩的陀螺，大大的眼睛望着我，很意外的神气，大概也是为这种时间去书城而诧异，很快，他的嘴角就弯上来，高兴地嚷嚷，"好！好！去星星书城！"

星星书城是小镇最大的书店，有两层楼，一楼卖文具，二楼卖书，三分之二的书是学生和幼儿的读物，另三分之一的书里有一半是我从来不去关注的流行读物。我能够用手去抚摸的书架只有两排，架上的书名是熟悉的，它们多数在我的房间里已有落户，我每次的到来，是希望能在这两排书架上遇到期待的读本，然而很多时候都落空了。

早晨的书店里除了店员果然无人，我牵着侄儿上了二楼，他甩脱了我的手径直向卡通书架跑去，我则走到那两排书架前，目光在标着"张爱玲"的书脊上搜索着——《红楼梦魇》《对照记》《半生缘》《色戒》《同学少年都不贱》……没有《小团圆》。心里并没有太大的失望，没有才是正常的啊，我怎么能在这里期待那本刚在特区香港出版的《小团圆》呢，真是傻瓜得很。要在这里见到它，最少需要耐心地等上半年吧，或更久。

我也是两天前在论坛上见到有人论说这本书，据说是张爱玲晚年写的一部相当于自传的作品，内容涉及她的家族和她一生际遇的真实内幕。真实往往是具有诱惑力和杀伤力的东西，很多作家晚期的作品都具有这样的面目，他们已经不屑于再浪费时间虚构故事，他们用戳穿一切的力量把笔尖伸进自己最深沉的岁月，他们练习了半生的歌唱似乎也只为了吐出这最后一口血——书写自己的生命之书。

有强大生命力的作品往往带着作者铮铮的骨血。所以，作家还是应该努力活得久些，至少要活到能够冷静从容地写出自己真实人生的岁数。

和真正的张迷比起来，我就算是一个伪张迷了，我对她的迷恋是在一个年龄段里的事，对她身世的关注也是淡淡的，就算半年后才能读到《小团圆》，也不觉得难熬。

这个早晨我还是有收获的，在书架顶端看到一本《朗读者》，只有一本，这真是意外。我赶紧抽下来，不用掂量也知道，这会是我喜欢的书。就在昨天，我曾在网上搜索过《生死朗读》，用两个多小时看了这本书改编的电影，那是前所未有的观看经验——电影被上传者分割成七八个无序的片段，中间还被剪去了最精彩的部分，我用拼接积木的方式，点开一个片段，再点开一个片段，竟然看得兴味盎然。

"人并不因为曾做了罪恶的事而完全是一个魔鬼，或被贬为魔鬼；因为爱上了有罪的人而卷入所爱之人的罪恶中去，并将由此陷入理解和谴责的矛盾中；一代人的罪恶还将置下一代于这罪恶的阴影之中——这一切当然都具有普遍性的主题。"——这是作者本哈德·施林克在前言中写的一段话。和张爱玲的《小团圆》一样，这本书也是具有自传性的作品。

《朗读者》让我感兴趣的地方不仅在于它是一个作家灵魂的真实写作，还在于《朗读者》这个书名，或者说在于"朗读"这两个字。这两个字对我是有魔力的，在我的心里，一直隐藏着一个愿望——当我年老的时候，如果有一个人，坐在我身边，用他好听的声音为我朗读诗歌、小说或者散文，将是多么幸福的事。那时我的目力已经涣散，再也不能辨字；那时我的颈椎也已老化，再也不能低头，我的阅读只能依靠他人的声音。

我不知道侄儿能不能做我的朗读者。我现在还不能问他这些，也不能寄此愿望于他，我只愿他能够始终和书保持着天性般的亲近。做一个喜欢阅读的人，会让他拥有更深远的人生。

微物之神

《微物之神》是阿兰达蒂·洛伊的半自传体小说。遇到这本书纯属偶然，几个月前我写了篇"细微之神"的小文，写罢盯着标题看了两秒钟，心里的某根神经颤动了一下：它会不会是我下一本书的名字？不知道这四个字是否已被别人的书所用。我把"细微之神"打进百度，搜索，这一搜就搜出了《微物之神》的书评。

读一本书之前读它的书评有好处，也有不好处。好处就是你会在评论中辨认这是不是你想读的书，不好处在于等你拿到这本书进入阅读时，已不能像一个初见者那样充满新鲜感和好奇心，你对这本书有了一些别人加诸的印象，它甚至会影响你自己的感受。

说起来我手边从没离过书的，早晨上班，临出门的匆忙中也不忘在包里揣一本书，等公交车的时间里看几行，即便如此，一年里完整读过的书也不过三五本，怀着渴念沉浸其中迷醉难返的书更是少了。

总之在读过几篇书评和"百度百科"里对作者阿兰达蒂·洛伊的简介后，我渴望得到这本书，我几乎可以凭着嗅觉确定《微物之神》是我想读的书。是的，我想读到它。

《微物之神》不是热销书（或者已过了热销期），小地方的书店里不可能有它的，便给北京的朋友严黄发了个短信，请她去书店帮我找找。很快，两天后严黄回复说已买到《微物之神》。

读到《微物之神》已是六月，梅雨季，一年中这个时期的阳光最为稀罕，大多数时间天空是灰色的，空气潮湿、黏滞，下雨之前的蛙鸣声里潜伏着不安，蚊虫和苍蝇也显得没头没脑，失去理智地到处乱撞。几声闷雷之后（有时是吓破胆的霹雳），雨不容分说地下下来了，一瓢水哗地从天上泼下来，密密麻麻把天地万物罩在一张网里，短的时候罩几分钟，长的时候罩几天几夜。

在梅雨天的潮湿与灰暗的光线里，我读完了《微物之神》，读得很慢，有时在一个句子里停留很久，舍不得走开，仿佛对极致之美的倾心；有时又不得不把书迅速合上，站起来晃悠一下，透口气，以缓和心里的紧张感和压迫感——这本书里是住着一个鬼魅的（或者神），一经打开，那鬼魅就会施展它的魔法和读者较量，读者不得不使出全部的精神，一面抵抗，一面深入。

《微物之神》是一部诗性叙事小说。或者说《微物之神》是一部用诗歌语言写作的、充满隐喻与魔幻感的小说——这可能就是它无与伦比的魅力所在。当然，它的魅力不止于此——不止于惊艳的诗性语言与匪夷所思的隐喻。它的魅力还在于对现实社会和生命本质的彻底透视，以及对其精准、锐利的表达——每一个句子、每一个段落、每一个情节都有着雷电之势，混沌淋漓又直指人心。

这也是一部注重心理描写的意识流小说，在这部小说里你能窥视到所有人物微妙的心理，瑞海尔、艾斯沙、阿慕、恰克、宝宝克加玛、玛玛奇、维鲁沙……每一个人物的内心与命运在作者的笔下平行地展开着，如同显微镜下的众多细胞，一枚一枚，清晰、纤细地裸呈着它们的状态。甚至那些微不足道的昆虫与植物，那些瞬间闪过的意念也被作者牢牢抓住，细致地刻画，赋予情态和意味。

"这是一个趣味盎然的故事……"伦敦《每日快报》的评论如此写道，而我并不以为然。《微物之神》虽然有孩童天真的视觉，但它不过是选择这种更为清澈、透明的角度，来表现后殖民时代背景下，印度特有的"贱民"与"非贱民"两个种族之间的矛盾、个人生存的困惑与悲哀，真实地揭示印度民族的劣根性——男权优势、政治投机、宗教压迫，以及由这一社会语境决定的"爱的规则"不可逾越的界限。

《微物之神》的核心故事讲述的是爱与毁灭（残酷的故事）。在小说里这个故事是一条隐秘的河流，从始至终都在流淌，却不为人知，直到最后，直到"生存的代价"这一章，读者才看见那条河流在莽荒的天地中央，在黑暗的心脏里起伏，带着自杀式的、万劫不复的激情。

《微物之神》是阿兰达蒂·洛伊的处女作，也是她迄今为止唯一的小说。关于阿兰达蒂·洛伊，百度百科的介绍是这样的：1961 年生于印度，是一名用英语写作的印度作家，同时还是一位致力于社会公平和经济对等的左派分子。16 岁时离家，只身来到新德里，在学校主修建筑；毕业后做过记者、编辑，后从事电影文学剧本写作。37 岁凭借《微物之神》成为第一个获得全美国图书奖、英国文学大奖"布克奖"的印度作家。

我会重读《微物之神》的，读完最后一页合上书时我想。这本书读一遍是不够的，远远不够，作为一个对小说写作暗怀梦想的人，这本书有着太多浓稠优质的营养，一次阅读是无法消化并吸收它们的。

与黑塞重逢

如果没有记错，楼下那棵花树是在六月初开花的。

直到看见它蓝紫色的繁重花冠，我才认出这是一棵翠薇。据说翠薇是一种怕痒的树，当它光滑的树身感觉到一只手的触碰和抚摸时，枝叶就会瑟瑟地颤抖，从树干内部发出细弱的、又痛苦又愉悦的呻吟。

翠薇也许是一棵诗人树吧。像诗人那样，翠薇天生具备了敏感、细腻、多情又脆弱的体质。翠薇枝干的形态也颇具瘦削、曲折之美，如同一个饱受孤独与苦难命运折磨的人，他挣扎着，把目光对准自己的内部，不停地俯向灵魂的寂静之音。

写上面这段话时，我心里挂着一位被过度的精神生活盘剥得面容消瘦、目光忧郁者的画像。这个人在 13 岁时就说：我要么成为诗人，要么什么也不是。22 岁的时候他有了自己的第一本诗集《浪漫之歌》，很快又出版了第一部散文集，获得诗人里尔克的好评。27 岁那年出版小说《彼得·卡门青特》，从而奠定了他在本国文坛的重要地位。

他的名字叫赫尔曼·黑塞，德国作家，1946 年获得了诺贝尔文学奖，这一年他 69 岁，已经创作了包括诗歌、小说、散文、寓言、评论、画集等在内的 60 多部著作。

已经忘记了最早阅读黑塞是什么时候。我是在一个图书馆里读到他的，小说的名字叫《骏马山庄》。那是一次怎样的阅读体验？我觉得自己的心都被掏空了，不，这样说还不够准确，应该说我觉得一个孤独而辽远的声音击中了我，它来自渴望燃烧的生命和渴望自由的灵魂，是我想要发出又无法发出的声音。

"多少年来，他一直生活在这样的孤独中，早已习惯，他变得几乎无动于衷，然而现在，孤独变成了一位完全陌生的敌人，孤独从四面八方倾泻下来，令他呼吸困难……""他是一个自愿与世隔绝的人，过着反常却有规律的生活，他对生活不感兴趣，很大程度上是一种忍受而不是经历，然而朋友的来访却把这位隐者的居室搅得千疮百孔，生活的光芒、声音、芬芳和触摸透过无数孔隙渗进来，抚着这个孤独的人，古老的魔法破灭了，苏醒的人在隐隐的疼痛中听到从外面传来的响亮呼唤……""你随时可以走，门是敞开的，锁链可以挣脱——但你需要做出一个艰难的决断，做出异常沉重的牺牲……"

我在一本日记里抄下这些内心独白式的话语，也抄下了黑塞在这本书中大段优美的景致描写。很多年后，当我重新翻开日记，再读这些话，回想自己所经历的生活，明白它们对我的人生是有过重大影响的。这影响不仅是文学审美意义上的，也是生命哲学意义上的。

《骏马山庄》是一部以画家维拉古特的家庭生活为背景展开的心理小说。步入中年的画家虽然在艺术创作上很有成就，但他的家庭生活却陷入了泥沼，和妻子的关系日益冷淡，除了偶尔在餐桌上勉强客套几句，再无交流；和长子的关系更是紧张得如同弦上之箭，一触即发。只有天真的小儿子皮埃儿和他亲密无间，除了绘画，画家几乎把全部的爱倾注在皮埃儿身上。小说以画家的心理活动为叙述点，展开了一个表面看起来平静安详、内部却潜伏着不安风暴的庄园图景，表现了画家在自我的寻求和现实生活中难以平衡的种种矛盾，他内心所受的孤独煎熬，以及试图摆脱羁绊，踏上自由的生命之旅的渴望。

这是一部悲剧性的小说，也是真实的生活本身。每一个人物在接受生活的馈赠时也遭受着生活的损害，人与人之间——哪怕是至亲的人之间也总有一层无法消除的隔阂，随着岁月的加深，这隔阂消磨了最初的爱意，逐渐转变成彼此间的怨恨，相互伤害着对方。

在创作《骏马山庄》的时候，黑塞的个人生活也处于风暴的中心，家园的丧失、亲人的离散、理想的破灭，以及爱情的一逝不返——这种种打击摧折着他，令他的身体和精神濒临崩溃。所幸作家的意志是强大的，通过文学的不懈创作拯救着自己，从中获取生命之火。就像画家维拉古特在痛丧爱子皮埃儿之后，便脱离了那早已厌倦的、被冷漠覆盖的生活，把全部的生命能量转向了绘画艺术和自然诗意的探寻。"他只剩下艺术。他还能怀着奇特、冷静、不可遏制的激情去凝视，观察，还能抱着一丝隐秘的骄傲去共同创造——这是他失败人生的余晖和价值。"

在《骏马山庄》之后我没有再遇到黑塞的小说，只在一些散文集中读过他的几篇短文，印象最深的是《红房子》。我反复阅读着这篇不足千字的短文，有时会站在光线昏暗的房间窗前大声朗诵，把它当作自己不曾发出的心灵之音，朝着它的晖光和方向，一步一步地走着。

不久前，也就是翠薇刚刚开花的时候，住在黑龙江的丽洁发来短信：我买了一套黑塞的书，读着不错，觉得你也会喜欢，给你也寄一套吧。这之前丽洁已经给我寄过几次书了，春节期间我阅读的约翰·班维尔所著的《海》也是她寄来的。

和丽洁的认识是在网络上，在网络上她的名字叫"静默如月"，几年来除了偶尔的短信问候我们交流的并不多，然而她却时常以这种看似漫不经心、其实极其用心的方式赠我以好书。丽洁对我的阅读口味如此了解，令我感动的同时也觉得惭愧：相比之下我对她的了解是那么少，如果不是包裹单上有她的地址姓名，我不知道除"静默如月"以外她更多的情况。

六月下旬的某天，我从速递公司取回丽洁寄来的包裹，一层层打开，五本白色封面标注着"赫尔曼·黑塞著"的书立在眼前，一股幸福的泉流迅速弥漫了我。这些年来虽然我从未刻意地寻找过，却一直期待着与黑塞的小说重逢，只是没想到它们会以这样温馨的方式，从一个遥远的、未曾谋面的朋友那里隆重到来。

成为高更

读过《月亮与六便士》的人都知道，思特里克兰德这个人物的原型是与塞尚、凡·高同时代的后印象派画家高更。

关于高更，我之前只知道他是凡·高的朋友兼敌人，他们相爱又相恨，以至于拔刀相见。比起当过海军的高更，凡·高显然要弱势一些，无论是精神上还是体魄上。果然没多久，凡·高就失去了著名的耳朵——据说是自割，精神崩溃，七个月后，留下遗言"悲伤将永恒"，给了自己腹部一枪。

总之，我是先知道凡·高再知道高更的，坦白说，我对这两个人物的生平经历比他们的作品更感兴趣。因为这兴趣，我买下了毛姆所著的《月亮与六便士》。

小说和历史真相当然还是有区别的，包括一些名人的自传，也免不了小说的虚构成分。虚构是一切写作的灵魂，只不过在某一类的写作里，虚构的灵魂轻一点，比如纪实文学，比如散文。

看过毛姆的小说后，我把高更的名字在百度里搜了又搜（差不多是人肉搜索），对这个人算是了解了大概——和毛姆塑造的思特里克兰德还是有出入的，也更贴近现实一些，合情合理一些，不像小说里的人物那么怪异，匪夷所思。

是什么原因促使高更在中年时期突然抛开事业、家庭、中产阶级的优裕生活，只身前往异乡，像流浪者一样漂泊着，贫穷着，并狂热地把生命核能倾注在绘画上，最后又像原始人一样滞留在蛮荒之野，并把生命留在那里。

尽管毛姆塑造的主人公和高更不能完全重合，但他们的精神脉络是相通的，具有超人般的意志力，在粗犷的大自然中出生，在成长的过程中经由了现代文明的洗礼和改造，然后，在突然醒来的一个中年的早晨，仿佛听到血液中祖先的召唤，他们又一件一件地脱掉文明虚伪的衣裳，回到简单和自然。当然也回到一无所有。

南太平洋的塔希提岛是高更最后生活的地方，他一生中最重要的作品就是在个岛上创作的，甚至还娶了当地一个毛利少女做妻子，他画他的妻子和塔希提岛土著，画当地人的生活风俗和宗教仪式，但是他并没有成为伊甸园中幸福的亚当，疾病和贫穷一天也没有离开他。他的作品虽然引起了画界的重视却没有人愿意出钱购买。

死于疾病和贫穷是高更不可逃脱的结局，这是为生命自由付出的代价。然而，相比于窒息在文明的束缚中，谁又能说这是一种不幸呢。

在一百年后，仍然有许多的高更，在高度文明的早晨醒来，听到血液中祖先的召唤，想抛开一切，想变成另一个完全不同的人，到完全陌生然而又是极其自由的地方去，从事自己喜欢的事，返璞归真地生活着。

然而，又有几个人能真正成为高更。

布列瑟农

已经忘了是哪一年听到《布列瑟农》这首歌，总之是多年前了，在我所买的一盘 CD 里有这首歌。很多个午后我盘腿坐在地板上，反复听着这首歌，完全沉浸于它温柔的诉说与绵延的忧伤里，在一种受难般的炽烈中迷醉难返。

《布列瑟农》这首歌的名字来自一个地名，是佛罗伦萨和慕尼黑之间的地方，一个被山村包围的小镇——这是几年以后，在我接触了网络以后得知的。在成为一首歌名之前，知道这个小镇的人并不多，尽管它有着童话中的宁静与美丽。

一个地名成为一首歌名，打破时空局限为世界流传——

算得上奇迹了吧。这奇迹是爱情创造的。也唯有爱情才能创造这样的奇迹。

马修·连恩就是这个奇迹的创造者。在《布列瑟农》这首歌诞生之前，马修·连恩是一个漂泊的音乐家，一个环保主义者——为绿色和平组织工作。马修·连恩对自然的热爱来自童年时期的生活。在他还是 5 岁孩子的时候，父母便分居了，父亲决定离开圣地亚哥喧嚣的都市生活，独自去往加拿大的育空地区——那是一个人烟稀少的荒野之地，也是印第安土著的繁衍之地，有大量的野生动物，有浪花飞溅如白马的河流。马修·连恩 7 岁时第一次跟随母亲去往育空，沿途的北美风光袭击了他幼小的灵魂，他被大自然的原生之美震慑了——这次经历决定了他后来的人生走向。

如果说大自然意味着马修·连恩的父亲，那么音乐就意味着他的母亲了。是音乐寸步不离地陪伴他生命的成长，以温柔而宽厚的怀抱驱散他的恐惧与孤独。11 岁的时候，马修·连恩有了自己的第一架钢琴。25 岁时，马修·连恩发表了第一张音乐专辑。之后不久，便有了《布列瑟农》。

马修·连恩是为了一个女孩来到布列瑟农的。女孩也是绿色和平组织的成员，他们在共同的工作中认识并相爱。年轻的爱情有着烈日的金黄，他们需要挥霍，需要触摸彼此的全部并溶化彼此。

他们选择了布列瑟农这个有着纯净星空的小镇。

布列瑟农，哦，布列瑟农。因一段爱情而永恒的地方。

教堂的钟声在小镇环绕，安抚着恋人们因离别而悲伤的心，而火车的鸣笛已近，车轮咔嗒，将分别带走两颗破碎的心。马修·连恩把心爱的姑娘送上火车后坐上了另一趟火车，他要去的地方将远离姑娘所去的地方，布列瑟农是他们的幸福小镇，也是他们的悲伤小镇。然而极致之美的艺术往往诞生于极致的伤痛中。马修·连恩在火车上很快写下了《布列瑟农》，握笔的手指上尚留着姑娘的泪温。

1995 年，《布列瑟农》这首歌被收在马修·连恩的第五张专辑里，这张名为《狼》的专辑获得了"北极光"最佳原声带奖，这一年马修·连恩 30 岁。

从第一次听《布列瑟农》到现在，已过去很多年了。那张 CD 也早已损坏，而我隔一段时间还是会在电脑里找出这首歌，放大音量，反复地听。每一次听这首歌都像是经历着一场爱、一场别离，经历着生与死。没有一首歌能像这首那样，将我揉碎又展开，再揉碎。

也许我的心里也有一个布列瑟农吧——也许每个人的心里都有一个布列瑟农——也许这就是它征服了这个世界的原因。你再也不能回到那个地方，那梦一样的城堡，浪漫的小镇——从你踏上火车之后。

读爱，在花开的春野

太阳实在是好，好得令人担心，怕它一会儿就要掉过头去。

洗了被单，洗了被套，洗了羽绒衣，洗了头，洗了牛仔裤。

晒了棉絮，晒了枕头，晒了鞋子，连雨伞也撑开来在走廊上晒了。

湖水一点也没浅下去。晴了两天了，湖水还是那么深，比往年的湖水都要深。

黄檫花已经褪了色，整个二月的雨水，日复一日洗去了它们的颜色。山樱花的颜色也在褪，粉红褪成了粉白，就要落了。地里的油菜花开出一星星的黄，毫无气势。

很多人在往婺源去，去看三月的油菜花，去感受春天浓烈的声色与气味。我没去。有人相约，我不想去。

春天，我希望我是安静的，在湖边晒太阳，看山上一茬一茬的野花，听溪流潺潺，在溪边的树影下静坐，做一个纯粹的阅读者。

喜欢这样的春天，有阳光的春天，花开的春天。没有放不开的事，也没有撂不下的人。

气味

我最感愉悦的阅读不是在室内，而是在春天午后的寂静山林，在一条刚刚苏醒过来的林间小溪边。小溪边有一丛水竹，山樱，山樱树上缠着嫩黄的藤花。一枚去年冬天未落的叶子悬在中间，阳光的映照下红得耀眼。一只粉白的蝴蝶在花枝上飞着，一起一落，和花朵谈着恋爱。小溪旁有几块石头，不知道是谁垒在那里的，平平整整，可坐，也可靠。耳边听着单纯清透的溪流声，犹如听着大自然的心经咏颂，妥帖安宁。

两个下午，在山林的溪流边，读完了德国作家施林克的小说《朗读者》。这本书没有令我失望，是我喜欢的。以第一人称叙述，沿着一个人的内心行走，像我多年前爱读的日本私小说。只不过日本私小说的节奏比这个还要缓慢，拖沓。如果存在"气味小说"，那么《朗读者》无疑就是其中的典型。从打开第一页到最后一页，始终弥散着气味，各种各样的气味——灵魂的、肉体的、迷人的、浑浊的、浓烈的、清简的、明亮的、黯淡的……作者在作品中把自己的嗅觉体验表现得淋漓尽致，这和作者早年的生活有关，也就是说作者在很早的时候就领略了孤独。孤独的处境会让人关注那些细微如尘的东西，对气态的物质也会有敏锐的感觉。

米夏遇到汉娜时是十五岁的少年，而汉娜是一位年近四十的中年女人。米夏在第一次与汉娜的接触中就被她的体味袭击了。米夏在汉娜的怀抱中，在自己呕吐的难闻气味中嗅到了汉娜身上好闻的汗味。汉娜向米夏张开的是强壮的、母性的、安慰的拥抱，而米夏，这个身患黄疸症的少年，这个白纸一样薄脆的少年，他感受的是汉娜身上新鲜刺激的味道，以及紧贴着他胸部令他不安的一对乳房。这是米夏第一次对性感的体验，这也是他们超越常规关系的开端，有着宿命的意味。

我想起"气味相投"这四个字。气味是动物之间用来召唤、要求，或拒绝的语言，而人与人之间的辨识其实和动物有着共同之处，一个人对另一个人的接纳或抵触，很多时候，也是因为那看不见摸不着却能够闻到的气味。气味也是一个人的场。如果你能融入这个人的场，身心愉悦，你们就能共处。如果你排斥这个人的场，你们就只能是平行线，无法交集。

汉娜新鲜刺激的体味对米夏的成长有没有催熟的作用呢？或者说患病的米夏在被隔离于室内的半年中，以想象构筑的一座座迷宫里飘溢的气味，会不会就是汉娜身体的味道。十五岁的米夏，被疾病囚禁的米夏，沉浸于低热幻觉中的米夏，他的身体正在发生着神秘而羞涩的变化，像一朵莲花被体内的香气冲撞，忍不住绽开了莲瓣。

半年后，病愈的米夏以向汉娜道谢为理由，捧着鲜花，来到了汉娜的房间，他仍然用嗅觉触摸着她的生活——清洁剂的味道、青菜和豆子的味道、水蒸气的味道、邻居家起油锅的味道。

一个人对气味的记忆是根深蒂固的。而一个人最初接触的气味则会决定他以后的气味辨识，接纳的往往是同一种，抵触的也是同一种。

"以前，我总是特别爱闻她身上的气味。她闻起来那么清新，是才洗过了澡，是新洗过的衣服，是方才沁出的香汗，是刚刚被爱过的余味。有时候她也用香水，可我不知道是哪一种。而且，就是她用香水，闻上去也要比其他香水清新爽朗。就在这种闻上去清爽的气味之下，又流连着另外一种味道，很浓重，潜伏着，涩得刺鼻。回想那时候，我经常在她身上嗅来嗅去，就像一匹小动物似的。我从脖子和肩膀开始，嗅那新洗过澡的气息；从两只乳房当中，嗅那新沁出汗的味道，那汗味儿在腋窝处又和别的气味混合一起；从那腰部和腹部，嗅那浓重而说不上来的气息，不过倒是近乎纯正的；还从那大腿之间嗅出水果般的气味，我也在她腿上和脚上嗅来嗅去，嗅到小腿时，浓重的气味就消失了，膝盖窝又有点沁出的汗水，她的脚闻起来是香皂味、皮鞋味和身体疲乏的味道。后背和胳膊没有什么特别的气味，什么也闻不出来，或者说，就是她身体本来的滋味。她的手是白天干活的味道，带有车票的油墨香、钳子上的铁器味，以及洋葱头、鱼、煎肥肉、肥皂水、熨衣服的蒸气味儿。如果她刚刚洗过澡，手上就什么味儿也闻不出了。不过，那也只是香皂味把其他气味都掩盖起来而已，过了一会儿，那些味儿又会卷土重来，微弱地混合进一天干活的气息当中，那就终于是傍晚、回家和居家的氛围了。"

我在最后一章的这一段上画下了横线，我的笔从第一行画到最后一行，画满一整页，放肆而快慰。如果很多年后，有别的人看到这本书，看到这画满横线的一页，会怎么想呢？会不会和我一样被这段文字咬住？是的，咬住，就像汉娜以体味咬住米夏的身体。

米夏之所以不能摆脱汉娜对他一生的影响，使他后来遇到其他女人都觉得"不是那个味"，无法去爱，就是因为汉娜的体味囚禁了他。汉娜身处牢狱十八年，而她当年留给少年米夏的体味记忆，却将米夏的情爱囚禁了一生。

精神的囚禁，无形的牢房。你投入了时间和感情的东西就是你的牢房，你欲罢不能的东西就是你的牢房，你闭上眼睛也不能避开的东西就是你的牢房。

每个人都有自己的牢房吧。比如我，我的牢房就是文字，我阅读的和书写的文字，就是把我囚禁起来的牢房。

朗读

如今读一本小说，我已不太在意它的故事情节，我在意的是它对自己的内心、对人性的弱点揭示了多少，它的讲述是否诚实。是的，我在意诚实，哪怕它残忍、冷酷。一本不诚实的小说，写得怎样美，都是无力的。

我把《朗读者》当作一个人诚实的情爱剖白来读。我愿意从这个角度进入阅读。虽然小说中有更严肃的视角和思想表达，涉及纳粹的惨毒、战争后遗症、法律的残缺以及审判的滑稽等种种。这些严肃的东西犹如一条吃水很深的船，而这条船所漂行的河流则是米夏对汉娜的情欲。

两个人保持着一种隐秘而持久的关系，除了相投的气味与相融的情欲，还会有别的因素，比如精神的依赖。

米夏作为朗读者的身份比作为情人的身份更令汉娜眷恋。朗读者米夏将小说中一个个新奇的世界呈现在汉娜面前，他向汉娜展示了比现实更有意思的生活场景，他以好听的声音令汉娜忘却了过去与未来，只感受到此时此刻的轻松愉快。在他们之间，朗读已不仅仅是朗读本身，朗读是一个美轮美奂的清洁的地方，是米夏带领汉娜共同游历的精神花园。

汉娜身为奥斯维辛集中营的看守时，也曾在囚徒中挑选过一些年少体弱的女孩留在身边，汉娜给那些女孩洗澡、吃好的食物，然后再为汉娜朗读。朗读，就像一把钥匙，能打开一扇门，让汉娜领略她终生渴望却不能自由出入的世界。

汉娜是文盲，这是她需要朗读者的原因，这也是她一生遭罪的原因。汉娜是文盲，那么，这个世界对她来说就是排斥的，她对现实失去了知情权，也失去了话语权。她是一个文盲，这犹如她先天的残疾，她不愿意在公众面前露出残疾，她羞耻于让人知道这个致命的弱点，她以绝望的表情维护着那悲哀的尊严，她宁愿接受终身监禁的惩罚，而死守着自己既不能读也不能写的秘密。

在一个以文明标榜的世界里，文盲汉娜只能是手无寸铁的弱者，对自己成为历史罪恶的替罪羊也无法自救和辩白。

米夏作为法学院的实习生参与了审判汉娜的整个过程，在此过程中，米夏的内心则另有一场审判——对法律公正的审判，对爱情的审判，对自己懦弱一面的审判，对人性之恶的审判。人性之恶在真相面前赤身坦露，而真实与谎言在法庭的审判中又如此含混不清。

米夏在汉娜成为罪人之后，也身陷自我谴责和矛盾的囹圄中，为明知所爱之人获罪的真相却无能为力而困扰，也为自己成为上一代人罪恶的株连者而屈辱。

米夏在几年后又成为汉娜的朗读者，他将自己朗读的小说录成磁带，邮寄到汉娜服刑的监狱，这时的米夏已经结过婚又离了婚，并且有一个女儿。米夏第二次成为汉娜的朗读者，像是对曾经美好时光的祭奠，也像是灵魂的救赎。无论他愿不愿意，他都不能摆脱汉娜对他的影响，不能否认汉娜在他生命中的存在。他需要为汉娜做些什么来安慰自己，也以此弥补他对汉娜心怀的愧疚。

米夏的朗读对狱中的汉娜意味着什么呢？意味着爱，纯正健康的爱，这爱给了汉娜新生的勇气和力量，汉娜开始认字，她在监狱的图书室借来米夏朗读的小说，她摊开书，对着收录机一字一句地学着，很吃力也很满足。在米夏往监狱邮寄磁带的第四年，汉娜给他写来了第一封信，"小家伙，上一个故事特别好，谢谢，汉娜。"这短短的一封信，意味着汉娜大半生文盲时代的结束。这封信也是汉娜的欣喜与骄傲，她要让米夏与她分享，她终于可以用文字说出自己的话了，尽管那么短促，笨拙。米夏确实感到喜悦与骄傲，为汉娜所做的努力而骄傲，但他没有给汉娜写回信，他只是一如既往地给汉娜朗读，读他喜欢的故事、诗歌，也读他自己写的小说，孜孜不倦地读。从那以后，汉娜每次收到磁带都会给米夏写信，也都是短促的句子——"院子里的连翘花开了"，或者"我希望今年夏天雷雨天多点"，或者"从窗子里朝外望过去，我看到鸟儿怎样聚会在一起飞向南方"。

这些句子多像从一个孩子嘴里吐出，对生命充满了新奇，是天真未凿的诗句。

米夏从不曾给汉娜写回信，这也暗示着，他对汉娜的爱是有保留的。爱意味着付出，也意味着责任，米夏愿意适当付出并在付出中获得安心，但他不想让自己承担过多的责任。任何一种关系，一旦包含了责任的重量，就会失去自由和弹性。

如果汉娜在受刑的第十八年没有获得释放，如果她就像当初给予的判决那样终身囚禁，她的狱中生活也说不上有多么不幸，因为她的心里氤氲着爱，哪怕那爱是她一个人的盛宴。

爱，爱究竟是什么呢？爱，就是那能支撑你活下去的东西，即便活得孤独，活得卑微，活得艰难。

尊严

一个长期生活在牢狱里的人，最后，会不会把牢狱当成不想告别的故乡呢？

她已经习惯了牢狱里晦暗的光线，狭窄的四壁，窗外遥远的天空，云朵模糊的形状。她的年纪已老，身材臃肿，好闻的体味业已消失，取而代之的是腐旧枯朽的味道。她对自由不再向往，外面的世界对她来说已经失去意义，只有在牢狱她才是安心的，她可以对着收录机听着熟悉的声音，把那当作永生永世爱人的倾诉，慢慢地挨过一天又一天，直到最后的审判——死亡来临。

死亡，对她来说不是悲惨的事，死亡是另一个故乡，她的亲人早已去了那个故乡，她在集中营看守过的那些人也在那个故乡。她曾因无知和盲目而成为罪恶的帮手，她在心里确认自己是有罪的，她心甘情愿地在牢狱服刑，终身为囚，向那些无辜的、丧失尊严的犹太人赎罪。

尊严，这是每一个活着的生命都需要的，但是汉娜，她有过尊严吗？作为文盲的汉娜、作为囚犯的汉娜、作为被米夏爱恋过的汉娜，她有过尊严吗？

如果说她还有什么心愿的话，就是希望命运对她最后的判决，是有尊严的。

汉娜在服刑第十八年时获得了释放。关押了她的牢狱对六十岁的汉娜说，你可以离开了，这里不再是你待的地方。

一个在老年时离开故乡的人，能去哪里呢？

汉娜无处可去，除了米夏——她曾经的情人和朗读者那里。

可是米夏已经不是十五岁的米夏了，正如汉娜已不是三十六岁的汉娜。即便米夏终于来探监，在汉娜出狱前来见她，愿意帮助汉娜适应外面的生活，但那种帮助是出自怜悯和无法推却的道义，而并非出自爱。汉娜从米夏对她表现的神情中明白，爱，在他们中间已经死去，被无情的岁月杀死，被冷酷的现实杀死。

这么多年来，汉娜一直依靠着内心的微火活着，她相信，那个曾经像个小兽一样紧贴在她怀里嗅来嗅去的小家伙——那个以好听的声音一年年陪伴她的小家伙——是爱她的。她象信仰宗教一样，虔诚地怀抱着这丛微火。她怎么能允许自己成为一个悲哀的包袱，残喘苟活，最后被米夏厌弃。那是不可想象的。

我终于没有忍住悲伤，在读到汉娜自尽的那一章时，眼泪冰凉地流下来。

事实上，在米夏来探望汉娜，在汉娜疲惫地说"都结束了"时，我已经预感到她会死在狱中，这是无法改写的结局，对汉娜来说，这也是一种保持了尊严的结局。

在午后的溪流边阅读这样一本书，就像听一个人用略微低沉的声音在向你诉说。他用忏悔式的语气向你诉说他的故事。他的言辞舒缓恳切，犹如穿过竹叶投在溪流上的阳光，清晰，透明，斑驳。你甚至能闻到他词句中挥发出苦咖啡的气息，深情的色泽，迷人的忧伤。

米夏。米夏。我自语般念叨着这个名字，我觉得这个名字是一种春天的植物，开着细碎的黄花，晶莹如太阳的泪滴。而汉娜的名字则是一个咒语，念动她，就能解开那些被施了魔法而受禁的苦灵魂。

在这个春天遇到《朗读者》不是偶然，在此之前，我已看过由这本书改编的电影，片名有译为《生死朗读》的，也有译为《读爱》的。而我关注这部电影的原因在于，它的女主角汉娜由凯特·温斯莱特主演。从《理智与情感》到《泰坦尼克号》到《革命之路》到《朗读者》，凯特·温斯莱特的演技已穿越浮面的艳丽，潜入了人物复杂的内心、错综的命运。

春天的太阳是有着善变的脸和匆忙脚步的，早早地就斜到山外去了。阳光一走，山林中也就格外清寂起来。我合上书，从石头上站起身。我的肩膀触动了身边的山樱花树，顷刻，粉白的山樱花瓣像春雪一样，大朵大朵落下来。那枚去年冬天未落的叶子也落了下来，庄重地擦过我的肩头，落向我捧着的书，轻吻了一下封面，旋转几圈，落入溪水，顺流而去。这枚叶子，它是那样红艳，像一朵不肯熄灭的火苗，也像一颗受尽伤害却不舍凋零的心。

阅读马尔克斯及其他

"没有爱，性只是安慰"，这是老年的哥伦比亚作家马尔克斯借他小说主人公之口说出的话。这句话还有另一种翻译："如果你得不到爱，那么性留给你的只有安慰。"

但凡和文学沾点边的人没有不知道马尔克斯和《百年孤独》的，如同和美术沾边的人没有不知道凡·高和《向日葵》的，只是知道的深浅不同而已。我认识的小城一位写者甚至能背诵《百年孤独》开篇的部分，一口气背上好几百字，如同相声演员背诵扁担长板凳宽的绕口令般熟烂，同他不多的几次见面中我听他背过三次，三次都在酒桌上，几杯过后，面红耳酣之时，他就对酒桌上的人们说写小说的人一定要读马尔克斯，一定要把阅读《百年孤独》当作写作小说的必修课，随后就大声地背诵起来。

我是在很早的时候——还不知道马尔克斯那么有名，曾获得过诺贝尔文学奖的时候读到《百年孤独》的。那时我二十多岁，没有开始写作——其实也是秘密写着的，也秘密地、忐忑不安地投过稿——当然是石沉大海。我是被《百

125

年孤独》这个书名吸引翻开这本书的，这个书名太有魔力了（不知道是不是和封面加注的"魔幻现实主义"有关），像一个引诱着人往里面探寻的洞穴。我走了进去，摸着黑不知深浅地走进去，但是很快我就退出来了——我发觉自己根本就无法进入这个洞穴——它看似开放，但它有着一扇隐秘的门，我被拒之门外了。

那时我还太年轻，尽管已读过不少名著，差不多把小城图书馆里能读到的名著翻遍，却无法进入《百年孤独》。我沮丧地关上了这本书，关上这本书并不意味这本书的魔力消退，而是变得更有魔力了。

过了一段日子后我又翻开《百年孤独》——这回我要硬着头皮把它读下去——我发狠地对自己说。我就不信自己竟然啃不动这本书。可是，和第一次进入洞穴的结果一样，第二次我还是被拒绝了。"对不起，你没有进入的密码。"这本书用苍老、傲慢、古怪的声音对我说。

我勉强不了自己，又退出来了。什么东西嘛，这本书不过是徒有其名而已，乱糟糟的，根本不合我的口味。我对这本书有了另外的看法。

又过了两三年吧，是在知道马尔克斯结结实实的、国际文坛霸主的名声之后，半是疑惑半是不服气地又一次翻开《百年孤独》，这是那时能读到的马尔克斯的唯一作品。

第三次的洞穴之门总算是进去了，是逼着自己硬着头皮进去的，如同逼着自己对一个庞大的、九曲环绕的迷宫的探险，奇妙的是一旦耐下心来克服了开篇部分的阅读困难之后，接下来的阅读就顺畅起来，渐渐地豁然开朗。

第三次阅读《百年孤独》的最深印象是：这本书给了我前所未有的阅读体验，给了我对小说全新的认识。在合上最后一页的时候，我没有像以往合上一本书时暗自怅惘。这种怅惘感就像与一个人的永别——我们亲密地相处了几天，终于到了告别的时候，并且永不会再见。合上《百年孤独》的时候我感觉自己和这本书并未永别。我们还会再见的，我会再一次地——第四次地翻开它，真正地融入它、消化它。这第四次的翻开也许要在很多年以后，在我愿意把时光的快马拉住，放慢，慢慢地在生命的草地上消磨的时候。

距离第三次阅读《百年孤独》已过去很多年，如今想起这本书我丝毫不记得书里任何的情节，如同书中马孔多镇那些得了失忆症的人，能记得的只有书中开篇的第一句："许多年以后，奥雷里亚诺·布恩迪亚上校面对着行刑队时，准会记起他爹带他去看冰块的那个多年前的下午来……"之所以记得这句大概得益于那位本地写者在酒桌上的朗声背诵。

我的床头有本《霍乱时期的爱情》，2011年出版，忘了是在哪个书店买的了。应该是在合肥的某个书店吧，这两年我所去的最远的地方就是合肥，去过两三次，每次必去书店，且都是和诗人红土一起。

由于很少出门，很少与人交往，生活中需要花费的地方便不多。我最大的花费是衣服和书。这几年书买得也少多了，碰不到想买的书，即使怀着猎艳的欢悦买到的新书也很少读，抱回家，拆掉书封，粗略翻过，只把最想读的那本摆在床头，其余的便摆入冷宫样清寂的书橱。

如今买书似乎只是为了满足拥有的欲望而不是阅读的欲望，这究竟是我的问题还是书的问题呢？每次站在书橱前，想在众多的新书中寻一本最想读的书，翻找半天终是无果。"我最想读的那本书不在这里"，我听到自己心里的一声叹息。

《霍乱时期的爱情》摆在床头有大半年了吧，阅读仍然停留在第一章。每次拿起来都是从头读起，读到七、八页的时候放下，之后是长久的搁置，再次拿起又是从头读起，读到七八页的时候放下……如此反复——这和当初在书店遇到它时如获至宝般的心情是不相符的。

在书店买这本书有一半是冲着马尔克斯这个名字，另一半是冲着书的简介。我站在书架前，几乎没有变换姿态地读完了几千字的简介，这本书的简介写得极为魅惑：小说写一个男人和一个女人之间爱的故事。他们在二十岁的时候没能结婚，因为他们太年轻了；经过各种人生曲折之后，到了八十岁，他们还是没能结婚，因为他们太老了。在五十年的时间跨度中，马尔克斯展示了所有爱情的可能性，所有的爱情方式：幸福的爱情，贫穷的爱情，高尚的爱情，庸俗的爱情，粗暴的爱情，柏拉图式的爱情，放荡的爱情，羞怯的爱情……甚至，连霍乱本身也是一种爱情病……它堪称是一部充满啼哭、叹息、渴望、挫折、不幸、欢乐和极度兴奋的爱情教科书。

读过这段简介后我便认定这是我想要读的书了，即便我也知道，书的简介大都隐含着推销的功用，就像夸张的广告词，与实际产品的质量还是有差距的。

就这样找又有了一部马尔克斯的小说，放在离我最近的床头，在伸手可及的地方，阳光和灯光都能照得到的地方。这本书没有像它的兄长《百年孤独》那样用魔法吓唬翻开它的读者，庞综错杂得令我生畏，但是，为什么大半年过去我还是停留在开篇之处呢？是我的阅读胃口已经衰退？不再能够咀嚼生猛海鲜，还是这本书不如直觉中那般合我的阅读口味？

一本书就像一个人，是有其性情和气质，这气质大多是通过叙述的语言表现出来。安静的或是喧闹的；单纯的或是复杂的；优雅的或是粗俗的；忧伤的或是轻快的……一个读者喜欢上一本书，大多是因为这本书的气质与这个读者的内心气息相契合，就像两个气息相投的人，不需要相互适应、磨合、妥协的过程便能融入彼此。

回想近些年我所读过的书，大多是诗性的，安静到有些忧伤的，比如每年都会读一遍的《小王子》，比如《朗读者》《入殓师》《微物之神》和黑塞的小说，而另一些书，比如2010年诺贝尔文学奖得主，同为拉美文学大师的略萨，他的小说我在拿起后翻上几页便放下了。这不是我要读的，气息完全不对——我对自己说。

也或许是翻译的问题吧？当一本颇具盛名的小说在展开后觉得不堪阅读时，我便想：这或许并不是小说的问题，也不是作为阅读者的我的问题，而是翻译者的问题。

是最近才知道，《霍乱时期的爱情》这本书于今年8月才得到作家授权，在中国翻译并公开发行，且是唯一获得授权的马尔克斯的作品。这就意味着，之前书架上的《百年孤独》和《霍乱时期的爱情》均是"水货"了。这样的"水货"无疑能为出版社牟一笔财富，但其翻译中的文学性与准确性是否可以不必置疑呢？

在我打开文档，用习惯使用的智能ABC输入法敲出马尔克斯的名字时，我想表达的并不是对他的作品在中国遭遇"水货"之灾的正义立场。作为读者的我在这件事上的立场是很模糊的，也可以说没有立场。我觉得只要翻译上的文学性没有缩水，阅读"水货"书著也没有什么不好，至少在购买的价格上比"行货"要便宜很多吧。我所购买版本的《霍乱时期的爱情》标价为人民币20元，在当下书市的行情里，这个价位算是中等偏低了，多实惠。

我甚至也不能确定地说，摆在床头的未被阅读的《霍乱时期的爱情》在翻译上就是有问题的。翻译上有没有问题得专家来说话——由翻译家或文学评论家来说，或者拿两个不同的译本对照着读，孰优孰劣便见分晓。

那么，当我用笨拙的输入法在文档里敲下马尔克斯的名字时，想表达的究竟是什么呢？回到本文开头的地方，想想，其实促使我在这个初秋的午后坐在窗前，停下正在写作中的专栏文字，而把时光用来闲谈马尔克斯的原因，是他在其作品中说下的两句话——是这两句话击中了我，使我内心涌起波动，觉得需要表达一点什么才能平静。

这两句话中的其中之一就是本文开篇的那句："如果你得不到爱，那么性留给你的只有安慰。"

另一句是"对于死，我唯一感到遗憾的是没有为爱而死。"（这句话也被译成"我对死亡感到唯一的痛苦是没有为爱而死。"）

这两句话并非是在他的书中读到，而是在网络上，在有关他作品的评论中读到。坦白说近几年来，在有了电脑之后，我的阅读更多是在网络上。可能这才是我近几年来少买书和买而不读的缘故吧。

"如果你得不到爱，那么性留给你的只有安慰。"

"对于死，我唯一感到遗憾的是没有为爱而死。"

——这两句话多像是爱的碑文。

写下这两句话时马尔克斯已在一生的暮晚时光：得过文学的最高奖，患过癌症，也体验并参透了生命中的各种情感。那么，可不可以把这两句话——尤其是第二句，当作马尔克斯为生命和爱写下的墓志铭？

如今马尔克斯年已八旬，并且不可避免地患上了老年痴呆症（家族性的），就如他在《百年孤独》里所描述的患了集体失忆症的马孔多镇人那样，不记得自己的名字，不记得自己写下过什么，爱过什么人。

当我在将近十月的初秋午后，与不在场的听者的闲聊中绕了一个大圈子，终于将马氏的这两句话搬出后，心里要表达的话语已归于寂静——那个在心里涌动的东西落下去了，像一轮熟透的夕阳落入草丛。

此时的窗外归舟缓缓，秋水澄澈，一切都是安宁的。

一切都安宁。

（本文写于 2012 年）

一个画家和他妻子的自白

按：这篇文章是读了毛姆小说《月亮与六便士》后写的。我说不上来它是什么，并且无法给它归类。是啊，这篇文章虽脱胎于一部名著，但它什么也不是。不是小说，不是散文，更不是书评。尽管如此，我仍然写下了它。

画家的自白

当我感到厌倦时，我就有一种死亡感。

而我很容易感到厌倦。厌倦人群，厌倦嘈杂，厌倦每天面对的毫无意义的聚会和工作。对那些被人们看作是幸福的东西，比如一个看起来美满的家庭也深感厌倦。

这个家庭是我亲手建立的，就像亲手建立起来的城堡，用去了我生命中十七年的时光。十七年前我只是一个人，只是我自己，而十七年后我不再是一个人，我有一个需要供养的妻子和一双儿女，他们就像是我身上长出来的枝丫，我活着似乎也是为了使他们得以存活和生长。

　　我有体面的事业、体面的家庭，妻子虽然算不上漂亮，但很聪明，又温柔体贴，而且还很不俗，她爱好文学，喜欢结交作家和社会名人，她在那个聚集着名人的圈子里很受欢迎。我的两个孩子也都像他们母亲一样聪明，也都健康，读书用功，几乎用不着我去操心什么。用世人的眼光来看我确实是应该感到幸福了，可我不知道自己为什么感受不到。

　　当然我不会让别人看出我其实并不觉得幸福，那是很不体面的，在这个被虚荣和浮华充塞着的社会中，要想获得尊重，保持体面是很必要的。为了保持体面我必须举止得体，言谈得体，必须穿着裹得透不过气的晚礼服，站在妻子的身边，得体地接待着她不知道从哪里认识的名人。为了保持体面我还必须每天清晨把脸刮得干干净净，不留半根胡须，就好像我从来不长胡须似的。可是天知道我脸上的胡须有多么繁茂，它们总是趁着我睡着时疯狂生长，和我心里那些真实的梦想一样，趁我睡着时偷袭我。

　　"我可以不刮它们吗？"有一天，当我站在镜子前想到自己为什么要费力保持体面的时候，在那一刻，我对自己整个前半生的生活突然产生了怀疑。这是我想要的人生吗？一个人来到世界上就是为了这样生活着吗？每天早起对着镜子刮胡须，然后坐在固定的位置上吃着健康的、内容相似的早餐，去事务所做着自己并不感兴趣的工作，然后和乏味的人们共进午餐，接着又是工作，又是乏味却不得不提起兴致参与的社交、晚宴……当我想到自己要一直这样，日复一日地做着不想做的事，说着不想说的话，直到老死，真是厌倦极了。我举着剃刀站在镜子面前，看着刀锋下自己毫无生气的面容，觉得自己其实已经死了。这样活着和死去是没有区别的。

我已经四十岁了，对于一个人的一生来说，最好的年华已经过去，接下来的日子不过是面对自己的衰老。是的，我就要衰老了，可是我还从没有按照自己的天性生活过，我甚至已经忘了自己的天性，这四十年来我所做的不过是亲手制造一副体面的枷锁，套在自己的脖子上，我的每一天都戴着这副枷锁，我的每一件物质的拥有也都在加重这副枷锁的重量，我那可怜的天性也早已被压制得窒息了。

要么就这样生活下去，戴着枷锁，怀着厌倦，生活下去。要么就打破枷锁，获得自由。

打破枷锁——当我在失眠的深夜想到这四个字时，突然觉得眼前一片明亮，如同一群流星划过头顶，我被这个想法震住了，又兴奋又不安。

打破枷锁，我能够吗？有足够的力量和勇气吗？这相当于毁灭，毁灭现在拥有的一切，完全地脱离现在的生活。打破枷锁还意味着我将割断与妻子与儿女们的关系，成为他们的叛徒，甚至也成为整个社会的叛徒，我将从自己身上砍下他们，或者说我从他们身上砍下自己，从此以后我们各自扎根，各自生长。我将一文不名，除了自由的双脚和自由的时间，我将像流浪汉一样贫穷，当然，也将像流浪汉一样富有。

如果我把这些想法告诉别人，别人一定会认为我是疯了。我不能告诉任何人，包括我的妻子，尤其是我的妻子。

平心而论我的妻子是一个贤良的女人，会操持家务，又擅于社交，几乎没有不良嗜好。十七年来我们从来没有红过脸，没有过争吵，我们之间甚至连谈话也很少，除了早安和晚安就只说一些必须要说的话，比如她在晚上请客吃饭需要我参加时，会提前告诉我，让我记得准时回家。我们之间很少谈话的原因在于我不喜欢说话，我幼年的时候患有口吃，这个毛病使得我在张口说话时总是很紧张，害怕成为别人的笑柄。成年后口吃的毛病虽然不治而愈，但我仍然拙于言辞，好在我的妻子对此并不在意，她交往的名人圈子里多的是高谈阔论的人，她的语言才能在那里也能得到充分施展。

我承认我并不了解我的妻子，就像她对我的不了解。尽管我们在一起生活了十七年，有两个孩子，我们对彼此内心的了解却是微乎其微的，我们并不知道对方真正的需求，当然了，这世上的夫妻大多是如此生活着的，像两个熟悉的陌生人，保持着互敬互爱的姿态生活在一起。

在我妻子的眼里我既没有特别的才能也没有特别的爱好，她不知道我每周有三个晚上在夜校学习绘画，已经快一年了，我的老师认为我很有绘画天赋，最近，也就是一周前，他对我说，他恐怕已经没有什么可以教我了，事实上我现在的绘画水平已经超过他了。我知道，我得离开那个夜校了。

我不仅得离开那个夜校，我也得离开这个城市。我不止一次地在夜晚听到一个声音对我说着离开、离开，我还听到一声声的鸟鸣和水浪拍打海岸的声音，悦耳极了。我不知道这些声音是从哪里来的，城市里怎么可能有这样动人的天籁之音呢。城市里只有令人无比厌倦的喧嚣。

一个人在四十岁头上发现自己具有某种天赋是喜剧还是悲剧？是不是太迟了？其实在很小的时候我就喜欢画画，因为口吃害怕说话，我总是把自己想要的东西画下来拿给母亲看，母亲很惊讶我画下的东西那样逼真，她弄不懂我是从哪里学来的，因为她从来没有教过我这些。母亲甚至疑惑我作为胎儿投进她的腹部之前就是一个画家了，要不然绘画对我来说怎么就像一个婴儿吮吸母乳那样自然。可是父亲却并不欣赏我天生具有的绘画才能，他觉得艺术是不现实的东西，甚至是害人的东西，画得再好又有什么用呢，又不能赚钱，他觉得在我的成长过程中应该学习一些实际的本领才对。

我后来的人生道路基本上是按照父亲指定的方向行走的，没有做和艺术有关的无用的事，和妻子共同生活的这十七年也都是务实的，我要养家，现实容不得我不务实。不过我知道总有一天我要重新拿起画笔，要画画。

我要画画，哦，说出这四个字我就觉得胸口灼烫，腾起一团燃烧着的火焰，它让我无比干渴又无比狂热，我觉得自己的生命又有了活力，就像一个新生儿那样充满活力，谢天谢地，这么多年来绘画的天赋并没有因为我为生活奔波而离开，它还在我身上，尽管气息微弱。

　　如果此时我的面前站着一位神，问我此生还有什么愿望，那么我会告诉神，我唯一的愿望就是画画。我不想把余生消耗在令自己厌倦的事情上了，我得做自己真正想做的事。这一生我已别无所愿，除了画画，我可以放弃拥有的一切，无论接下来的命运是悲是喜，我只想安静地独自地不被打扰地画画。

　　当我想到离开的时候不能不想自己应该去往何处。我曾经频频梦到过一个地方，那个地方是一个充满阳光的绿色小岛，四周一片碧波，海水看上去比任何海洋都更蓝。梦里的我走在一条为浓荫覆盖的小道上，感觉就像走一条回家的路，心里充溢着宁静的愉悦。在梦里有时我是一个孩子，有时又是一个渔夫，赤着双足，身上没有衣服，只有几片宽大的芭蕉叶挂在腰间。在梦里有时我也握着画笔，用笔尖舔着天边丰富的色彩，画浓艳的花朵、神秘的水果、快乐的小兽，当然还有女人。那些女人有着小麦的肤色，有着浑圆的胳膊和结实的乳房，乳头就像一对圆睁着的眼睛，半羞涩半惊恐地望着我。在梦里我也曾与这些女人有过交欢，像热带丛林里的麋鹿那样又猛烈又温柔地交欢。

　　我不知道梦里的小岛叫什么名字，不知道它具体的地理位置，但我相信这个世界上一定有这样一个地方，或许我的前生就生活在那里，而此生我的灵魂仍然留在那里等着我去认领。当然我也并不一定非得去寻找梦中的小岛，只要能够卸下枷锁作为一个活生生的自由人而存在，无论去哪里都行。

再过几天我的妻子和孩子就要从乡间回到伦敦了。每年夏天他们都会去乡间度假，每年夏天这个城市三分之二的人都去乡间度假，这是有钱人的一种风气，其中也有一些是不那么有钱的人，比如我的妻子就不算是有钱人，只不过衣食无忧而已，但她乐于把自己的生活过成有钱人的样子，这也是她维持体面的一种方式。我决定在妻子回来之前离开伦敦，我已经收拾好了行李：两套换洗的便装和全套画具。我没有带剃刀，离开伦敦我将不再需要剃刀，也不需要紧邦邦的晚礼服，它们是我脱下来的壳，不再和我有关联了。

好了，就这样了，作为告别我得给妻子写一封信，告诉她我的去向和决定，当她展开这封信的时候一定会难以置信，会有被抛弃的耻辱和痛苦，不过一切都会过去的，等这一切都平息了，当她回想的时候会觉得我的离去并不是件坏事，因为和一个行尸走肉般的丈夫在一起生活，对一个女人来说也实在算不上幸福。

画家妻子的自白

过去半年了，每天早晨醒来，心里仍弥散着浓郁的哀痛。那哀痛仿佛一块胶布紧贴在胸口，想伸手撕开它，又动弹不了，没有半分力气。

我的力气在梦里已经用完了。这半年来只做一种梦——赶路，搭车，搭错车，或被车抛弃在荒野——我跟在车后面使劲跑，大声地叫着，停一停，等等我啊，不要把我扔在这里。车上的人，包括我的丈夫，明明看到我在绝望地追赶，脸上却是冷漠的表情，无动于衷地转过身去。

就在刚才，醒来之前又梦到了我的丈夫，梦到他和一个有着女体的怪物绞在一起，那个怪物的四肢可以任意缠绕，头看起来像一只麋鹿。我忍住怒火，走过去告诉他，我们的孩子在生病，快要死了。他用嘲讽的眼神看着我，说你认错人了，我不是你要找的人。我在梦里拔刀向他刺去——在梦里我不止一次地杀过他，奇怪的是，哪怕他就站在面前，我手里的刀却怎么也碰不到他。

如果真的遇到这个曾做过我十七年丈夫又突然消失的男人，会不会杀他？当然不会。只会当作从不认识他，把下巴抬得高高的，眼角都不会向他倾斜一下。

我对自己在梦里失控的表现有些不满。一个愤怒的人是很不体面的，愤怒没有什么用，只会让自己乱了阵脚，失去尊严。

很小的时候我就从母亲那里学会了克制，无论发生什么事，都不要在神色上露出迹象，尽管心如刀绞，脸上仍是不动声色。六岁时，我的父亲曾跟一个比他大几岁的舞女出走了，当亲友们跑来问母亲要不要把父亲找回家时，母亲像往常一样安静地绣着花，说不用找，男人不会愚蠢到为一个舞女丢家弃子的，过几天，等他玩够了自己会回来的。果然半个月后父亲就回来了，还给家人买了礼物，小心地讨好着每一个人。当时我们正准备吃晚餐，母亲从厨房里端出一副餐具，放在父亲常坐的位置上，神色如常，绝口不提父亲和舞女出走的事，就像从没有发生这件事。

直到我出嫁前，母亲才把这件事又提起来——当然是和我单独的时候，母亲说其实当时她的心都碎成粉末了，夜里无法入睡，脑子里总晃动着父亲和那个舞女在一起的不堪情景。但她了解父亲并不是真的要抛下这个家，不过是一时的鬼迷心窍——这是男人的通病。我明白母亲在我出嫁前提起这件事的用心，是想让我对男人的毛病有所了解，若遇到同样的情形不至于难以承受。

半年前，从乡下度完假回到伦敦的家里，第一眼看到丈夫留在桌上的信时，心里轰然倒塌——这件事果然落到我头上了，我的丈夫，那个看起来木讷到笨拙的人，在婚后第十七年头上，还是没有避免鬼迷心窍。

我得承认自己没有母亲当年处理这件事时的冷静，太突然了，在此前共同生活的十七年中，丈夫从没有过越轨的事，对我的女友故意的挑逗也总是置若罔闻，他的情商比较低，又不善言辞，没有特别的爱好——差不多是个无趣的人，因此我总以为母亲的遭遇不会在我身上重演。

总之我的生活算是被毁了。这个做了我十七年丈夫的男人毁了我苦心经营的一切。一夜之间我成了朋友们的笑柄，特别是女友，以前她曾暗地里羡慕过我的生活——每周在自己家的餐厅里宴请一次伦敦的文人名士——女友一边尝着那些精致的开胃小吃，一边用挑剔的眼光打量着我的衣着和房子里的布置，在她看来我既无美貌又无才能，过着这样优裕的生活简直是很可疑的事。

说实话每周在家里宴请宾客确实有些奢侈，丈夫虽然有着不错的收入，除去孩子们的学习费用和日常开支，剩下的也不是很多，为了能把宴请体面地办下去，我需要花很多时间和精力来做准备，而为了节省开支，宴席上的菜肴、甜点和开胃小吃都由我亲自烹调，包括客厅的布置、每一只花篮的摆放。女友当然不知道我所做的这些事，她以为这些都是侍女做的，她不知道那两个端菜送酒的侍女在宴会结束，收拾干净餐厅后就会离开，直到下周宴请时再来。

丈夫对我的行为倒是从没有表示过反对，他很少过问我的事，待在家里的时间也不多，我们几乎没有时间用来交谈，有很多年了，我们习惯了彼此的沉默，每天向对方说的话不多于三句：早安，再见，晚安。

即便丈夫没有表示过反对，我也知道他是不赞成的，他用去俱乐部打桥牌为借口避开宴会，偶尔在我的请求下也会留下来，那神情看起来像是在受苦役，提不起半点热情。

有时我也很想停止频繁的宴请，太累了，只是一件事成为规律以后，不是想停止就能停止的，况且他们的宴请我也参加，作为礼节上的回应，也需要每周在固定的日子回请一次。

我宴请的宾客们大多是作家，当然也有一些政府官员和社会名人。对文学的爱好使我很愿意与他们结交，听他们之间颇有意思的言谈。爱好文学是我小时候就有的禀赋，少年的我从图书馆借来的书籍中读到不少浪漫的故事，这些故事使单调乏味的时光变得生动起来，打开一本书，就能进入一个可以尽情幻想的天地。这样的阅读生活一直延续到二十岁。二十岁，遇到刚从海军服役回来的年轻人——后来成为我丈夫的男人，接下来就是结婚、生孩子，生了一个又生一个，然后搬到伦敦，每日被数不清的家务缠绕，等两个孩子长大，离开家住到学校去以后，在突然袭来的巨大失落和空虚中，我才记起很久以前曾有过的爱好。

真像一场梦，这一生，所有的一切，多么虚幻，就像清晨醒来之前做的一个长梦。梦醒后发现原来什么都是虚假的，不可靠的，包括一直以为非常了解的身边人，竟是最陌生的人。会不会是另一个人——或魔鬼的魂魄潜入了丈夫的身体，替换了他的灵魂——有时我会忍不住这样怀疑，可是，究竟是什么时候我的丈夫被替换了呢？那个魔鬼的魂魄进入他身体是什么时候……越想越乱，头痛欲裂，最后不得不承认，是时间替换了最初的人——十七年前婚礼上立下终身誓言的年轻人，在漫长的时间中已悄然逝去，取而代之的是这个冷漠、自私、绝情的人。

如果我的母亲还活着，不知道会怎么看待我的遭遇。一个男人丢开妻子儿女，丢开体面的事业，只留下一封说自己不再回来的信在厨房的桌上——他这样做不是为了某个舞女，而是为了画画——如果我的母亲还活着，会怎么看待我的遭遇？

可悲的是，一直以来我竟不知道他学画画的事，据说已学了三年，并被认为很有才华。

得知他不是为了某个舞女，而是为了鬼才知道有没有的才华抛下这个家，我只觉得心如死灰。一切都无法挽回了。这个男人，他舍下一切，包括亲生的孩子，就为了可以自由自在的四处游荡、画画——这是任何一个正常的，顾及体面和良心的人都做不出来的。他的灵魂确实被魔鬼替换了。

对一个步入中年的女人来说，最悲哀和耻辱的就是这样了吧——被丈夫抛弃，或者说被整个生活抛弃。其实没有那么严重。我开始自己工作了，开了一家事务所，主要是为作家们打印文稿和校对，生意很不错。以前不知道自己竟然也能挣钱，没料到结识的那些作家们能带给我工作的机会，因为一场变故，我在中年过上了完全不同的生活，虽然辛苦些，过得倒也踏实。

我不再像从前那样每周宴请宾客了，卖掉了大房子，另外租了一套小一些的房子，孩子们由我姐姐支助着，继续在学校里读书，很少回来，我一个人住不了那么大的房子。

女友告诉我，我比以前看起来要苍老一些。就算她不告诉，我也能在镜子里看见：怎样梳理也不能藏起的白发；因消瘦而松弛的两颊；眼睛里的疲倦；眼角的皱纹——这些恐怕需要更多时间才能复原。或许不再能复原。

朱莉姑娘

朱莉生于 19 世纪 70 年代末，在拉丁美洲马蒂尼克岛上。朱莉是一个混血儿，她的母亲是一个黑人姑娘。

朱莉的父亲是白人，一个种植园主的少爷。少爷继承了种植园后，和一位来自法国的贵族姑娘结了婚，贵族姑娘很贫穷，不过没关系，这照样是一个体面的婚姻。

种植园主在婚后继续担当她们母女的保护人，供给朱莉很好的学习环境，让她受到和地主家庭中的女儿们一样的教育——音乐、美术、文学、历史，这些是朱莉日常所习的课程。

朱莉和母亲住在森林中的小屋里，每天，老师们会穿过森林来给朱莉上课。老师们都是年轻的男子，很喜爱朱莉这样美丽又聪颖的学生，除了日常的授课，还带来《百科全书》，带来伏尔泰和卢梭的作品，以及各种各样的观念与知识。

一年一年地过去，朱莉所受的教育已经超过了地主家庭女儿们的水平，超过了她父亲的预期，也超过了她可能的前途所需。

前途，作为种植园主半黑的私生女，朱莉没有生来尊贵的肤色，也没有富家小姐的身份，她会有怎样的前途呢？她的前途可能就是带着所学的知识，走进富裕人家去做一个家庭教师，然后和同样肤色的男子结婚，如果运气好，会有一块林地与房屋，生下一群黑色或棕色的孩子……是的，这就是朱莉姑娘可能的前途了，如果她没有读太多的书，没有获得太多的知识与才能，或者如果她的容貌不是那样美丽，并且拥有动听的歌声，那么，她就会过着这种与出身相称的生活了。

关于朱莉姑娘的身世就是这样。需要说明的是，朱莉姑娘不是某部电影中虚构的人物，而是一百多年前真实存在过的一位女性。朱莉如今依然存在，在莱辛的小说《又来了，爱情》中。

《又来了，爱情》是我这个春节唯一的书本阅读。我读得缓慢，多数章节是清晨醒来后在床上卧读的，窗户外的鞭炮时而密集，时而零星；早春的阳光映在窗帘上，斜斜的，一格一格。我拥着棉被，半侧着身子，手里握着一支笔，边读边在一些字句下画出横线。等一格一格的阳光移过窗户，我才合上书，掀被起床，这时已近中午了。

"她原本是个完好的姑娘，是爱情让她有了残疾。这残疾没有损坏她的美貌，这残疾给她的美貌以迷人的灵魂。"——这是我写在《又来了，爱情》这本书上的话，在第21页的右下角。在这一页上，还有我用笔画出的横线，横线上的句子是这样的——

"她深夜独自在树林中散步。她在岩峰之间独自跳舞，手中击打着铃鼓，或是看上去像铃鼓的东西，很原始的乐器。甚至有人声称，曾经看到她——光着身子跳舞。"

我被这段句子所描述的形象蛊惑。我爱这个形象，像神的女儿，既非凡又可亲。我用声音读出这段句子，眼前就出现了一个洋溢着热带风情的棕色女子，她披着长长的鬈发，在花草鲜美的丛林里，在岩崖峻峭的石壁上，在圆融银灿的月光下，在山风与夜虫的吟唱中，摇着手铃，赤身狂舞。

朱莉是出现在《又来了，爱情》这本书开篇的人物，也是贯穿始终的人物，但她并不是这本书的女主人公。在这本书中，朱莉是一个传奇——一个无所不在的隐形人——一个死去多年又复活在人间的神秘灵魂，被后人倾心地爱慕和拥戴着。而我之所以在翻开这本书时便不愿放下的原因，也是因为朱莉，尽管这本书对朱莉的具体叙述只有开篇几页。

朱莉在 17 岁时遇到了爱情，年轻的军官保罗爱上了她。

保罗是一位浪漫英俊的法国男子，在撩人情欲的热带丛林里，保罗和军队的同僚们拜倒在朱莉母女身边，整天整夜地跳舞唱歌，饮酒作乐。朱莉的命运在这个地方开始转弯，或者说，她开始重复母亲的命运——和白人恋爱，成为白人的情妇，而不能成为白人的妻子。

保罗的父亲是法国马赛市的行政长官，是受人尊敬的人物，朱莉因她卑微的血统和复杂的身世被拒之门外。保罗在马赛市附近一个山峦起伏的乡村里找了一幢石屋，将私奔而来的朱莉安置在此。每天，保罗都会骑着马穿过馨香的草木来到石屋与朱莉相会，一起散步在山间，听她为他一个人唱歌，跳舞。这样浪漫的琼浆是背着保罗的家庭品尝的，像是偷来的美味。偷来的美味因其禁忌格外芳香，也因其禁忌注定受扼。一年后，保罗被军队派遣到异地驻防，离开了怀着身孕的朱莉。而这一切的幕后，都是保罗父母的调度。

身在他乡，举目无亲，最亲密的人在她最需要的时候离她而去——这似乎是朱莉姑娘不幸的开始。这也确实是朱莉姑娘生活中的不幸，不过，上天在造就一个优异于常人的艺术家时，往往会先毁灭这个人的世俗幸福，让他（她）陷入绝境，长久地悲哀和孤独。

朱莉的日记就是在保罗离开后开始书写的，还有她的绘画和音乐，也是在此阶段开始创作。朱莉的创作也是孤寂时光的排遣。那个每天来陪伴她的人走了，这就意味着她的美丽和才情失去了领略者，她年轻鲜活的生命因此变得荒芜，荆棘丛生，时刻都有倾塌的危险。她本能地需要情感的释放与表达，需要把时间里的荆棘拔去，种上花朵。朱莉用艺术来表达内心的图景，除了与她多年来接受的教育有关，也与她血统中继承的艺术天赋有关——她生活在热带丛林中的祖先们，就是天生的吟游歌手和奔放的舞者。

为了生计，朱莉开始给一些中产阶级的人家当家庭教师。帮她谋职的人是保罗的父亲，那个马赛市的行政长官得知朱莉已有身孕而毫无生活来源时，亲自送来了法郎。朱莉没有接受他的赠款，朱莉告诉他，大自然已向她伸出了救援之手——她已经流产。保罗的父亲像所有见到朱莉的男子一样，爱上了朱莉的仪态风度和聪明才智，他愿意在不失身份的前提下帮助她，同时也请求朱莉承诺，不再和他的儿子有任何瓜葛。

朱莉在做了家庭教师后依然住在山峦之中的小石屋里，孤身一人，每天步行三里山路到小镇上，去给医生、律师，或药剂师的孩子们上课。他们曾请求她离开荒僻的石屋，但她"愉快而又坚决地拒绝了"，她告诉他们，她曾经在马蒂尼克岛的大森林里孤身遨游，与鲜花、蝴蝶、小鸟为伴，她说她住在街道上不会快活。

朱莉对保罗的爱并没有消逝，只是不再狂热——更像是对逝去爱情的反刍。朱莉不愿离开小石屋也因为留恋这里曾经有过的时光——那些美好甜蜜的时光，在保罗离去后仍然会清晰地重现于她的记忆里。但她知道保罗不会回到这里了，事实上保罗离开她时，已不是那个在马蒂尼克岛上倾慕着她的保罗了，一年的燃烧，他的爱情烈焰已失去火力，渐渐黯灭。

朱莉的心里还是暗藏着一些期待的，这种期待就像冬天的草地，表面看起来是枯索的，而在地面之下，仍以蜷曲的姿态存在，并寄希望于未来。

未来，经历了一轮人世沧桑的朱莉将有怎样的未来呢？她还很年轻，二十出头的年龄，她仍然拥有才华与美貌，和马蒂尼克岛的朱莉比起来，她更具成熟的风韵与魅力……她的未来还是有很多可能的。只是，朱莉具有的这些优点——年轻、才华、美貌、魅力，也是一柄双刃剑，能成就她也能摧毁她。如果她在行为举止上稍有不慎，就会落在暗潜的陷阱里——一个优秀而没有庇护的女子，周围总是有很多陷阱的。

朱莉的智慧使她对自己的处境有着清醒的认识，她行为检点，节制地挥发着魅力，端正地教导着那些富家小姐，在看似平坦的街道上谨慎行走，而回到山峦之中的小石屋后，她就恢复了本性中的浪漫不羁。这种别人看起来不可思议的山间生活，她是满意的，她在日记中说，"宁可当一名无家可归者，也不愿去当得天独厚的名门闺秀。"

如果没有遇到雷米，朱莉可能会一直这样自在地生活着吧——这只是虚弱的假设，事实上，在朱莉的生命书卷中肯定会出现雷米，或与雷米一样的男子。和保罗一样，雷米也是个白人，一个贵族家庭中的少爷。雷米难以自拔地爱上了朱莉，将爱情献给了比他年长五岁的家庭教师。

爱情，对朱莉来说，爱情就是她躲避不开的宿命，是她的幸福也是她的不幸。当她也爱上雷米时，她原先所有的明智与清醒都溃散了，她把所有的戒律都抛到云外，就像爱上保罗时一样，飞身赴火。朱莉再一次心甘情愿地成为白人的情妇，再一次钻入母亲的命运之圈。

当我在读完《又来了，爱情》这本书，试着用自己的文字讲述朱莉的故事时，是这样的小心。我小心地使用着词汇，小心地发表着议论，小心地表达着爱意——对朱莉的爱意。我写得很缓慢，一天写几百个字，写好后又将那些字句反复摩挲，担心它们的粗糙对朱莉的形象有冒犯，或歪曲。

我爱着朱莉，这是一种奇妙而又合理的感情，尽管我们中间隔着一个半世纪，隔着太平洋，隔着文化与地域的差别，但我觉得自己离她很近，闭上眼睛，我就能够看到生动的朱莉站在我的不远处，我能感受她的内心——她的痛苦，她的欢乐，她的激情与宁静。我爱她的主要原因还在于她的生活方式，是的，是她的生活方式让我由衷地爱上了她——独自一人在山野之中，与草木虫鸟为友，倾听大自然的天籁，也倾听自己内心深处清泉一样流淌的声音。直到去世，朱莉没有离开过她的小石屋，并非无处可去，而是不愿离开，只有在远离人群的地方，她才能顺应着本性生活，像山林中的植物一样天然，像小兽一样自由。

当我闭上眼睛的时候，也能看见朱莉的小石屋，看见石屋里的书架，书架上排列着蒙田、罗兰夫人、塞维尼夫人、卢梭、雨果、莫泊桑、巴尔扎克、左拉、伏尔泰……还有一沓沓的乐谱与画稿。书架边上，靠窗的地方摆着原木书桌，桌上有一盏油灯，灯下是笔架、笔记本、一只插了野花的花瓶。书桌的另一边有一个画架，画架的后面靠墙放着一把竖琴。小石屋的窗子是敞开的，没有窗帘——朱莉不喜欢被封闭的感觉。敞开的窗子边缘爬满了青藤，有一些青藤将柔软的花叶伸进了石屋，摇摇摆摆悬挂在窗顶。

朱莉的生活并非完全远离人群，除了给一些富裕家庭做教师，她还出席当地的公众节日和宴会，演奏音乐，吟唱歌谣，她以这种方式谋取生活来源，依靠自己的能力生活着，而不依赖他人的供养（雷米就曾经恳求朱莉接受他的供养，朱莉没有接受）。

雷米和朱莉的爱情持续了三年。"热情的浪潮时起时伏，无比的幸福、剧烈的痛苦、断然的绝望相互交织。"。这三年里，朱莉曾生下一个孩子，只是孩子没能活下来，在一场疾病中夭折了，朱莉和雷米悲痛欲绝，这件事传到城里后却成了丑闻，人们纷纷指责朱莉，谣言是朱莉杀死了孩子。雷米的父母原以为雷米对朱莉不过是逢场作戏，也就没有干预，当雷米请求父母允许他和朱莉结婚时，雷米的父亲便迫使雷米从军，远离朱莉。朱莉的第二次爱情再一次破灭，与第一次的结局相同。丧子之痛加上失去爱人的打击，使她心里的温度降到冰点，痛苦到无法动弹。

朱莉又开始了独自的生活，每天书写、绘画，她不停地给自己画肖像，用手里的笔将破碎的自己一点一点寻找回来，拼接完整。她仔细研究鸟兽的姿态，画下它们，她还用水彩描绘住宅周围的景色。她知道没有人能够帮助她，她需要向艺术、向心灵的内部寻求力量，救助自己。她的元气在恢复，和几年前保罗离去时相比，这一次的恢复过程是艰难而缓慢的。

　　因为镇上的流言蜚语，朱莉不能再做家庭教师了，她失去了主要的经济来源，不过，她还是有其他谋生办法的——将绘画出售给镇上的画店，给一些贵族沙龙演奏，给音乐家抄写乐谱……这个时期，朱莉的音乐创作是丰盛的，她谱写严肃的音乐，也应顾客要求为各种特殊场合作曲。朱莉创作的音乐有着荡气回肠的忧伤，也有着冷静与透明，似乎出自天使之手，又似出自魔鬼的手笔。她的乐曲演奏后获得了赞美，她被认为是一位真正的音乐家。

　　在我书写朱莉的时候，我是和朱莉在一起的。我在湖边，在我的房间里书写，有时会出门走动一下，去附近的山谷，手里拿着相机。早春的山谷还是冬天时的情景，草木和溪流都未曾苏醒，若是低下身来，会看到有一些薄绿贴着地面了，毛茸茸，托出了蓝色和白色的碎花——这是春天最早的花朵，是地气上升时泥土吐露的最初秘密。我用相机拍下了它们，这些米粒一样的碎花在镜头里有着精致的美。如果朱莉此刻见到这些花朵，一定会用她的蜡笔来描绘它们吧，或用油彩把它们移植到画布上。我想象着朱莉盘腿坐在草地，一手握着画笔一手扶着画架的样子——她黑色的鬈发浓密又蓬松，披散在肩上，发梢在腰间轻摆；她的眼睛清澈，边缘有淡淡的晕影，眼神因专注而显出动人的沉静。朱莉走路的样子一定是轻盈的，即便攀爬岩石或跃过池潭也是山羊一般敏捷，她的每一个身姿都有着舞蹈的优美，她面部的表情有时像山花般单纯，有时则像秋叶般沧桑……

　　我喜欢这样想象着朱莉，随时随地想象她，在心里感受她。我重复阅读莱辛的书里和朱莉有关的章节，用尽量缓慢的速度书写朱莉的故事，我希望和朱莉在一起的时间能够长久一些，长久一些，我不愿过于仓促地和朱莉告别。然而我总是要和朱莉告别的——书写本身就是一种告别，当沉浸于书写之中时就像是和所爱的人在一起，而书写结束后也就像是告别了所爱的人，告别了所爱的这段时光。在雷米离开后，朱莉曾写下大量和雷米有关的文字——对他们在一起时光的记叙、对自己情感的剖析，这是需要勇气的，正视伤痛的勇气，同样地，这种书写过程也是告别的仪式，当她将他们在一起的时光用文字梳理完毕，就如同和心爱的人最后一次平静地拥抱，从此告别，不再回头。

　　二十八岁以后，朱莉过着禁欲的生活。她清楚地认识到爱情不可能改变她卑微的处境，唯有艺术的创作能让她的生命丰厚起来，获得自信和尊严。而艺术的苗儿总是需要爱的雨露来滋养的，朱莉虽然对爱情不再期待，却并不完全拒绝，当爱情降临在她的身边时，她还是愿意再一次把自己投入进去，去燃烧，去经历灵魂的战栗与窒息之美。

　　三十三岁的这年，印刷铺老板菲利普向朱莉走近。菲利普是个五十岁的鳏夫，家产富裕，子女均已成年。菲利普买过朱莉的很多绘画，他赞赏她的才华和生活方式，他公开到小石屋拜访朱莉，和朱莉一起在公园散步、出入公共聚会，他对公众舆论置之不顾，正式地向朱莉求婚。对朱莉的命运来说，这似乎是一个好的转折，她已不再年轻，虽然有诸多才华，却没有给她带来真正安稳的生活。

朱莉对菲利普也是喜欢的，"和他聊天是生活中最好的事情，带来的安慰仅次于音乐，"朱莉在日记中写道，"这个建议（结婚）在各个方面都是明智的，那么，为什么它又缺乏说服力呢？"

说服力——这是一个微妙的词，朱莉对自己诚实的内心是那样敏锐，她在自己的心中没有找到爱情，找到的只是喜欢。

如果朱莉拒绝菲利普的求婚会怎样呢？她会引起小镇公民们的谴责，会将那从没停止过的对她的非议再度掀起巨浪——菲利普是白人，且是有权势的商人，他愿意娶朱莉是多么难得的事情，朱莉作为一个两度被白人少爷遗弃的半黑姑娘，是应当为此感激菲利普的，她毫无拒绝的道理。

朱莉没有拒绝菲利普的求婚，倒不是因为畏惧小镇公民们的非议和谴责——她从来就没有畏惧过那些，她的青春已逝，身体和精神将日渐老去，她需要有可靠的婚姻作为归宿来安置自己了——她的理智这样告诉她。

他们开始冷静地筹办婚事。朱莉和菲利普的子女们见了面，菲利普的儿子是一个壮实的农夫，在一起吃饭的时候，朱莉和农夫相互注视，沉默地交换了一个眼神——在这一瞬间，朱莉久已平静的心里又感受到异样的澜潮，从胸口漾开，到达四肢，指尖忍不住微微颤动，身体发热、膨胀、轻盈……她熟悉这种感觉，在保罗和雷米那里她经历过这种感觉。她坐在椅子上，不动声色，谁也看不出来她心里危险的波动。农夫坐在对面，也是不动声色的样子，但她能感应他胸口涌动着和她同样的东西。

农夫住的地方在另一个小镇，离菲利普很远，很少回来看他的父亲，朱莉不用担心自己与农夫之间会发生什么，只是朱莉的情感还是受到了震荡，对自己和菲利普即将举行的婚礼质疑起来——这桩缺乏"说服力"的婚姻，真的是她需要，并能长久接受的吗？

朱莉和菲利普的婚事筹办的时间很长，有一年之久。在这过程中朱莉仍然创作着音乐，绘画也没有停止，她用彩粉画了一组不同年龄段的自画像，组成一个花环的形状，画像的第一副是一个毛发稀疏的美丽婴儿，接下来是一位可爱的小女孩，然后是青春期的少女，少女的面部表情骄傲矜持——"像一只雏鹰"。少女的画像的对面是一位少妇的肖像——"黑色的鬈发，健康茁壮的身材，大胆而有趣的黑色眼睛，使你不由自主地回报它们的凝视。"少妇的肖像后面画了一道黑色分界线，分界线下面是一幅中年妇女和一幅老妪的肖像，中年妇女身材臃肿、目光低垂，老妪则衰老不堪。

花环中的黑色分界线要表达的是什么呢？看起来，似乎是将人生分成了两个部分，而目前的朱莉显然属于黑线以上的部分。

朱莉的日记也在持续地书写着，对自己的生活做着诚实的记录和评价——"我认为我不能忍受离开我的小石屋，那儿的一切都在向我倾诉着爱意。"

朱莉最终没有离开她的小石屋，没能说服自己成为印刷商菲利普的合法妻子。举行婚礼的前一个星期，她在小石屋附近的深潭中，溺水身亡。

朱莉的死亡在小镇上引起了很多猜测，人们无法相信，是她自己跳入水潭，自从她和菲利普订婚后，小镇上的公民对她的态度已经不同于从前，人们争相表示着友好和尊敬，似乎忘记了曾经用恶毒的言语指责她诱惑白人的少爷、杀死自己的孩子。可是她竟然在这个时候——就要成为菲利普尊贵的妻子时，死于水潭。她一定是被某个绝望的情人谋杀的，她的住处那样荒僻，周围绵延数里都是山林，她固执地离群索居，落得这般下场也是咎由自取——小镇上的人们这样议论。

朱莉的绘画、乐曲、日记都完好地留在她的小石屋，整整齐齐。书桌上干净无尘，花瓶里插着矢车菊和迷迭香，笔架下压着一纸遗书，简单地告诉人们，她最后的去处。

宪兵们在处理朱莉的遗物时遇到了难题，不知道该由谁来领取她的东西，后来，他们将朱莉所有的作品装进了一个包装箱，放在了地方博物馆的地下室。这之后，朱莉就渐渐被人遗忘了。

"当爱情的火焰再也不能燃起，当自由的歌谣再也不能吟唱，死亡就是她生命最后的转身，纯洁的赤身之舞、华丽的灵魂飞翔。"在《又来了，爱情》这本书的第29页，右下角，我用黑色钢笔竖着写下了一段话，注明的日期是2009年、2月14日、傍晚。这一页也有一段句子，被我画下重重的横线——"朱莉被人们遗忘有四分之三个世纪之久。然后她的乐曲在贝尔河镇夏季音乐会上初演，她被认为是那个时代一位具有独创性的、与众不同的作曲家。此后不久，朱莉的绘画作品被收入巴黎女性艺术家展览会，然后又在伦敦成功展出，拍摄了一部电视纪录片……在法国，出版了朱莉的三卷本日记；在英国出版了一卷节略本，评论家们认为，朱莉将会由于她的日记而永远被人们怀念。"

在这本书的第109页，夹着我自制的一枚梅花书签，是去年冬天开过的蜡梅，花朵已干，冷香犹在。这一页，有一首诗，是莱辛从朱莉早期的日记里摘取的：

假如我的乐曲是一首哀歌，

爱神，请将它拥在你的怀中，

我们的欢乐犹如盘旋的兀鹰一样狂热。

当夏季来临的时候，你离我而去，

他们把你派遣到遥远的地方，那时，

请你回忆这些相互厮守的日子，

回忆我们的石屋，以及夜晚的歌曲。

你去了，不再回来，

我会留在这里永远怀念，魂不守舍。

笔记《小团圆》

下雨天，读书天

夜里下雨。早起雨仍然下着，急急地，像要拦住一个人，把这个人拦在屋里不让走。

7 点 20 分的公交车，从家走到车站 15 分钟，这样的雨会叫半身湿透的。要不要走呢？我犹豫着。

卫生间里的液化气关紧。洗脸池的水擦干。营养水、隔离霜、眉笔、口红放进包里。钥匙也放进包里。《小团圆》放进包里。抬头看墙上的铁锚型木钟，7 点了，雨势还是很猛。

走不走呢？

手机在茶几上，打开，有一条隔夜短信，"丽敏：一个通知，请你于二十日下午两时于原野大酒店参加会议……"区文联发来的。

好了，终于有一个正当理由让我留在家里，不走了。

进卧室，开电脑。上个月新装了一部电脑，回家时也可以上网了。只是我不习惯在家里写东西。房间里仍然是我一个人的影子，除了钟摆的响动，没有别的声音，但我感受不到静寂，那能把整个世界溶解成水的静寂。

点开自己的新浪博客，把音箱的音量调高，乐声溢出地板，流淌。

打开包，把《小团圆》拿出来，上午可以在家看书了。

她在回忆，她需要讲述

读《小团圆》的感觉，就像是听一位老祖母说她小时候和年轻时候的故事。

我想张爱玲写的时候也是抱着这样一种心态的，她在回忆，在和人说她的往事，一点一滴的细节。那些细节，像刀刻在她生命的树干上，她忘不了，越老越清晰，她需要讲述。

《小团圆》的语言仍然是散文式的，清淡隽永，有很多不经意间流露的华丽，像披肩上的流苏丝丝缕缕垂挂着，缀着宝石的颗粒，映着天光，色泽明灭。

唯一有缺憾的是"但是"用得太多，让人觉得生硬。如果把"但是"去掉，表达会更简洁，又不改其语意。

在书写中使用这么多的"但是"来转折，表明了作者内心有着耿耿于怀的东西，使得她总是在说出一句话之后，不自觉地强调这句话的另一层意味。

对母爱彻底绝望

她崇拜过母亲，像父亲、姑姑、舅舅一样爱慕着这个漂亮而有才华的女人，这个女人有一种奇异的魅惑力，令周围的人都为之着迷。

漂亮和才华是一个人的翅膀，有翅膀的人总是想着要飞的，不能在一棵树上长久停留。母亲在她五岁时飞走了，在她八岁时飞回来，没多久和父亲离婚，又飞走了，在她十六岁时飞了回来。

十六岁，她从父亲家里逃了出来，和母亲住在一起。她终于可以和自己偶像般爱慕的人生活了，如影随形地在母亲身边，窥视着，模仿着。只是，母亲却把她当作自己的缺点，也把她当作一个总是带来麻烦的伤口——不得不花费金钱和时间来照料的伤口。她为此深感自卑，对母亲抱歉，也怨恨。

青春期的少女和更年期的母亲相处是危险的，敌意无处不在，彼此用精神对抗着，杀伐着。在一起的生活没有增进她们母女的关系，反而损坏了原先的眷恋。

当母亲把老师赠送给她的学费赌输之后，她对母爱彻底绝望，从此心冷。

22 岁，她成了作家，似乎是一夜之间的奇迹，又似乎是从她出生就注定了的事。她血液里的祖先要借着她的生命复活，要从她的笔尖走出，那些湮灭的岁月冬虫一样蛰伏着，只等她来唤醒。哦，故事太多了，从前的、现在的、远处的、身边的……她像一个经历过几世沧桑的人，心里装着太多的人与事。《沉香屑·第一炉香》《沉香屑·第二炉香》《茉莉香片》《心经》《倾城之恋》《封锁》《金锁记》《琉璃瓦》……这些作品都发表于1943年，这一年成为引人注目的"张爱玲年"。

"出名要趁早啊！"她忍不住欢呼出这一句口号，她想得到母亲的承认——她不是一个笨拙到无药可救的女儿，虽没有天生的美貌，但不缺少天赋的才华。只是，母亲不在她身边。在她需要的时候，母亲总不在身边。

彼此成就过，这就够了

"归途明月当头，她不禁一阵空虚。二十二岁了，写爱情故事，但是从来没恋爱过，给人知道不好。"——九莉对自己说完这句话，之雍就来了，或者说胡兰成就来了。

爱情来的最好时机，是你饥渴着它的时候。就像她说过的那句"没有早一步，也没有晚一步"。所谓的缘也就是这样，即便是孽缘。

"九莉是爱他的"。"之雍也是爱她的"。读到书的中段时，我就这么想。

他们的情爱有过交集，彼此成就过，这就够了。天长地久，谁能给呢？慢说是在那样的乱世，一个人本能地，能抓住什么就抓住什么，因为明白，此刻拥有的下一刻或许就消失了，不在了，死了。

就算是换了现在，比较和平的时代，也还是这样啊，只有此时此刻是真的，下一分钟，你拥有的，以为可以长久的，或许就消失了。

是之雍使九莉成为女人，过程那么痛苦。

温存的小动作

"'怎么会有蚊子'，他说，用手指沾了唾沫搽在她叮的包上……"

——张爱玲写出了这样一个细节，用一句话。她没多说什么，没说这个看似平常的细节让她多么感动，在那一刻，也就是他把她当孩子一样疼惜的一刻，她愿意把自己的命交给他，如果此时有一把剑刺向他，她会毫不犹豫，用身体为他挡住。

这个时刻，整个世界只有九莉和之雍两个人，相依为命。

当然，也只是这一刻，他满心满眼只有她，她心甘情愿为他献身。

很多年后，当张爱玲写到这个夜晚的激情时，她不能不写下这个小动作。所有的热烈举动加在一起，也抵不上这个温存的小动作。

最值得她关怀的事

"二次大战就要完了。"他抬起头来安静地说。

"哎呦"，她笑着低声呻吟了一下，"希望它永远打下去。"

之雍沉下脸来道："死这么多人，要它永远打下去？"

九莉依旧轻声笑道："我不过因为要跟你在一起。"

他面色才缓和下来。

——这是书中的一节对话，241 页。

对于九莉来说，和之雍在一起，就是这个世界上最值得她关怀的事，除此之外的一切，与她有什么相干呢？即便整个世界都是祥和的，而他不在她身边，这祥和于她又有什么用呢？

对自己下手狠的人

张爱玲是个对自己下手狠的人，伟大的作家都是对自己下手狠的人。不久前我读过的多丽丝·莱辛，她在作品中也是一个自我的解剖者，细腻逼真，让读者不能不觉得小说里的人物就是作者本人。小说作者将自己的一些经历，特别是内心发生的事件输送到创作的人物身上，使之有血有肉有灵魂，这是很通常的，而我们读者之所以能够被震撼，也是因为它的真实与深刻。

小说里的人物就是作者的孩子，基因遗传，难免酷似。但孩子是孩子，母亲是母亲，一个孩子只有一个母亲，一个母亲却可以有很多孩子。

一部自传体的小说，作者若是一味站在自己的内心角度去叙述，语言情绪个人化，会极容易流入"酸辛"。散文也是这样，不能没有个人情绪，又不能过于个人情绪。要贴近自己也要远离自己，像另有一个人站在高空俯视，这样的叙述就会客观，从容。

昨天曾翻出一篇打印在纸上的旧文，五年前写的《民国女子》，是在读过胡兰成的《今生今世》后写的，也是我唯一写过的与张爱玲有关的文章。再读之后我将它撕碎了，扔进了垃圾篓。不留它是怕自己会忍不住将它输入文档，放进博客。撕碎它主要还是不喜欢自己在文章中流露的尖刻，这尖刻是对胡兰成阅读之后引发的，当时难以克制，如今觉得没必要了。

她要替自己赎身

她总是想着要还钱，还母亲的钱，还之雍的钱。

把过去欠下的都偿还给他们——生下她和爱过她的人，然后用剑刃挑断那些丝丝缕缕的牵系。

还钱就是还债。她要替自己赎身。就像哪吒，把骨头还给父亲，把肉还给母亲，剩下的就是自己的了。五脏六腑，包括子宫，包括灵魂，都是自己的了。虽然这些在失去了骨头的支撑和肉的包裹之后，犹如被轰炸过的荒凉的废墟。

感情用尽了便是没有了

"感情用尽了便是没有了。"在 195 页有这样一句。这句话是针对她母亲说的。

这句话也是她后来性情凉薄的注解。感情都用尽了，对母亲，对胡兰成，对桑弧。情到深处情转薄。

桑弧是她人生的第二次恋爱，而她却认为是初恋。和胡兰成在一起她没有初恋感。胡兰成比她大十五岁，家里又放着两个太太，那样的恋情从一开始就有着禁忌的意味，是晦暗不明的。而初恋则带着稚气，犹如冬天的第一场雪，浪漫、洁净，就连情欲也是纯洁的。

桑弧和她年龄相仿，单身，有着年轻漂亮的面孔，他们一起制作电影，一起看电影，电影散场后坐在家门口的台阶上，像是两个背着大人出来约会的孩子。那样的时光是透明的，有着琉璃的质地。只是桑弧并没有把她当作可以结婚的爱人，他在意她的过去，他不愿把他们的关系公之于众，他甚至很担心她会怀孕，这一切的犹豫情状都落在她敏感的眼睛里，她自然也就识趣地放开他了。

她一面以退避和漠然的姿态保持自尊，一面在纸上写着："雨声潺潺，住在溪边。宁愿天天下雨，以为你是因为下雨不来。"

而与此同时的桑弧，却正和别的女子共点洞房的花烛。

由于种种原因，她身上布满耻辱

因为耻辱，她不能和母亲有肢体的接触。因为耻辱，她逃出了父亲关押的门。

她写作是为了摆脱耻辱，做一朵自由的蝴蝶花，而当她有了华美的蝶翅后，却遭遇了一生耻辱的情欲。

出生是耻辱的，成长是耻辱的，爱是耻辱的，恨也是耻辱的。

由于种种原因，她身上布满耻辱。

彼此依赖，相互修正

《小团圆》写了多久？应该很久，1975 年写起，到 1993 年，一直都在写，在修订。而 1975 年之前，这本书其实已经在写，只不过后来张爱又推翻了原稿，重新写。

这样说来，张爱玲的晚年一直是和这本书稿生活在一起的，换句话说，她的晚年一直沉浸在回忆里，从未忘却过。

一本未完成书稿就像一个未长大的孩子，张爱玲的后半生就和这个孩子生活在一起，彼此依赖，相互修正。

自残的细节书写

在《小团圆》中，张爱玲近乎自残地写到流产的细节，用恐怖电影里的特写镜头，表现出胎儿的形状与颜色，每一个字都有着冷酷的刀痕，淋漓着血腥。张爱玲是用残忍的书写惩罚自己，站在那个男胎的角度上。她惩罚的也不仅仅是自己，还有血液里的母亲。

如果我没记错，在书中张爱玲曾两次写到"她从来不想要孩子"，她说不想要孩子的一部分原因，是害怕会像自己的母亲一样对待孩子。她不愿自己的童年再次重演。母亲从来没有给过她正常的母爱，她也就不知道怎样去爱自己的孩子。虽然母爱是天性，但她先天不足。她是个因噎废食者，宁愿不要孩子，这样就不至于会变成一个恶劣的母亲，不会造就一个无辜孩子的不幸童年，一生。

其实张爱玲不是第一次在文字中透露流产的事，几年前我就在书上读到过，她说赖雅觉得自己年龄已经老了，不适合再做父亲，况且他们当时的生活也很拮据，捉襟见肘。她没有安全感。没有安全感的母猫会咬死自己的猫仔，没有安全感的画眉会丢弃新生的蛋，张爱玲也是这样，没有安全感就只能把胎儿杀死在腹中。

她第二次写到"她从来不想要孩子"这句话时，已是书的尾声，紧接着就写到一个梦，梦里有小木屋、蓝天、树影、松林，好多孩子在松林中出没，都是她的。

失力的正午

《小团圆》读完了，正午的光线里阖上书的最后一页。

在沙发上顺势躺下，把身体蜷曲成 S。握着自己的手，冷的。

心里灰暗得很，失力。虚弱。"人生如梦"的虚弱。"荒荒岁月，草草情爱"的虚弱。

不知道能说些什么。也没力气说。

心里有个忧郁的洞

几年前读过一篇文章，内容忘了，只记得标题是"心里有个忧郁的洞"。一整天陷在一种深深的无力感里，像被抽去了筋骨，瘫软着，吸一口气胸口就会震一下，空洞的痛，让我又想起这句话。

很多年没有因为阅读一本书而陷溺于忧郁了，这忧郁缘于伤害——类似于"毒"的伤害。真实的东西与美到极致的东西都具有"毒"性，直往你灵魂里钻，往隐蔽而薄脆的地方钻，你无处躲闪，只有"咝咝"地吸着气，体验着受虐般的痛感与快感。

从来不肯承认自己是张迷，可能因为张迷太多了，多到泛滥，令我有轻微的蔑视和抵触，不愿入伍。只是这些年来，每次遇到张爱玲新出版的书著，我都不能漠然视之，渴望得到，一睹为快。事实上她多数的书著我都有收藏，有一些书曾陪伴在枕边，反复阅读，即欣悦又绝望，犹如面对一座不可攀越的高峰。

近几年来很少再读张爱玲的书了，更不读别人写她的文章，觉得是滥调，她的那几句话像口香糖一样被人嚼来嚼去，嚼来嚼去，早没味了。

只是张爱玲，她像个千年不死的海妖，在你以为她已消失的时候又乘月而出，起舞弄清影，唱着魅惑之歌，兴起风浪。

"这是一个热情故事，我想表达出爱情的万转千回，完全幻灭之后，也还有点什么东西在。"这句话被印在《小团圆》的封面上，像是张爱玲为这本书做的推介词，又像是一个很认真的解释。当然，如果张爱玲还活着，还能说话，她是绝不会向广大读者解释什么的，有什么可解释的呢？要说的都在书里写着了，她说"自从写东西，觉得无论说什么都有人懂，即使不懂，也有一种信心，终会有人懂。"确实是这样，终会有人懂，因为懂得，心里才会有渊深的痛。

"爱情的万转千回，完全幻灭之后，也还有点什么东西在。"还有什么东西在呢？是无法抛开的回忆吧，回忆和虚无是热情幻灭之后剩下的东西，而作家就是一个废墟的重建者，在回忆中重建，在虚无中重建，一个完全属于她的世界。

如果有来生

如果有来生，你要一个这样的母亲——她的怀抱是你的乐园，她的乳房是你的安慰，她汗香的气息、柔软的头发、宽容的额头、慈爱的眼梢……像阳光一样煦暖，沐照着你。她可以不漂亮，但她是美丽的，因为她是天使的化身。她呵护着你，娇惯你，不训斥，不会说出后悔生下你的话，不会在你五岁时就离开你生活的现场，更不会在重新出现时对你横竖挑剔。

如果来生可以由自己设置，你要一个像大地一样的母亲，让你在她的胸脯上自然生长，即便你是一粒不开花也不结果的种子，她也会把春天的乳汁渗透给你。

如果有来生，你要一个这样的父亲——他勤勉、豁达，内心坚定，目光敞亮。他的手掌是宽厚的，掌心就是你的天堂，他的脊背是挺直的，你依靠着，一座安稳的山。

"青山上红棕色的小木屋，映着碧蓝的天，阳光下满地树影摇晃着，有好几个小孩在松林中出没，都是她的。之雍出现了，微笑着把她往木屋里拉。非常可笑，她忽然羞涩起来，两人的手臂拉成一条直线，就在这时候醒了……"

——这是一个梦，背景是二十年前的电影，人是十年前的人。梦没有做完，断了。你快乐了很久很久，在醒来时。这个梦弥补了你此生的缺失——安静的岁月，朴实的家，健康的孩子，温暖的爱。这个梦是九莉的，也是你——张爱玲的。如果有来生，这个梦就是你想要的生活。

　　可你是知道的，没有来生。人生是一篇不容修改的文章，就算是潦草、错误、杂乱、无逻辑、不通顺、颠倒——也只能这样了。一落笔就是千秋。

　　你也只做了一次这样的梦，犹如只有一次的人生。

第四辑

原谅我，不能上岸

对逝去者最好的怀念就是勇敢地、健康地生活下去，不要过度沉缅于悲伤，不要惧怕未来的生活，"活着就要尝试各种事情，要在乎生活"。

悲怜上帝的小女儿

对于四岁的小女孩波奈特来说，妈妈的消失就像一个大骗局，一个所有人串通在一起欺骗她的恶作剧。他们都说妈妈在车祸中死了，去了一个名叫"天堂"的地方，再也不会回来了，也就是说，四岁的波奈特在此后的日子里，将再也看不到自己的妈妈，听不到妈妈的声音，闻不到妈妈身上的味道，不能被妈妈搂在胸前安恬入梦了。

波奈特不相信妈妈真的离她而去，妈妈怎么能舍得丢下她呢，妈妈说过要陪伴她成长，要永远和她在一起的。

波奈特抱着自己最喜欢的布娃娃，就像妈妈曾经将她紧紧抱在怀里那样，长久地坐在没有人的野地里，等着妈妈从路的尽头走过来，走到她身边。波奈特有时小声，有时大声地喊着：妈妈，来吧，这里没有别人，你可以来了，为我而来……

四岁的波奈特和那些突然遭遇心灵灾难的大人一样，将自己封闭起来，拒绝接受妈妈死去的事。波奈特沉溺在自己漫无边际的悲伤里，也沉浸在自己的想象里。在想象中，妈妈是去了一个非常美丽的地方，那里有座金瓦红墙的城堡，有七彩的牛羊。波奈特告诉表姐，她每天都能看见妈妈，"我晚上和妈妈住在城堡里，白天才在这里，我更喜欢晚上。"

波奈特像一颗孤独的小星星，在黑暗的天空里悬挂着，忧伤着，固执地守望着。没有人能亲近她，因为没有人能真正懂得一个失落了整个世界的小孩子——她的恐惧与悲伤。

波奈特对妈妈的想念并没有将妈妈唤回身边，甚至梦中也见不到妈妈了，波奈特失望极了，但她仍然坚持每天去野外等候妈妈，她的手里拿着小松果、小草花，那是她想献给妈妈的礼物，这些礼物虽然都是不起眼的，但她知道妈妈会喜欢。可是，天黑了，妈妈还是没有回来。

一次次的等待、呼唤，换来的是一次次的失望，再也没有比这更叫人伤心的了。

爸爸觉得波奈特是疯了，整天在野外等着一个已经不在世的人，饭也不想吃，这一定是疯了。爸爸很生气，爸爸的生气还因为波奈特一心只想念死去的妈妈，对活着的他却是不在意的样子，躲避着。

波奈特当然是在意爸爸的。她整天独自一个人待着，等待和呼唤妈妈，不过是想弄清一件事：妈妈到底去了哪里？波奈特要见到妈妈，要和妈妈说话。她要妈妈亲自向她证实，她是不是像人们所说的：永远消失，再也不会回来。

一个四岁的孩子，对"生"尚不能有足够的认识，又怎么能认识"死"呢？其实何止是小孩子，就算一个成年人，对生与死的认识不也是模糊欠缺的吗？生就是生存，死就是消亡吗？似乎是，又似乎不是。在心灵里的存在，在人们记忆和情感中的存在难道不也是一种生吗？生不仅仅只是依靠肉体，依靠呼吸，也依靠灵魂。只不过肉体的生是有温度有气息的，是可以触摸的，是活生生的生。

爸爸决定把波奈特送到学校去，也许学校的集体生活能让她好转起来，活泼开朗起来。

波奈特在学校里有了很多新的伙伴，但她还是愿意独自待着，怀里抱着自己的布娃娃，大大的眼睛里满是忧伤。波奈特学会了在上帝的房间（祈祷室）里做祷告，把自己的心愿告诉上帝。人们都说妈妈是和上帝在一起了，那么对上帝说的话是不是也能被妈妈听到呢？她不知道上帝究竟是什么样子，想象中那应当是一个很厉害的人吧，妈妈之所以听到她的呼唤而没有回答，可能是因为上帝不允许妈妈发出声音。"全能的上帝，你知道我妈妈死了，她在你那里，我想跟妈妈说话，让她跟我说话吧。"波奈特跪在耶稣像前，双手合十，奶声奶气并且带着哭腔祈祷着，请求着。我是在一个落雨的夏日午后遇到这部电影的。这部被译为《悲怜上帝的小女儿》的法国电影，首先以它的片名吸引了我，然后又以它的海报抓住了我的心，海报上是一张女童稚嫩的脸，嘴唇紧闭，目光悲伤——这一定是部好电影，我决定将整个下午用来看这部电影。在我看来，好的艺术作品都具有悲伤的质地，且具有穿透人心的绝望气质。

《悲怜上帝的小女儿》拍摄于 1996 年，已经是部老片子了，据说饰演波奈特的小演员（薇朵儿·希维索）凭借这个角色获得了当年威尼斯电影节的最佳女主角奖，成为电影史上最年轻的影后。不知道当年和薇朵儿·希维索角逐影后的都是哪些明星，她们的运气真是不好，竟然输在一个连"表演"都不知道是怎么回事的小孩手上。

这部电影从一开场就将镜头锁定在波奈特身上，跟随她生活的每一个细节，以纪录片平铺直叙的手法，逼真地、纤毫毕露地表现了一个失去母亲的孩子，她幼小心灵上的伤口。这部电影以儿童的视角审视了生命、死亡，甚至也审视了宗教。一个说话尚口齿不清的孩子，当她半夜从床上爬起来跪在上帝的房间里，当她做出种种努力渴望成为上帝的女儿，渴望通过万能的上帝来和妈妈对话（为了向上帝证明自己是个勇敢的孩子，她甚至愿意将自己关在垃圾箱里）——假如上帝真的存在，他就不能够无动于衷。但是波奈特仍然得不到来自上帝的回答，也得不到来自妈妈的任何声音。

上帝没有显灵，这让波奈特再次失望，寄托在上帝那里的希望变得稀薄了。

孩子的世界是纯真的，可爱的，但有时孩子的世界也像大人的世界一样残酷。有个喜欢恶作剧的小男孩对波奈特说，一个人的妈妈死了，是因为孩子太坏。波奈特原本脆弱的心理此刻完全崩溃，"如果我的妈妈在，你就不会这样说了，你真坏。"波奈特本能地伸出手去抓小男孩，但她显然不是小男孩的对手，她跑到自己的角落，像一只被子弹射中的鸟，悲伤欲绝地哀鸣着。

波奈特怀疑真的是自己做错了事才让妈妈死去了，她对自己有了莫名的自责与自罪。夜晚她睁着满是泪水的眼睛来到表弟的床前，呜咽着说：你杀死我吧，我想死，我想从此消失，去妈妈那里……

在大人的眼睛里，总觉得孩子的悲伤与恐惧是微不足道的，甚至是荒唐可笑的，他们忘记了自己小时候经历过的胆怯，忘记了自己有时因为一个噩梦而哭泣得昏厥。尤其是一个失去母爱庇护的孩子，当她生命的安全感失去了来源，对于这个世界的恐惧感也就无时不在了。

在电影中，波奈特周围的人大多是和善亲切的，他们的怀抱总是向波奈特张开着，就连小小的表弟也学着大人的样子，不停地亲她，拥抱她，仿佛要把自己的快乐传导进波奈特的身体里，但是这些都不能使波奈特真正地开心起来。也许只有时间的良药，才能将她失去妈妈的创伤慢慢抚平。

这部现实主义的电影，在结尾的部分突然变得超现实起来，有了出乎意外的戏剧性。

悲伤的波奈特拿着同学给她的"魔术糖果"，穿过和她一样高的野草来到妈妈的墓地。同学说只要把"魔术糖果"给妈妈吃下去，就能让妈妈活过来，波奈特将信将疑地接过糖果，手中的五颗彩色糖果看起来是很普通的，真的有将妈妈复活过来的魔幻力量吗？无论怎样，波奈特愿意试一试，而这也是她最后的办法和希望了。

可是怎样才能让妈妈吃到糖果呢？妈妈被埋在地下，那么深，波奈特够不着她。波奈特跪在墓前，用双手一下一下地挖着泥土，她企图用自己的小手将妈妈挖出来。"妈妈，我来了，妈妈……"波奈特一边挖，一边用她那带着哭腔的稚嫩的声音呼唤着，仿佛要将沉睡在泥土下的妈妈唤醒。

当挖累了的波奈特像一只疲倦的小猫，四肢着地趴在妈妈墓上时，奇迹出现了，穿着黑色大衣的妈妈果真来到波奈特身边。

妈妈弯下腰，用双手抱起波奈特："嘿，这个闻着像糖果的孩子，是我的傻女儿么？"

妈妈看起来和生前没有两样——脸上笑眯眯的，没有愁容也没有痛苦。妈妈将波奈特抱在怀里，亲吻着，说自己确实是被波奈特一遍遍的呼唤叫醒，妈妈知道波奈特日日夜夜都在想念和悲伤中，很是不安，因为这不是妈妈希望的。

妈妈说自己很抱歉，在生命的最后时刻没有努力挣扎着活下来，这对幼小的女儿来说确实是很残忍的，也很自私。

和妈妈在一起的波奈特看起来就像一朵幸福的小太阳花，她不停地抚摸着妈妈的脸，似乎要证实这是梦境还是真实，她大大的眼睛里终于放出了快乐的光彩而不再是忧郁。妈妈像生前一样和波奈特追逐着，玩着，用游戏的方法告诉波奈特，一个人只要拥有美好的记忆，就不会失去对亲人的爱；一个不在世的人只要还被亲人放在记忆里，也就和活着一样了。

电影最后部分的母女重逢应当是导演有意安排的"太虚幻境"。上帝一般的导演，用这种手法告诉像波奈特一样悲伤的孩子（包括悲伤的大人）——对逝去者最好的怀念就是勇敢地、健康地生活下去，不要过度沉缅于悲伤，不要惧怕未来的生活，"活着就要尝试各种事情，要在乎生活"。

波奈特的爸爸开车来墓地寻找她了。妈妈将一件红色的毛衣（象征快乐）穿在波奈特身上，对她说自己以后将不再出现了，因为自己已经是死去的人，对生者的造访就是对生者生活的打扰。妈妈说她会看着波奈特和爸爸在一起的生活，"别忘了我的爱，波奈特，要学会快乐。"

"要在乎生活，要学会快乐。"这是电影最后的台词，是妈妈对女儿波奈特的叮嘱，也是导演，或者说上帝对这部电影所有观众的叮嘱——无论什么年代的观众，也无论什么肤色的观众。

萨贺芬的花开花落

　　她是一个住在乡村的中年妇女，父母早已过世，没有给她留下任何财产，包括房屋。她没有兄弟姐妹，没有结过婚也就没有孩子。她的容貌连一般也算不上，身材臃肿，头发看起来也是很少花费时间梳理的凌乱样子。她说她没有时间，每天从晨到昏，她要给好几户人家做钟点工，擦地板、擦家具、洗被子、做饭，她靠给人帮佣谋生。即便如此，她的生活依然处于捉襟见肘的境地，拖欠杂货店的货款，也拖欠房东的房租。

　　她看起来就像一棵长在路边的无名草，并且是永远不会开花的草，也不能指望有蝴蝶或蜜蜂来爱慕。可奇怪的是，她的眼睛里有一种难以言说的光芒，好像她的心里秘密地藏着一个花园，这个花园里的空气是芳香的，阳光是蜜色的，沐照着她，如同甜蜜的爱。

　　她的心里确实有一个花园，一个由她自己修筑的花园。每天晚上回到那间简陋的房间里，就像是回到了自己的王国，她吃简单的食物，或者什么也不吃——当然并不是为了要减肥，而是没有购买食物的钱币。她工作换得的钱币都用来购买画布和绘画用具上了，还有蜡烛，她必须要有足够的蜡烛通宵点着，她在烛光里作画，将画布铺在地上，像虔诚的信徒那样跪在画布面前，一笔一笔地勾描。她沉浸于自己的心灵花园中，模样看起来竟是十分的可爱，画得得心应手时，她就对自己唱歌，大声地唱，忘我地唱。直到画好最后一笔，她高亢的歌声才会随之落下，在快要燃尽的烛光里摊开四肢，发出满足的鼾声。

没有人知道她夜晚绘画的事，谁能看得出来呢？一个手上总拿着抹布的女人，绘画这样高雅的事怎么能与她有关联呢？就算她拿出自己的画作也得不到认真的看待，人们已习惯了她只是一个钟点工的卑微身分，不会再用别的眼光看她。

她不在乎别人怎么看待，她自己也没有觉得绘画是件了不起的事，她只是喜欢画，凭着天性，凭着对大自然倾心的爱，将眼里看见的和心里感受的在画布上表现出来。她所有的素材都来自于自然：植物的花与叶，昆虫，苹果与葡萄，还有鸟的眼睛，柔软的羽毛。她拥有秘密配制的独一无二的颜料，那些颜料和图案被她以自由的意念组合、表现出来后，就像一种古老的图腾，繁复又神秘，华丽又朴素。

一个长年累月专注于一件事的人，一定会被神的眼睛看见，意想不到的机遇也会在某个时刻降临。在她的老主顾——一户富裕人家的饭厅里，她的一幅小画被一位远地而来的收藏家看见了，当收藏家问出画的作者是厨房里系着围裙的钟点工时，并没有表现出诧异之色，只是跟随着她去了她简陋的房间，看了她堆放在墙角的更多的作品。

收藏家买下了她所有的画作。收藏家要求她不要再去做钟点工了，她应该只是画画，在宽大的画布上尽情尽性地画，至于生活上的事，他会安排的。

我讲述的不是虚构的故事，而是一百年前发生过的事情。那个在烛光里绘画的女人名叫萨贺芬·路易，出生在1864年的法国，一个名叫奥维尔的地方。1912年，萨贺芬遇到致力于"朴素艺术"的德国收藏家威廉·伍德，看起来像是一个偶然，其实是必然，如果萨贺芬只是一名以帮佣来维生而没有艺术作为的女人，那么她在遇到伍德时也就只能是一名帮佣。命运之神的手在此时发出了强劲的敲击声，周围的人都被惊动了，房东、杂货店老板，以及那些自以为是的乡绅、伪艺术家，当萨贺芬将大幅的画作展示在他们面前时，他们以迟疑的语气夸赞道："真是神奇！""不可思议！"

好景不长，1914年第一次世界大战爆发了，伍德必须离开法国回到自己的国家，不能资助萨贺芬的生活了。年已五十的萨贺芬过着比先前更为贫困的生活，但她记着伍德临走前说的话："你要一直画下去。"萨贺芬在简陋的房间里继续绘画着，脸上有着孩童般的天真，也有着植物般天然的安宁。创作本身带给了萨贺芬身心的愉悦，和纯粹的精神上的满足。

1927年伍德返回法国，在一次画展上他再一次看到萨贺芬的画作，和十多年前的画作相比更具震撼力。经过了这么长久的战乱与贫困，已近老年的萨贺芬竟然没有死去——依然在作画——这是伍德没有想到的。伍德按照当年的地址找到萨贺芬租住的小房间，再一次敲开了萨贺芬的门。

萨贺芬在重逢了伍德之后有了梦想——梦想爱情，梦想成功。大概每一个人都有过这样的梦想吧，特别是从事艺术创作的人，梦想就是一盏照耀的明灯。只是，当梦想遇到高热突然膨胀时，很可能会脱离地面的支撑，变成狂想。

不幸的是，萨贺芬的梦想最后就成了狂想。与伍德重逢的萨贺芬失去了平常心，她开始挥霍，疯狂购物，几乎买下了店铺里的所有东西，接着又预定了一套豪华婚纱、豪华住宅。她已不再是那个满足于简单食物的萨贺芬了，也不是那个在劳作之余行走野外，感受着自然之美的萨贺芬。她依然在作画，在亢奋的精神状态里为预期中的画展而作，为欲望而作。

画展没有如期举办，席卷了整个世界的经济危机使得伍德破产了，无力为她举办画展，也无力支付萨贺芬高额的购物单。

写到这里，我想到小时候在语文书上读到的《渔夫与金鱼的故事》，和故事中的老太婆一样，萨贺芬最终失去了到手的一切，甚至也丧失了绘画的能力。过度的欲望如同陷阱，招来的只能是灾难与痛苦。

萨贺芬的花儿开了，又很快地落了。她的晚年是在精神病院度过的，好在她没有与自然分离，每天她都坐在同一棵树下，倾听树叶在风中的细语，倾听昆虫的鸣唱。自然，那是她生命最初的摇篮，也是她生命最后的归宿。

原谅我，不能上岸

"为什么不下船看看？一次，就一次，亲眼去看看外面的世界，考虑过吗？你可以随心所欲，你演奏得像神，人们会为你疯狂，你肯定能赚大钱，买栋豪宅，成个家，想想吧。你不能一辈子在船上漂泊，世界就在外面，只隔着一块跳板，你只需要走出几小步，一切都在跳板的另一头等着你。"迈克斯说。

迈克斯是谁？

这些话又是对谁说的？

谁的演奏像神？谁为谁疯狂？

为什么？

好吧，让我一一地回答你，回答你所有的问题。在回答之前，我要先问你一句：还记得我对你说过的一部电影吗——《海上钢琴师》。你肯定忘记了吧？我当时问你是否看过这部电影。你说没有。我说，找出这部电影看看吧，你只要看过这部电影，就不会追问我为什么在刚刚到达这座城市时就想着离开，想着回到那个已生活了十多年的清寂湖边。

"你不能总是一个人生活在湖边吧？湖能给你什么呢？等你四十岁的时候，你就哪儿也去不了了，依然一无所有，到那时候，你肯定会后悔的，想想看吧。"这是你对我说的话，多像迈克斯对 1900 说的话啊。

1900 是海上钢琴师的名字，很奇怪的名字，是吧。这样一个奇怪的名字是有其特别来历的——1900 年的某一天，弗吉尼亚号的豪华游船上，一夜狂欢后的狼藉里，躺着一个来历不明的婴孩。这婴孩一落世便成了弃儿，被放在一个纸盒里，等待着不可预知的命运领取。对于弃婴，取怎样名字并不很重要，重要的是遇到一个好心人来养护他，疼爱他。1900 是幸运的，他睁开眼便遇见了一个黑皮肤的彪悍船工。1900 叫黑人船工"妈妈"，而黑人船工也真的像慈母一样呵护着这个未来的钢琴师——1900。

"为什么？为什么？为什么？你问我为什么不下船？我想你们岸上的人把时间都浪费在问为什么了。冬天刚到就等不及地问夏天为什么还不来，夏天来了又害怕冬天的降临，总是在寻找不属于自己的伊甸园。我不想下船，是因为觉得岸上的世界并不适合我。"这段话是钢琴师对迈克斯的回答。对了，直到现在我还没说迈克斯是谁。其实，迈克斯是谁并不重要，迈克斯可以是任何一个人物，只有一点——他必须是钢琴师的朋友，是倾听钢琴师故事的唯一朋友。

"只要你还有一个好故事，和一个能够倾听的人，你就永远不会完蛋。"钢琴师 1900 对小号手迈克斯说。

你昨天又问我为什么要离开。我想，你肯定是没有去看《海上钢琴师》这部电影。如果你看过这部电影，就会对我选择的生活方式多些深度的理解，就不会再次问我为什么坚持要离开你的城市了。

好吧，现在我就和你说说这部电影，和你说说钢琴师的故事，就像迈克斯对路遇的人不停诉说一样，尽管所有听到的人都不相信故事的真实，不相信钢琴师确实存在过，不相信一个人在生活过的三十多年里竟然从没离开过他的船，没有上过一步之遥的岸。

1900 和黑人船工的生活在他童年时就结束了，那个彪悍如铁塔的船工很突然地死于意外，1900 再度成为孤儿。所幸的是，弗吉尼亚号游船上的人都喜欢这个可爱的天使，包括貌似威严的船长大人，心里也有一块柔软的草地供 1900 淘气的天性撒着野。

1900 在大海的游船上自由成长，从世界各地来到这条游船上的游客都成了他静静观察的风景，他用目光迎送这些风景的来来去去，他在这些风景的轮回里慢慢长大，成为海上钢琴师。1900 由孤儿成为海上钢琴师，这就像一个天才的传奇经历，从没有人传授过他关于音乐的知识，那些天堂里的音符从他手下流淌出来，似乎是性之所至，信手捻来。其实这些音符早就静静躺在他的血液里了，像孤独的灵魂吟唱，与生俱来。

弹奏是钢琴师唯一的表达方式，音乐是钢琴师唯一精通的语言。其实，钢琴师与岸上的人也有过通话，有一天他悄悄潜进船上的电话室，拿起话筒，随意拨通一个号码，温存地说：可以聊聊吗？传出的却是一个女人的泼骂：滚！滚开！话筒里的声音不像来于传说中的黄金大陆，而像来自黑暗地狱。语言的沟通本就艰难，何况是两个世界里生活的人。钢琴师沮丧地放下话筒，一脸无辜。在电影里，钢琴师的表情大多是无辜的样子，是一个单纯的孩子被大人训斥后的隐忍与忧伤。只有在豪华的夜晚，在舞厅的众人围绕里，在面对钢琴的时候，他的脸上才一扫无辜者的怯懦，成为一个王者。是的，他是一个王者，音乐自由国度里的王者，他执掌着钢琴上的 88 个琴键，他能让每一个音符都携带着天堂的气息，悲、喜、哀、乐，在他的指间都能化作微妙而颤动的波浪，袭击着每一个听者的心。

终于，有一天，钢琴师也被袭击了。袭击他的是爱情。

爱情突如其来，在半秒中的闪电里，温柔地击中了他。他看着窗外的美丽女孩，如同一个转瞬即逝的蜃影。他看着她，看着她从一个窗口走到另一个窗口，在他的手下，琴声顿时像梦中的羽毛一样飘浮起来——洁白、轻盈，穿过琼宇，缓缓飞翔。

爱如梦呓。

爱如天籁。

爱就是一个人在梦呓中的天籁之音。

爱是反复弹奏而不觉厌倦的幻想曲。

窗外的女孩并不知道，此刻，窗子里有一双被爱神俘获了的眼睛，痴痴地看着她的一举手、一投足。

在女孩与钢琴师仅有的一次交谈里，她说，她是为了聆听大海的声音才来这条船上的。

"大海的声音？"钢琴师似乎很不明白这句话的意思。在钢琴师的意识里大海是没有声音的，所有的声音只来自于他的内心，流于他的指间，奔于他的琴键。

"是的，大海的声音像呐喊，我的父亲曾这样告诉过我。"女孩说，她要沿着大海的声音寻找流浪的父亲。

钢琴师顿时就认出了眼前的女孩是他朋友的女儿。那个名叫迈克斯的小号手，他就曾说过相同的话，"大海的声音像呐喊，告诉你人生是无限的，你一旦听到就明白自己的生命应该如何度过。"

女孩要上岸了。

女孩和船上众多的游人一样，只是海上的过客。

海上的过客，有移民，有富翁，每人都怀揣着梦想，脸上流满欲望。钢琴师在游船的高处，淡漠地看着船舷边挤簇的人头。那些被欲望振奋的人头齐声欢呼着，似乎一上岸就能俯拾遍地的黄金梦想。忽然，钢琴师的脸亮了，淡漠的神情迅速转换成殷情的热望，他在人群里看见了那个女孩，聆听大海声音的女孩，不，是女神。他冲下船，拨开人潮，向她游过去，奋力游过去，他的手里举着自己仅有的物质——

一张灌有他心声的唱片——献给爱神的天籁之音。但是，但是，人太多了，太多了，他们像海浪一样，拥着，挤着，涌向大陆。

她——他的女神，最终也被浪头带走了，远离了。

钢琴师站在船舷上。船已经空了，只剩下他。他的目光满是无助，无奈，哀伤。手中的唱片成了一张废品。无法送出的爱之音，如何珍贵，也等同于废品。他掰碎了它，脆弱的木纹唱片，成了残片。

我的口有些干涩了，需要休息一下。

这个故事太长。我从没对人说过这么长的故事。我是不擅长讲故事的，它让我贫乏的语言加倍贫乏。

我总觉得自己就是那个钢琴师。虽然我不像他，是一个音乐天才，但我有着和他一样的内心。是的，我们的内心是一样的。在看到这部电影的时候，我几乎能感应他的每一个眼神、每一个手势，懂得他的每一句梦呓似的话语，这些话像是说给他的朋友，也像是说给他自己。令我窒息。

"明天我要下船，去纽约，去看一样东西。"

"看什么？"

"……看海。"

"可你一直在海上，除了海你什么也没看过。"

"不一样，在海上看海和在陆地上看海不一样。在陆地上看海能听到海的声音，而在海上听不到。我想听海的呐喊，听它告诉我人生应当怎样度过……也许有一天我会再次回到海上，但，现在我需要先上岸。"钢琴师的声音异常，不像是出于他的喉咙，脸上也覆满忧伤——迷茫而忧伤，似乎决定上岸并非出于他真正的本愿，而是被别个灵魂附了体、蛊惑了。

钢琴师和船上的人告别。从船长到烧炉工，他和他们一一拥抱，告别。当他走到众人的对面，戴上礼帽，脚踩船舷的边缘时，又转身，困惑地问了一句——"你们是怎么下船的？"众人微笑，举起手，整齐划一地给他做了一个滑翔般的手势。

钢琴师终于走上了通向岸、通向纽约、也通向他所爱女孩方向的舷梯。是的，事实上，他是为了爱而做出上岸决定的，那个女孩曾告诉过他自己家里的地址，他只要下船，上岸，就能找到她——他的女神。

为爱上岸。

为爱上岸。

从女孩离开游船的那天，这四个字就翻腾在他的心里了，折磨他，一日不得安宁。无论怎样，他必须上一次岸。只有上岸，他才能以岸上的姿态来观看海，和心爱的女孩一起倾听海。也许大海的声音和他内心的声音完全不同，也许在岸上他将无法再听到内心的声音。就像在海上听不到大海的声音一样。

上岸。

上岸。

那是所有人的岸，也可以是他的岸。

他已在船上生活得太久，他不能一生只生活在同一艘船上，同一片海域。况且他还是个音乐天才，他能让来到这个游船上的客人为他倾倒、疯狂，那么他也就能让岸上的人——所有听到他音乐的人同样倾倒、疯狂。只是，只是，如果他上了岸后再也听不到内心的声音呢？如果他的内心将被岸上的声嚣覆盖、蒙蔽呢？他还能弹出天堂里的音符吗？还能让每一个音符都携带着灵性自由奔流吗？

……

钢琴师停住了。

在舷梯中间，在岸与船的中间，钢琴师停住了脚步。

他的目光抬起，对面就是黄金大陆——纽约城，街道、高楼、街道、高楼、街道、高楼、街道、高楼……无数的街道，无数的高楼，交叉、重叠，在灰色的尘雾中，在他的面前。

钢琴师站在命运的舷梯中间。一分钟，两分钟，三分钟……钢琴师的目光穿刺着岸上的尘雾，脸上露出一种诡异难辨的表情。风度翩翩的海上钢琴师，他伸出为音乐而生的手，摘下了头上象征着尘世生活的礼帽，一挥手，扔向大海，然后，返身，回了船。

钢琴师在舷梯上究竟看到了什么？究竟是什么样的思绪掠过他的脑海？没有人知道。钢琴师封锁了自己，不和任何人说话。在他的心里有了一个必须由自己来解决的疙瘩，只有解开这个疙瘩，真正地解开，放下，他才能重新地打开内心。

很长时间以后，终于，有一天，我们的钢琴师，他主动向朋友走去，说："我现在好多了，不想下船的事了。"说出这句话的时候，钢琴师仿佛一个被松绑的、重获自由的人质，他脸上不再是茫然若失的样子了，有了笑容——很清新的笑容。钢琴师又坐到了钢琴面前，那些音符又都回到他的怀中，流淌于他修长优雅的指间，蹦跳着，旋转着，飞翔着。从那天开始，钢琴师决定终生守着钢琴，用琴键演奏他内心自由率性的音乐，让音乐印证他的灵魂的旅程。

《海上钢琴师》有很多的经典台词，最打动我的是钢琴师所说关于他为什么返身回船的一段话——"那天我在船舷上，看着摆在我面前的城市，街道有上千条，就像数不完的琴键，可这个键盘太大了，在这个无限大的键盘上我根本就无法演奏，这是上帝的钢琴，不是凡人可以弹奏的，没有尽头……漫无边际的城市可以说什么都不缺，可就是没有尽头，永远看不到尽头。岸上的生活怎么去选择？一个女人？一块属于自己的土地？一片窗外的风景？一种死亡的方式……所有问题都涌到面前，必须选择！选择！而我又看不到尽头，这样的日子太恐怖了。我出生在这条船上，世界从我身边经过，这里也有梦想，但永远不会超过船头和船尾，我的钢琴只有 88 个琴键，不多也不少，是我可以把握的，我可以在有限的钢琴上表达出无限的快乐，这才是我想要的生活。陆地对我来说是一条太大的船，不适合我。"

这段话里说到了"选择"这个词。

你还记得我说过的一句话吗？当你让我在湖和城市间做一个选择时，我说，我不喜欢选择，选择是一种乱。

"选择是一种乱。"你重复了一遍我的话，你说这句话真像警言。

"我要回到湖边去，城市太喧嚣太复杂了，不适合我。"我说。

就在昨天晚上，你又给我打来电话，说不再期望我离开湖。你还说有一天会来湖边，看看我经常散步的金色湖滩和幽静山林。

"能陪我走一回吗？走一回你独行了十多年的湖边道路。"你问。

"当然可以。"

是的，这条道路我已走了十多年，确切地说走了十五年。

十五年，日复一日，我沿着湖边的四季草木，孤独又随意地漫步着、呼吸着、观看着，倾听寂静的花开与鸟鸣，同时用只有自己能听见的声音自由吟唱着。

与钢琴师不同的是，这十五年里我曾经上过岸，但，很快我就从岸上回到湖边。我抱着私奔般的热切离开清寂的湖。但我并没有抵达想望中的岸。

也许，世上根本就没有"岸"这样的地方。"岸"只是大漠中海市蜃楼的幻象。

这一次离开湖是因你热切的召唤。你又唤醒了我自以为早已湮灭的岸之梦。"来吧，来吧，你不能总是一个人待在湖边，湖也会干的，知道吗？你应该上岸了，到我的城市里来，在这里你同样可以做你喜欢的事情——写文章、读书、听音乐，开始新的生活。什么都不用担心，我会在你身边。"

生命是一次次的出走与返回。我知道。当我在湖面无边的清寂里漂浮得太久而厌倦时，你的呼唤就是空中抛下的缆绳，诱我上岸。

可是，和钢琴师一样，当我手扶缆绳，走过舷梯，面对你的城市，面对灰色的天空，无数的街道、车辆、高楼时，我眩晕了。胸闷。缺氧。

这里不属于我。

离开湖的我，生命之水断流了，并迅速干涸。

此时此刻，我才清晰地明白了一件事——我生活了十五年的湖——被四面青山环抱着的寂静之湖，才是最适合我的船，也是我将终生停泊的岸。

"原谅我，不能上岸。"这是在影片接近尾声时，钢琴师对好朋友迈克斯说的一句话。钢琴师宁愿与即将被爆破的弗吉尼亚号同归于尽，也不愿离开船。

电影最后的镜头是一双手，一双为钢琴而生的手——修长，优雅，是上帝精心的杰作。这双手在空中从容弹奏着，画外，舒缓的音乐似倾诉给恋人的天籁之音，也似钢琴师为自己弹奏的丧葬之曲。

音乐声中，火光冲天而起。60吨炸药燃起的焰火烧透了整个天空。一条不再能航行的船成就了钢琴师的葬礼。

这是一场盛大的葬礼。比所有国王的葬礼都要豪华隆重，庄严辉煌。

云端上的安东尼奥尼

　　我对安东尼奥尼电影的关注最初缘于他的《云上的日子》。第一次看这部片子是哪一年呢？不记得了。我只记得第一次看这部片子完全看不懂——只能用"看不懂"三个字来表达。

　　在还不了解导演安东尼奥尼时看这部电影，难免是要碰壁的，顶多像我一样对其中的几个漂亮演员有些感觉，对一些箴言般的台词有感觉，而其余的则一头雾水，像观看一个很费解的谜。

　　我当然不甘心于自己的看不懂，这是很丢面子的，因为我的朋友——网络上的文友——那些很小资很文艺的男女青年都在谈论这部电影，好像不谈论这部电影就不是文艺中青年。

　　我于是搜一些影评来看——看别人是怎样解读这部电影的。看影评是了解一部电影的捷径，不过真正喜爱电影的人是不屑于走此捷径的，会影响对电影的个人感受，有时甚至会被领入歧途。

我所看的影评似乎都停留在对《云上的日子》里四个故事的解读上，他们从爱情——或者说情欲的角度阐释这四个故事，得出一些大家都能明白的道理和结论。不能说这样的解读不对，但我觉得还是缺了什么——就像一个房子，那四个故事是这房子的四个房间，要想进入这四个房间必须得有大门的钥匙。只有先开了大门，才能从容地——打开四个房间。我阅读的那些影评里只有房间的钥匙而没有大门的，也就是说他们的解读是越墙而过的。

后来我又看了一次《云上的日子》——仍然在懂与不懂之间，就像电影的名字，云遮雾罩的感觉。尽管如此我还是不得不承认这是一部有魅力的、不同寻常的电影。它的不同寻常之处在于你在观看这部电影时，除了携带视觉感官还必须得带上以往的生活经验，在缓慢得如同静止的时间里跟随电影提供的对白、画面去回忆，去思索、领悟。

是的，这是一部让观众去思索、领悟而不仅仅是观看的电影。

在读影评时也粗略了解到这部电影是安东尼奥尼晚年的作品。拍这部电影时安东尼奥尼已是八十岁并且已经中风不能说话的老人。这部电影是在他的助手以及妻子的协助下，根据他的小说集《泰伯河上的保龄球道》和记事本提供的线索改编。在风烛残年仍然坚持做着已做了一生的事，这是出于什么样的动力呢？或者说是什么在支撑着他在做呢？

其实很简单，因为只有在继续做着这件事——几乎做了一生的事，他才能感觉到自己还没有成为一个死去的活人。

一个人最先死去的不是躯体，而是精神。当一个人的精神没有倒下，即便丧失行动和言语的能力，仍然可以是一个有生命力和创造力的人。

那么一个拍了一辈子电影，在晚年的最后时期，在病痛的折磨中所交付的作品会是他的总结之作吗——就像一座火山的最后喷发。

把安东尼奥尼比喻成火山显然不恰当。他从来都不是热烈到能融化和毁灭一切的火山，相反，他是冷的。他的镜头是冷的，语言是冷的，色调是冷的——但是他的冷中又有着深入骨髓的暖意，又孤独又寂寞的暖意。

第三次看《云上的日子》是今年初秋，也就是不久前。距离第二次看这部电影已过去几年。这几年里在网上也看了不少电影——我把看电影当作书写之余的休憩，就像给辛苦了一天的自己点一份大餐。

我看的电影大多可以分两类：文艺片和伦理片，也看了很多为文艺青年们津津乐道的情色片——《苦月亮》《洛丽塔》《西西里的美丽传说》《情迷六月花》。我很少——可以说几乎不看国产片，当然也不是一部也没看过，去年就看过娄烨主导的两部电影，《苏州河》和《颐和园》。这两部电影在网上都不好找，特别是《颐和园》，娄烨因为这部电影被禁拍了五年。如今禁期已过，娄烨应该又可以制造他的电影梦了吧？

娄烨被禁后曾说过一句话：希望中国导演可以更加自由地拍摄电影。自由——是不是这两个字的限制而导致国产片沦落到只有娱乐和商业？当然也不止这个原因，大多数的导演就像饭店厨师，他们按照顾客习惯的口味和接受度来烹制菜肴——若只按照自己的意愿制作，能不能卖得出去就是个问题了，他们不敢为了个人的梦想而冒这个风险。

而安东尼奥尼就是为了个人的梦想烹制菜肴的厨师——他真是一个奢侈的厨师——一切只为个人梦想而工作的人都是奢侈的，他们可以对这个世界五花八门的诱惑与干扰置之不理，甚至对成功与失败也置之不理，只听从自己内心的声音——那个在内心隐居的上帝的声音，他们一生的工作只是为这个上帝服务。

隔了几年之后再次观看《云上的日子》，云遮雾罩的感觉已全然消失，是的，这一次我看懂了，我看懂的不止是电影寓言式的表达，更是隐在电影背后的导演安东尼奥尼——那个年已八旬的中风的不能言语的影像大师，他在轮椅上的眼神、手势以及表情。

这部电影的每一句对白都可看作是导演安东尼奥尼的内心独白，无论由哪个角色说出的，其实都是一个人的——是安东尼奥尼的，是他写在随身携带的私人记事本上的话。他把这些话分配个他的角色们，借由他们的语音、表情、肢体表达出来。

安东尼奥尼已经那么老了。老了最大的好处就是不必再顾忌什么，想说什么就说什么吧。由于安东尼奥尼兼具诗人和哲人的气质，他借由故事角色说出的话就有了凝重的思辨性，比如："很奇怪，我们都喜欢印在别人的脑海里，也许这正是恋爱的秘密。""疑惑，救赎，懊悔，我们的思想，经验，文化，灵感，想象力和感性的局限。我感到慵倦，与其反复思索，宁可只用直觉。"

老人和孩子是离上帝最近的人，而哲人几乎就是上帝的替身，所以安东尼奥尼在电影的开场便是云端中俯视的视角——这是接近于上帝的角度，这个角度的内心独语也是上帝所具有的低沉、缓慢，犹如箴言："我相信万物里有一种动力，驱使我前行，他是生命过去和未来的源泉，但我们却每每停留在现在，然后骗自己以为与世界同步变化——可怕的是冥顽不灵的我们，不断地原地踏步。"

我无意在这篇文字里罗列大量电影的台词。这些台词是很好找的，在网上只要输入"云上的日子""台词"就可找到。看来对这部电影的台词——或者说对安东尼奥尼的内心独白感兴趣的人还是很多的，能够闭着眼背上几段的人也大有人在，我就是其中之一。

安东尼奥尼耄耋之年的作品《云上的日子》表现的主题仍是情欲（这部片子的另一个译名就叫《在云端上的情与欲》）。除了他拍摄的纪录片，情欲，或者说爱情这个主题是安东尼奥尼从事电影 60 年从始至终的主题。可能是和他早年拍摄（后来也拍摄）纪录片有关吧，他的电影也有纪录片的一些特质，具有写实性、客观性，淡化故事情节，注重背景（环境）氛围。

从第一部电影《爱情编年史》到最后一部电影《爱神》，他的影像语言始终切入人类那隐秘、脆弱，游移不定的部位——摇动他不带感情的、缓慢的、具有隐喻性又有些乏味的长镜头，使他表现的主题——爱情，也显得恍惚、犹疑不定、似是而非。

一生的作品只表现一个主题，重复是不可避免的吧？我没有看过安东尼奥尼更多的作品，因此也不能判断。我所敬佩的是安东尼奥尼的专注与执着，以及旁若无人的一意孤行。——安东尼奥尼的作品虽然很有声望，却一直没有很多票房收益，而他依然那样拍；很多人——包括安东尼奥尼同时代的电影大师英格玛·伯格曼曾说他的电影很无聊，说不了解为什么安东尼奥尼这么受尊敬，而他依然那样拍。

"我只是个懂得映像的人，在拍摄时，我试图发掘现实，把事物的外貌拍下来并放大；我努力探寻其背后的东西。除此之外我一生中再无所长。"——这是《云上的日子》里的一句台词，也是我可以背出的安东尼奥尼的话，之所以能背出是因为它也说出我内心的某个类似的声音——我的书写何尝不是"把事物的外貌拍下来并放大，尝试发掘其背后的东西。"而我一生除了书写也是别无所能。

美丽的葬礼

他像一个上帝。

但是他已经老了，衰老。他行动迟缓，总是需要休息。他休息的方式是独自待着，躺在树荫的吊床上，或者卧室里。他爱听老音乐，大概是爵士乐吧，年轻时候的音乐，他闭着眼睛听，长时间地保持一种姿态，那种安静如同死亡。

他离死亡确实已经很近了。死亡像马夫一样跟从着，等候他随时上路。

但是，他的孩子们并不知道，也许是他伪装得太好了，在孩子们面前，他总是强打精神，双目深邃，眼神能洞穿灵魂。而独自的时候，他的眼角是挂着泪痕的，因回忆美好往事而渗出的泪痕。

他有三个女儿，一个儿子。除了小女儿，都成家了，也都有孩子，更小更多的孩子。

我说的是昨晚看的电影，一部美国电影，片名叫《火葬大海》。

　　影片是从孩子们驱车来到他的海边居所开场的，四部车，大大小小十多个人物，相似的面容，不停切换的场景，让人眼睛发花。这种开场就像一张撒开的大网，它从四面八方落下来，罩住一方水域，开始你并不能看出电影想要叙述的是什么，因为面积太大了。当渔夫慢慢拉起网，把网收紧，渐渐地，你就会看出来，网里都有些什么了。

　　孩子们是来给他过生日的。

　　他是一个作家，也许是这个职业给了他一张上帝般的面孔，还有那具有悲悯意味的眼神——瞧，我又说道他的眼神。我不能不说他的眼神，在这部电影里，有他很多的面部特写，确切地说，是眼神的特写。这个老人的眼神，是智慧的，也是疲倦的，像接近海岸线的落日。

　　他的儿女一回家就着手为他准备生日宴会，要去市场采购，要在院子里搭建宴会场地，当然，也要去美丽的海边日光浴，冲浪，展示性感与风情，狩猎艳遇。这次生日聚会，对他们来说更像是一次假日休闲。

　　他们也确实需要一次休闲度假，需要放松，因为，他们在各自的人生上都遇到了挫折，需要作家爸爸上帝般睿智的语言安慰。而作家爸爸也尽量地，恰到好处地，给了他们所需要的。

　　他们都是好儿女，只是，好儿女们还是忽略了他真实的生命状态，他们以为他只是衰老，而不是与死亡一纸之隔。

那个叫布鲁的孩子感觉到了他的死亡气息。布鲁是他最小的外孙，六七岁的样子。可能孩子离上帝总是最近的原因吧，布鲁与他之间，有一种灵犀相通，凭着目光就能交谈，当他独在院中的树荫下突发心脏病时，是布鲁及时赶到，救助了他。而此时，他的儿女们却正在海滩上，自顾寻乐。

布鲁和他谈到生日礼物，布鲁问他想要怎样的生日礼物，他说，我什么都不需要了，不需要领带，也不需要系领带，不需要袜子，我的袜子已经太多，多到穿不完。

后来，他谈到葬礼，他说"我希望有一场美丽的葬礼。像北欧斯堪的纳维亚人那样，在黄昏时把遗体放在小木船里，漂流在大海上，在沙滩上烧起一把篝火，由家族里的男子用箭点燃船只，然后，牧师吹响号角，大家围坐在火堆旁，看着海里的木船慢慢燃烧，传说，如果木船的火焰和落日一样红时，这个人生前就是幸福的，他的灵魂就能够到达天堂……"

大概，就是这段话，给了布鲁要为外公准备一条"直布罗陀号"为生日礼物的意念吧。

"直布罗陀号"是一条废弃的旧木船，一次骑车野游时，布鲁看见了它，在路边的草丛里。

接下来的几天，这条旧木船就成了孩子们的秘密，孩子们听从了布鲁的意见，修理木船，然后把它送给外公，给他火葬大海时用。布鲁说，这样，外公死后，就不会被地底下那些肮脏可恶的小爬虫吃掉了。

修理木船这件事是不能让父母们知道的，一件和葬礼相关的生日礼物，父母们怎么会同意和接受。

这真是一件不可思议的生日礼物。

这期间，儿女们也在为老人采购礼物，都是老人原来喜欢的东西——画册，电影带。老人当着儿女们的面打开礼物盒时，装作很惊奇很高兴的样子，满足了儿女们的满足感。而当儿女们离开，房间只剩下他一人时，他就推了礼物，倦怠地闭上眼睛，沉入时空之外的秘境。他真的不需要它们了。他现在需要的只是回忆，在老爵士乐中回忆，在与老朋友的谈话中回忆。

他的老朋友是他的医生，那个显然比他年轻的医生。在医生为他的心脏作过检查后，他们谈到他过世的妻子。原来，医生是他妻子的旧情人。

医生说，我问过她，为什么深爱着我却又嫁给了你，她说，这和爱情没有关系，嫁给你是因为你需要她，而她也需要你。

他听着医生仍然有些激动的坦言，平和地说，是的，这话像是她说的。

医生说，我爱她，一生都爱着她，从没停止过，但我还是没有能够救得了她的命。

老人说这不怪你，你是医生，不是上帝。

他问医生，自己还有多少时间，医生说，你别想这件事了，明天就是你的生日，好好庆祝吧。然后，他们以老朋友才有的默契拥抱告别。

在这部影片中，出现了一个词——庆祝死亡。这个词是老人说的，夜晚和孙子们坐在海滩上时说的。事实上，这部影片的主旨就是诠释一个智者对死亡的态度，对爱情和亲情的态度。

他以为，死亡是生命的一部分，是一件很自然的事情，一种回归；对一个爱过，写作过，生活过的老人来说，是一件值得庆祝的事情。

而他想要的是一种优美的，诗意的，干净的，了然无物的回归——火葬大海。

这部影片最华美处就是最后的部分——盛大夕阳，映照了整个海面，象征了老人圆满的生命，辉煌，壮美。

老人已经被孙子们装入了"直布罗陀号"。老人终是没有参加儿女们为他准备的生日宴会，他在孙子们的护送下，赶赴了另一场盛宴——黄昏时的海上葬礼。

"我希望有一场美丽的葬礼。像北欧斯堪的纳维亚人那样，在黄昏时把遗体放在小木船里，漂流在大海上，在沙滩上烧起一把篝火，由家族里的男子用箭点燃船只，然后，牧师吹响号角，大家围坐在火堆旁，看着海里的木船慢慢燃烧，传说，如果木船的火焰和落日一样红时，这个人生前就是幸福的，他的灵魂就能够到达天堂……清晨，不见木船，水流已把它们带到世界的每个角落，海面上一片平静，清新，美丽，不留痕迹，就像一场梦。"

——影片在老人温和的画外音中接近尾声，画面从海面的火焰移到海岸上，海岸上站着老人的子孙们，火光与夕阳交叠，安静燃烧，子孙们围着篝火相互依靠地坐着，面朝大海，目光凝重，哀而不伤。

每一种香气都有灵魂

两年前就知道《香水》这部电影，一个年轻人用少女身上的体香，调制出令人无法抗拒的，能唤醒强烈爱欲的香水。为此，年轻人杀死了很多美丽少女。

我一直没有看这部电影，内心有种抵触，总觉得这部电影里有阴森恐怖的气氛，而一切带有恐怖气氛的东西都教我懦弱的心难以承受。

昨天，原想看一部名叫《赤裸的心》的电影（这是一部女性心理电影），点开一个电影网站时却遇到《香水》，心念一动，就将鼠标滑过去……首先是被开场的音响效果镇住了——大片里才会有的气势恢宏的音响效果，紧接着，就被那种超现实主义的表现手法吸引。我端正了坐姿，看了下去，完全投入。

这是一部多么奇异的电影，你会不知不觉在情节的引导下，颠覆你通常的道德思维模式，会觉得对于一个降生到这世上只为了认知香味，只为了制作出稀世香水的人，他所做的一切事情都是被上帝特许的。因为他所做的那些——以俗世的伦理来看称得上令人发指的罪恶，都是为了应和他独特内心的需要——创造出世上最好的香水。

"每一种香气都有灵魂"。他生命的愿望是：寻求到一种办法，萃取出世界上最美妙的香气，保留住香气的灵魂。对于各种香气的识别和各款香水的配制，则是他天生具备的才能，是天赋。

天赋就是天命。一个拥有天赋的人，出生时就被神在身体中设置了一个秘密陷阱，这个人得为其所拥有的天赋经受长期的孤独、折磨，在内心的绝壁上攀爬、跋涉。

他经受了一落地就成了孤儿的命运，经受了在贫民窟成长的命运，经受了被卖身成奴的命运。他经受了一切非人的苦难，而最后，终于创造出了理想中的香水——香型就是他最初嗅到的、少女身体散发出的迷人芬芳。而配制这款香水的十几种香精，则提取自十几名美艳少女的发肤，是这些有灵魂的香气的完美组合。

他创造出了理想的香水。他的天命完成了。他降生人世的终极价值得到实现。他成功了。成功也意味着他的生命已走到了终点。支撑他无视一切苦难而沉浸于创造的精神之力一旦松懈，他的躯体也就跟着溃散了，空了。

在香水的唤醒下，在回忆中，他爱上了那些被他亲手杀死的少女们——他爱那些成全了他理想的亡者。他心里有了痛——被一件看不见的锐器刺穿的痛。他的脸上有了悲哀——天使般无辜的悲哀——受难者的悲哀。他的眼里有了泪——纯净的爱之泪——令仇恨者双膝跪地的泪。而之前，他像闻不到自己体味一样，对人类的一切复杂情感毫无知觉，毫无体验。

他的这种变化，是他亲手创造出的香味给予的，那唤起了所有人强烈爱欲的香水，也像新鲜血液一样流进了他幽暗的身体，他的知觉。他同时也拥有了自己的灵魂，他创造的香水赋予了他一个灵魂，悲伤的、痛苦的、绝望的灵魂。

他拥有了可以统治整个世界的香水，但有一样东西他永远不能获得——像一个平凡人一样平淡的爱和被爱。他创造的完美香水只是令他更为孤独。他拥有整个世界的同时失去了整个世界。他获得的不凡灵魂只会加速他走向不凡的毁灭。

他回到了出生地，站在那个见证他成为孤儿的肮脏集市上，将手指一样长度的香水瓶举向自己的头顶，倾倒。他的身体瞬间被他创造的香水浸透。他成了一道令世人垂涎的美味。世人拥向他，潮水一样拥向他，疯狂地拥向他，然后，张开欲望的咽喉，以爱的名义，完整地吞噬了他。

他的生命终结于他所创造的美好。世界在一个阶段的激动和疯狂之后，又归于他出生之前的样子——没有爱，只有冷酷、麻木。

很奇怪，看这部电影时，我对于那个杀死了十多名少女的年轻人并没有通常的憎恨，在我看来他是一位执念的、一意孤行的艺术家，就像那些以经典之作战胜时间的诗人、画家、音乐家，而他所创造的香水，就是这世界上最美好的艺术品。

这是一部富有寓言意味的电影，香水所象征的就是艺术天才的作品，而死去的少女就是诞生这些艺术品的源泉——极致之美，或者是极致之痛。

年轻人创造出的完美香水并没有使世界变得美好起来，这就像那些伟大艺术家所创造的完美艺术品一样，最后，仍然不可避免地，会成为这个欲望世界的又一道欲望之阱，罪恶之渊。

第五辑

身后点一盏灯

　　一种花上场，由寂静转向盛开；另一种花退场，归于盛开之后的寂静，彼此相安，互不争艳。这是神秘的花约，还是自然之道，我不得而知。

沉默的坐车人

事隔多年，想起那个初冬的夜晚，想起那辆快要报废的小面包车，仍会记得车里挤在一起的面孔：两对夫妻，一对即将成为夫妻的小恋人，一个小男孩和他年轻的母亲，我。

是十年前的旧事了。同事小卓结婚的那天一直下小雨。喝完杯底的最后一口红酒，走出酒店时天已黑成锅底。小卓安排了一辆小面包车送客。真抱歉没有好一点的车送你们回去，小卓说。

不知什么时候小雨已转成雨夹雪，上车时差点摔倒。路面太滑了。

车启动，听到引擎肺炎般的咳嗽声。司机是不认识的人，在昏暗的街灯下看不清面目，只能清晰地闻到他满身的酒气，从前座飘向后座，钻入每一个人的鼻腔，脑门。

放心，我保证把他们安全送到家。司机探出头，吐着酒气，向小卓打着包票。

九个人依次上了车，依次在座位坐下，小心地保持着一种奇怪的沉默，就像一群被施了哑术因而特别温顺的羊，没有人说出不该说或不吉利话，除了小孩嚷嚷着要吃喜糖。孩子的母亲把糖纸剥开，把糖果放进小男孩的口中，让糖果塞满孩子的嘴。

是不是应该叫司机把车停下来，让我下车？车还没出城的时候我犹豫着。这个想法像一个被热气顶得就要蹦起来的瓶塞，蠢蠢欲动。直到车子出城，瓶塞依然安静地、稳稳当当地塞在瓶口。

城里的路灯已被抛在后面了，雨雪里昏暗不明的灯光越来越远。车子已完全行驶在不断转折的 S 型的大山腹地。时不时从对面开来一辆车，刺亮的车灯迎面射来时，车身便来一个大哆嗦，车子里的人也跟着弹跳、碰撞，像在儿童游乐场玩的游戏。

几次弹跳之后，车子里的氧气变得稀薄起来。闷、不安、焦虑，蛛网粘住飞蛾一样粘着我们。除了喘息声重一点，没有人说活。没有人说，我害怕，这车开下去会出事的。

我听到鱼在水里吐气泡的声音，叭叭叭。不用侧脸看也知道，是那对小恋人不顾一切深吻对方弄出的声响。这是一对恐惧的鱼，是茫然不知所措的鱼，渴望从彼此的抚慰里驱除落网的恐惧。

仍然没有人说活。把车停下吧，我们宁愿手拉手冒雨走回去——没有人这样说。

两对夫妻也听到车内异样的声响。尽管他们不动声色，我仍能用第六感看到四张同样恐惧而又极力掩饰恐惧的脸，听到他们心里的声音：也许……不会……老天保佑……随它去吧。

孩子和他年轻的母亲坐在司机身边，一个极不安全的位置。年轻的母亲也许知道这一点，也许不知道。她以蛋清拥抱蛋黄的姿态把孩子搂在怀里。如果可以把孩子缩小折叠放进腹中，相信她一定会那样做。

孩子已经睡着了，嘴里含着未溶尽的糖。糖的甜一丝丝地、柔软地、绵绵不绝地渗入他的梦境。只要是在母亲的怀里，这个世界就是安全的，没有什么可担心和恐惧的——所有的孩子都会这么想。

这或许就是最后的时刻了？我从口袋里拿出手机。觉得应该给家里人发一条短信或拨个电话，跟他们说点什么。

我还想给一个亲密的人说一句：我想你。

短信写好了，我的拇指按在发送键上，迟疑不决。

我想你——这句从没被我说过的话语，会是我与这个世界的告别语吗？

短信有没有发出？我不记得。我不能确定按在发送键上的拇指是否摁下。因为接下来发生的事让手机从我手里飞走了。

接下来，车子在一个山岭的转弯处笔直地冲出公路。

车子终于停下了，前轮陷在水沟里。水沟对面十公分的地方是一面岩壁。车子以俯冲的姿态，稳稳停在岩壁前。

车子里的人——两对小夫妻、一对即将成为夫妻的恋人、一个小男孩和他年轻的母亲、我——推开车门跳下。恐惧之网已被解除。

每个人都预料到要出的事故真的出了。果然出了。幸好没有人员伤亡。

如果车子再开下去，拐过这道弯后就是一个更急的大弯。若在更急的大弯冲出马路，等同于从十八层高的楼顶坠落。

事隔多年，想起那个初冬的夜晚，想起快要报废的小面包车——车里挤在一起的恐惧面孔，总想：为什么车子上路时，就没有一个人叫停呢？

身后点一盏灯

二〇二〇年的幸福生活

穿宽松的衣服。不化妆。吃自己种的蔬菜和水果。

早晨和傍晚去后园干活：除草，间苗，浇水，捉虫。白天在屋里看书，写字，听音乐，冥想。

有风访问窗帘；有燕子从天窗里飞进飞出；有麻雀在窗台上，一跳一跳，歪着头看我如看田里的稻草人。

这就是我二〇二〇年的生活，我希望的生活。可能，还需要点别的，不过暂时想不起来了。

如果，有一个亲爱的老朋友，在黄昏时分，在夕阳落下月亮升起时，来看我，带几块自制的点心，或自植的草莓慢慢走来。来陪我在小院里喝一壶谷雨时的绿茶，喝到天空变蓝，变青，变黑。喝到燕子和麻雀都回到自己窝里，喝到每一盏灯光，都为眼睛温暖的点亮。

这样，便是我二〇二〇年的幸福生活了。

身后点一盏灯

此刻我坐在电脑前，旁边是一盏橘黄色的台灯。

我的身后也有一盏台灯，在床头，靛蓝色。买这盏灯是为了便于在床上看书。只是我很少能在床上看进书，一挨上枕头就犯困，没读几行字眼皮便沉涩了。

房间里亮着两盏灯，有些浪费，倘若母亲在此，一定会要我将灯关掉一盏的——在背后点着灯，又那么远，有什么用处呢，真是太浪费了。

母亲决不允许没有人的地方亮着灯，也不允许一个人独用一盏灯。在我小时候，只有母亲房间里的灯常亮着，瓦数低，不够明，母亲就用一张纸壳裁个灯罩套在灯泡上。灯下是一张红漆方桌，母亲在一方做针线活，我和哥哥面对面地做着作业。作业做完了，我和哥哥要回房间睡觉了，母亲会打开手电筒，照着我们跨进各自的房门。灯绳就在房门边，绳头系在床栏上，拉亮，关房门。

进房五分钟后就得关灯，迟一分钟便会听到母亲的训斥：干什么呢？还不快关灯，浪费电！她一直就站在房门口，直到听见两个房间相续关灯的"啪哒"声后，才关上她的房门。

"等长大了，有了自己的房子，我要把所有的灯都点着。"黑暗中睁大眼睛毫无睡意的我，在心里狠狠地这样想着。

当然有时候也会耍点小花招，等母亲关上房门，手便拽着床栏的灯绳，慢慢拉紧，拉紧，几分钟后，再小心地松开灯绳。"哒"，灯亮了，可以靠在枕头上看借来的小人书了，翻书的声音一定要轻，母亲的耳朵虽隔着两重房门，还是尖得很呢。

很多年后（几乎是半生以后），我在自己独住的房间里点着两盏灯，是对小时候不能点灯的补偿吗？似乎如此，又似乎并非如此。

更多的原因还是怕黑，尽管是背后的黑。

身后点一盏灯，就如同有双眼睛在那里看护着，在我离开电脑转过身时，看见的也将是明亮。空阔的房间无处不被灯光充满，走到哪一个角落都没有暗影，没有埋伏着的恐惧，令人心安。

彼岸花

很小的时候就见过彼岸花，在我出生的村庄里。村庄的河边、路边、山边，到处开着这种花。

那时不知道它的名字叫彼岸花，大人指着它告诉孩子，这叫秃子花，有毒，不能碰，更不能采来戴头上，会变成癞痢头，不长头发。

没有人想变成癞痢头，多难看啊。村里就有个癞痢头，脑门光光，一根头发也没有，还特别凶，动不动就摔凳子骂人。

他是不是误采这花才不长头发的？我很想问这话，又不敢问。

变成癞痢头的恐惧使我对这花充满警惕，并且厌恶它，觉得它长得丑，细长的杆子，一片叶子也没有，突兀地顶着一朵花，花又那么大，又那么古怪，颜色也红得诡异——带着邪恶之气，一点也不像花儿该有的样子。

但是，奇怪的是，我似乎又总是被它吸引，走过它身边时，总被一个声音诱惑着：采一朵，采一朵，看看到底会有什么样的事情发生。

冒险的念头使我一次次把手伸向它，在快要碰到它时又缩了回来。万一真变成癞痢头怎么办？

后来发生了一件事，使我解除了对这花的恐惧。有一天，竟然看见一个与我差不多大的姑娘，手里握了一大把秃子花，笑嘻嘻地从河对岸走过来，更吓人的是，她浓密又蓬乱的头发里也插了一朵，随着她一颠一颠的脚步不停晃动。

这是一个被村里人称作"孬子"的姑娘，不会说话，嘴角总挂着涎水，脸上也总挂着傻呵呵的笑。

虽是个孬子，智力的障碍却丝毫不影响她身体的发育，甚至使她生得更为壮实，早早脱离了孩子的生涩而趋向成人的圆润。

我等待着秃子花向孬子姑娘实施它的报复——把她变

成癞痢头。但是半年过去了，孬子姑娘看起来没有什么变化——头发还是原先的样子，浓密又蓬乱。

原来大人说得那么可怕的事并不是真的，不过是吓唬小孩子罢了。

恐惧解除了，这花对我奇怪的吸引力也消失了。我不再总是想要冒险去采它——它不过和别的花一样，甚至还不如别的花，因为它没有香气。

我仍然还是觉得它不好看。哪怕多年以后，得知它其实有一个诗意的名字叫"彼岸花"之后，得知我少女时最为迷恋的影星山口百惠曾歌唱过它之后，仍旧不能改变童年就对它产生的成见：它是丑的，是禁忌之花。

大约是我在县城读高中的时候，有次回家，听村里人说孬子姑娘怀孕了，生了个死婴。谁也不知道使她怀孕的人是谁，她父亲问她，她就把她父亲领到邻村一户人家屋子里，指着这家的男主人——那是一个还算体面的男人，有妻有子——他妻子还是方圆一带公认的美人。

那男人死活不承认这事和他有关，孬子的父亲也没办法，就把女儿带回去了，这事便不了了之。只是那个孬子姑娘，隔三岔五往屋后山头跑，她生下来还没见着就死去的孩子埋在那里，小小的坟上堆着几块石头。

村里人说，其实那不明来历的婴儿生下来时是活的，哭声很大，很多人都听到了。

孬子姑娘仍旧喜欢采那被村里人忌讳的花儿，去后山的坟地也拿着那花。

一年后，孬子姑娘突然从村里消失了，据说是她父亲给她找了一个婆家，把她嫁走了。她嫁去的地方村里人从没听说过，那地方究竟在哪里，也只有她父亲知道。

对吻娃娃

书橱里有对小瓷人，名字很别致，叫"对吻娃娃"。

二十世纪八十年代末，对吻娃娃在年轻人中间很受欢迎，尤其受女孩子青睐。

最早看到对吻娃娃是在好朋友萍家。萍是我的旅校同学，和我长得很像，圆脸，大眼睛，学生头。也许是这原因，从第一次见面就对彼此感到亲近，之后像姐妹那样处了好多年。

萍的对吻娃娃是她男友送的。在我们这班同学里，萍是最早就有男友的，初中毕业读暑期美术班时认识，比她大5岁，正在读师范。

萍的男友不仅给她买对吻娃娃，还给她写情书。几乎每周，学校的收发室里都有萍的情书，信封是美工笔写的，很漂亮的字体，邮票也很漂亮，看得出是精心挑选的。

萍总是拉着我一道去收发室取邮件。收发员的目光有些凌厉，在萍的脸上扫来扫去。萍接过信，双颊通红，又分明有着掩饰不住的春风。

我表姐也有一个这样的对吻娃娃。

对吻娃娃就放在她的梳妆台上。梳妆台的镜子上贴着大红的双喜剪纸。那年代，新娘的梳妆台上几乎都有一个对吻娃娃，象征着两人小世界的浓情和甜蜜。

每次到萍家或是表姐家，我都要盯着对吻娃娃看，目光简直移不开。我太喜欢这两个小人儿了，喜欢他们笨拙又可爱的样子，喜欢那略带异域风情又天真无邪的亲吻姿态。

对吻娃娃不只是无生命的瓷器、小摆设，而是我在那个年龄里对美好爱情所有的想象和期望。

我很想有一个这样的对吻娃娃。

没多久我也有了一个对吻娃娃，小小的，放在手心，刚好一握。

对吻娃娃是我自己买的。我已经等不及别人送，先给自己买上了。

我将买来的对吻娃娃放在小纱橱里。小纱橱是父亲给我的，放在我的房间里，专用来摆书。小纱橱是我最早拥有的私人物品，之后不久，我又有了一台收录机，记得是熊猫牌，放在小纱橱顶上。

小纱橱里的书大多是课本，也夹着几本别的书：星星诗刊、流行音乐、电影画报、港台文学，等等。对吻娃娃就放在小纱橱的角落，不留意是看不到的。

临近毕业的时候，同学和好朋友之间互送礼物，对吻娃娃成了最热门礼物首选。我收到一个对吻娃娃，比自己买的那个大多了，是萍送的。

不知从什么时候起，对吻娃娃退出了属于他们的小时代。礼品店里再也看不到他们。蓝白两色的对吻娃娃，朴素又烂漫的对吻娃娃，永远那么小那么稚气的对吻娃娃，直到碎裂才能把他们分开的对吻娃娃，街面上所有的礼品店里再也看不到了。

我不算是一个惜物的人。事实上，对于物，我更多的是舍弃。当我离开一个住处的时候，总会留下一些物品，只带走极少的东西。

我甚至还有一种习惯，每隔半年清理一次房间，丢掉一些，送出去一些：买了之后又不想穿的衣服、多余的用具——将它们送给需要的人。

一些有纪念性的东西，为了避免引起伤感，我也会有意舍弃掉。人在这个世上，不能什么都留着，也不能什么都记着。舍弃和忘记，会让一个人活得轻松些，没有那么多纠缠和牵绊。

我慢慢成了一个拥有少量东西和少量记忆的人。是的，我连记忆也变少了，不知道这是不是和年龄有关，很多事情，我都不记得，见过一面两面的人，对我来说和陌生人没有区别。

但我买的对吻娃娃还在那里，还在我的房间，没有丢失，也没有被我舍弃。

我也不知道为什么没有弄丢他们。我曾拥有过的许多当时很喜欢的东西，后来都一一消失了，从我的视线，从我的记忆。单单他们，那么不起眼又容易碎裂的小瓷人，还完好的在着。

如果按人的年龄来算，我的对吻娃娃也已是将近而立之年的人了。

萍送给我的大一些的对吻娃娃还是被我弄丢了。我完全不记得是怎么丢失的。可以肯定的是，不是有意舍弃。我只舍弃那些会引起痛苦或不适感的物件。

不知道萍的对吻娃娃还在不在。她最终没有能够和读师范的男友走到一起。也是情理之中吧。人在年轻时拥有的美好，很难会终身都拥有。

表姐的对吻娃娃应该还在。表姐是惜物的人，几乎不会乱丢东西。但我后来在她家并没见过对吻娃娃，也可能被她收起来了，收在专门存放旧物件，不轻易打开的柜子里吧。

菠萝

他有一个名叫菠萝的女孩。

他照顾她，陪伴她，和她做游戏，带她出门，去公园跑步，去有落日的江边游泳。

他还给菠萝写诗，写信。写温柔又美好的长句子、短句子。写"亲爱的菠萝，又想你了，不知道你现在怎样，有没有忧愁……"

这不免使人疑惑——那个被称之为菠萝的，或者是他爱人吧？有美丽的容颜，脆弱，爱使性子，如同小王子照看的那朵玫瑰，独一无二，并且有细小的、让人疼痛，然而又是迷人的刺。

她看他在博客里写菠萝，断断续续，写了三年。后来的一天，他在博客里写道：菠萝死了。并且放上照片。

这时她才知道，原来菠萝不是孩子，也不是他的爱人，而是一只牧羊犬。

她感到难过，因为他很难过。可同时，她又感到一阵窃喜，秘密得到什么的窃喜——仿佛门前树上，那颗悬了很长时间的果子突然熟了，落下了，落在她怀里。

其实她并没得到什么，因为他不知道她的存在，不知道她在读他，读了三年，不知道她心里那么孤独的悲和喜。

真是孤独啊，活着很孤独，爱很孤独，悲伤和欢喜都很孤独。但这又有什么不好呢？隔着屏幕，隔着遥不可及的空间，一个孤独地写，一个孤独地读，以此抵挡更深的孤独，有什么不好呢。

故事到这里是否应该结束了？在这里结束算不算故事？男人和女人还没有见面，没有真正认识，算不算故事？

事实上，他们后来还是见面了，认识了。只不过又过去了几年。在这几年里，她也开始写那些长句子、短句子，温暖的，美好的，破碎的，疼痛的。也写信，给喜欢的一切写信，并称之为"写给万物的情书"。

　　她把写下的那些也放在博客，也有了默默的读者——博客的点击率告诉她，这看似只有她一个人的空间，其实有许多人，有许多人每天来看她，悄无声息地阅读她。

　　她不知道来读她的人是谁，也不想知道。她只需知道他们是存在的，在听她说话，就可以了。这样，她的书写——或者说她的活着，就不是绝对孤独的事了。

　　当他们终于见面的时候，他们已是一样的人。她还是喜欢他的，但已不是从前那种喜欢——当她变成了他，一种执着的、入迷般的东西就消失了。

　　他们像多年老友那样平静地说话，笑。他说了很多，她也说了很多，说他们共同读过的书、认识的人，吃过的食物。当他们的话题转移到动物上时，她忽然说，"我知道你曾有一只牧羊犬，叫菠萝。"

　　"哦，菠萝，菠萝，那是一只有忧郁症的可怜老狗。"说这话时，她看到他眼睛里泪光一闪。

记忆之始

记忆之始

一个人生命记忆的开启是不是和最初的恐惧或灾难有关？

如果没有两岁时那一次与死亡擦肩的遭遇，我的生命记忆可能要推迟几年。

那应该是春末夏初的时候，村边的树木已长满了油绿的叶子。那些叶脉多奇妙啊，有着细密的纹路，每一条纹路又生出更细密的纹路，向外伸延、纵横，如同摊开的手掌，上面画着树木命运的符号、未来的预言。

两岁的孩子目光是浅短的，还不能看到远处的森林，甚至看不到整棵树，她只看见一片树叶、两片树叶、三片树叶……许多树叶，闪闪烁烁。

阳光从对面照过来。初夏的阳光香喷喷，有着母亲沐浴过以后肤发的味道，它们穿过一朵朵云，穿过重叠的枝叶，伸出温润的手指，轻轻按在孩子细长的睫毛上。

两岁的孩子也伸出手，本能地想要抓住那根手指。孩子的手里已经有两片叶子了，是刚刚摘下的。她站在一棵树前，踮起脚尖，身体前倾，努力接近那些闪光的叶子。

奇怪的是，叶子到了手里就不再闪光了，一点光也没有。

一起摘叶子的还有另两个同龄的孩子，一个光头男孩和一个扎小辫的女孩。三个同龄的孩子在一起玩过很多游戏——捉虫子、捏泥巴、捡贝壳、堆沙堡，还在河边的浅滩里捉过小青虾，当然，捉小虾的时候有大人在身边。

除非有大人带着他们才能去河边玩。河里每年都要吞下一个孩子。大人说，这条河里有很多淹死鬼。淹死鬼要想投胎转世，就拖一个替死鬼下水。

两岁的孩子还不知道河流的胃口。河流对他们来说只是一种有时会发出很大声音，有时又默不出声的动物。发出很大声音的时候河流是白色的，不出声的时候河流是青色的。

白色的河是可怕的，像大人发怒时的样子。青色的河是可亲的，是白云与青山的摇篮，轻轻摇荡着。

孩子们当然喜欢青色的河。青色的河岸是宽坦的，有着柔软到可以种下小小脚印的细沙河滩。

河岸是山崖。山崖的斜面上长着树，一棵挨一棵，远看就像一棵站在另一棵的肩膀上。那三个孩子此时就站在河岸之上——山崖边缘，离危险只有半步之遥的距离。

孩子们自己是看不到危险的。

孩子们的背后是一条小路，路的一端通往村子，另一端通往一所旧祠堂改建的学校。学校里，正在给学生们上课的老师看上去有些疲惫。

村子里有三十多户人家，二十多个学生，老师只有一个。从一年级到五年级，每天备课、上课、改作业、阅卷……周而复始，无休无止。

上课之前，老师会把两岁的女儿放到教室最后一排的座位上，有时也会把女儿放到村里的一户人家，托农妇帮忙照看。在上课的时间里，老师要暂时忘记自己母亲的身份，除非有一种来自天性的突然而至的声音提醒：你的孩子呢？

你的孩子呢？

当这个声音像锐利的指甲划过她耳膜时，她的心脏就惊颤一下，紧忙从黑板前转身——如果最后一排的座位是空的，她的魂就飞了。

老师的魂又一次飞了，她在最后的座位上没有看见自己留着童花头的小小女儿，而教室的后门却是半开的。她手里的粉笔"啪"地跌落在课桌上，又从课桌滚到地上，断成两截。

——那是什么声音？像猫在黑不见底的夜晚发出的凄哭。可是那声音太细弱了，又弱又低，从地底下传来，随时会消失。

女教师冲出教室，朝着声音的方向奔去。

随着女教师一起奔出教室的是她的二十多个学生。学生们见老师失魂落魄的样子，先是不知所措，然后就一窝蜂地跟着跑。

学生们都没有听到那个从地底下传来的猫哭声。他们跟着老师跑到两个孩子站着的山崖边，仍然没有听到从地底下传来的猫哭声。学生们听到的，是山崖下面白色河流发出的狂哮。

我是怎么落下山崖的呢？很多年后我努力地回想，想在记忆中还原那个片段，却是徒劳。对于这个片段的记忆我是模糊的，我只记住那些闪闪发光的树叶，和那吸引我想要抓住的光之手。

或许是我抓空之后落下山崖的吧？

不过母亲告诉我，我并不是自己落下去的。当急疯了的母亲问那两个孩子我在哪里的时候，小光头伸手指了指山崖下面，又指了指小辫子，说：她推的。

所幸的是我并没有被那条河吞到肚子里去。一棵老树伸开双臂，在河边稳稳地接住了我。

自此之后，我的记忆之门就被推开了。五味杂陈的人生，像一部经过记忆剪辑的电影，开始有了清晰又恍惚的影像记录。

与爱情有关的往事

不知道别人最早对异性产生爱情时有多大，我知道自己，那个时候，我只有五岁。

我很确定自己当时只有五岁，因为那一年，我的父母开始了离婚拉锯战，我被母亲当作耳目，或者说障碍，丢给了父亲。是的，我是从五岁的时候开始跟随父亲生活的，而这之前都是跟随母亲，在深山里过着清苦的教书生活。

父亲白天要下乡，出差，不能带我，我就被托给了同院的邻居照看。邻居家最小的女儿芳芳和我同龄，刚好可以做伴，玩游戏。我们玩得最多的就是叠老鼠，也玩过家家。

芳芳有三个姐姐，她的姐姐们不太搭理这个小妹妹，对我倒还热乎些。后来我才知道原因，她们和芳芳并不是亲姐妹，也就是说，她们的母亲和芳芳的母亲不是同一个人。这些关系太复杂了，我当时不可能分得清楚，只知道自己在这家是受欢迎的，芳芳愿意把她的玩具与我分享，姐姐们也愿意塞一些野柿子野山楂什么的给我吃，还给我扎小辫，教我唱歌，带我睡午觉。

姐姐们也和我说了一些可怕的话，她们说，你爸爸要给你找小妈妈了，到时候，你爸爸就会不要你了。她们说这话的时候，眼睛里有含意复杂的同情。

——扯得远了，还是回到我的故事上来吧。

那是一个夏天的午后，我正和芳芳蹲在院里的篱笆下，看蚂蚁们排成歪扭的长队搬家，忽然，觉得头顶荫了，大片阳光被遮住，有一个戴着军帽的身影，很清晰地站在我们背后。我和芳芳同时回过头，仰面——我看见了他，一个军人，有着宽阔的肩膀和俊美的面容。他的眼睛在帽檐下闪着光。

他看着我，问，你是小妹吗？我是你大哥。

他放下手里的行李，蹲下来，抱起了我，从口袋里掏出一把奶糖塞在我手上。

这个军人，他显然是弄错了，他把我当成了芳芳，以为我是他最小的妹妹，他用一种非常友好的姿态拥抱了我，而把真正的芳芳留在篱笆下发呆。当姐姐们从屋子里奔出来，围着他又跳又笑，大哥长大哥短地唤着时，芳芳才醒了过来，芳芳站起身，远远的，低低的，喊了一声大哥哥。

除了父亲，他是第一个抱我，并用那样明亮的眼睛看着我的男人。不知道是不是这个原因，使得我爱上了他。当我长到成年，可以和闺友谈论未来理想中的爱人时，眼前晃动的都是他——身着军装，高高站立，目光闪亮。

也可能这并不是爱情，而是一种崇拜，但那一刻，我被他抱在怀里的一刻，所感受的羞涩与战栗，与爱情无异。

七岁的时候，我又回到母亲身边，母亲还是在深山里教书，母亲从十八岁开始，一直在深山里教书。深山里清寂漫长的岁月，母亲有没有过与爱情相关的故事呢？以母亲冷僻的性情和顽固的洁癖，是不可能有的。但我所记得的是，确实有过一些流言，雾瘴般环绕着她。这些流言像隐身的敌人，令母亲紧张愤怒，又奈何不得。雾瘴之毒的入侵，对母亲身心的伤害很深，和父亲的背离一样深。

算了，在这里，还是不说他们的那些了。我的父母，他们的情感劫难是时代的产物，是长期两地分居造成的怨怼。当父亲最后被组织部调回家乡，当我们全家终于生活在一个屋檐下，离婚这个词，也就渐渐淡出他们的词典了。

可能是我初谙人世，便遭遇了父母感情战争的原因，促使我对情感之事过早感触，以致早慧。

七岁那年，我喜欢上了母亲的一个得意门生。

我说喜欢，而没有说爱，是因为我自己也不能分清，那种感情到底算什么。一来我是太小了；二来这些都是发生在我心里的事情，除了我谁也不知道的事情。不过，如果说这些不是爱情的话，那么，我在二十八岁之前都是没有真正爱情的，就算有，也只是喜欢，一味地暗恋。

真是矛盾啊，一方面是感情不可思议的早慧，一方面又是感情不可救药的晚熟。

那些从未被展开的爱情，并没有自生自灭，它们压抑在心底，发酵，膨胀，然后又凝固，结成核，石头一样，顶在我的胸口。也就是这枚石头一样的核子，导致了我而立之年接踵而来的情感海啸。

——又说远了，还是回到我要讲的故事上来吧。

母亲的得意门生是班长，而我喜欢他的原因并不因为他是班长，我喜欢他，是因为他脸上时时都有阳光灿烂的笑容。

和母亲生活在一起，我是很少能看到笑容的。母亲从来不对我笑，也很少对别人笑。她的笑容被她的严霜的内心冻结了，结成了坚冰。而我是渴望看到笑容的，对一个七岁孩子来说，有什么是比一张笑脸更能让她亲近和依恋的呢。

母亲的得意门生大概比我大五岁，上课以外的时间，他会帮我母亲砍柴，他还给我捉过蓝色的水蜻蜓，挖蚯蚓，和我一起坐在河心石头上钓鱼，他在母亲责罚我的时候拦在我身前，护着我——也只有他敢那么做，夺过母亲手里的竹鞭扔到河里。也真是奇怪，我的母亲，对谁都不买账，偏偏对他，格外依从。不知是不是和我一样，为他灿若阳光的笑容所迷。

他是一个石匠。这是我想说的第三段爱情往事。

那时我有多大呢？大概十一岁，或十二岁。那年我已离开深山里的母亲，在奶奶所在的村庄里读书，也就是那年，我的父亲调回家乡工作了。父亲回乡的第一件事就是建房子，把原来低矮霉黑的老屋推倒，重建一座新屋。对全家的命运来说，这是一个好的转折。一切推倒重来，从头开始。

建房子的第一个工序就是奠房基。房基是一座房子的根，也是最重要的开端，得请本地最好的石匠师傅们来做。

他的名字叫宏，那个时候，他还只是个徒弟，从师于他的父亲。以宏的年龄，应该是在中学读书的，但他没有读书。在乡村，有着这样一种传统，如果父亲是工匠或手艺人，那么，他的儿子就必须要继承他的活儿，这是从一出生便被划定的人生之路。

他总是被师傅责罚。师傅——他的父亲，那个像铁塔也像天父的汉子，每天不止一次地抡起手掌，落在宏的脊背上。在父亲面前，宏总是低着头——低着头吃饭，低着头说话，低着头干活。宏对父亲的掌罚也是低头领受，似乎那是他们之间最正常的一种语言，好比一个说"你，又做错了！"一个答"哦，又错了吗？"

而我看得却是心惊，那可不是一只平常的手掌啊，那是能够断砖裂石的巨掌。

于是，就替宏感到委屈，心疼他，给他们送糖水时，悄悄往宏的杯子里多添一勺。

宏的眉骨很高，眼睛微凹，每次接过我递上的水杯时，他都要抿嘴笑笑，仰脖喝完，再把杯子交给我，一低眼睛，又接着干活。宏的眉间有着让人心动的青涩气息。

也许是自幼的体力劳动锻炼了宏的形体，他显得比同龄人要壮实。夏天，午后的时候，石匠们都光着膀子在地基上凿石做活。当我拎着水壶与点心，走近他们，目光落在宏发光的身体上时，心里便溢出一股甜蜜，水波般荡漾，流淌，晕红了颜面。我喜欢这个年轻男子被力量充满的形体。于是，在夜晚，我有意让宏进入梦中——那些模糊又清晰的旖旎之梦。

那些梦像三月的野花，细碎，单纯，一浪一浪，无声盛开，直至淹没整个春天。

这第三段爱情往事，我已经无法说出更多具体的情节了。中间的岁月已经这样深厚，尘埃堆积，一切都显得虚幻。我不能确定那些在我内心发生过的情感，它们是否属于爱情。

但我回望时，目光里总是能看见宏。他的具有古希腊之美的形体和面容，似梦似真，在时光的倒影里，一圈圈扩大，扩散。

我的父母是在废墟上重新建筑的，一座新房子，有阁楼有庭院，由两个人共同的精力与血汗夯实。再也没有什么比这更坚固的了，当一个家庭拥有这样一座要塞，即便没有爱情黏合，也很少有什么力量，能从外面分解它了。

当全家搬进新屋居住时，母亲也离开了深山，在本村的小学里，有了一张属于她的崭新讲台。

弯弯山路

小时候，多是跟随母亲生活。母亲十八岁走上讲台，一直在偏僻的深山坳里教书。二十几户人家，零零散散分布在山头，岭脚。一所旧祠堂隔成两间，小间糊上报纸，做卧房，大间做教室。黑漆漆的没有天花板，因长年欠修漏雨，地上便有了大大小小的泥坑。校长是母亲，教师也只有母亲一人，十几个学生，分了几个年级，有的年级只有一个学生。

在我童年的印象里，很难找到母亲的笑脸。母亲是极严厉的，山里的孩子野惯了，对母亲却不敢有半点违拗。最羡慕别人家的孩子在妈妈怀里撒娇发嗲的样子，这在我是无份的。那时，我还不懂什么叫"生活的压力"，只是不明白，怎么我的母亲就和别人的母亲不一样呢？母亲也有亲切的时候，冬夜里，将被子烘得暖暖的，我爬上床后，母亲替我将被条掖得严严的。她自己睡得极迟，改作业，备课，缝补衣服……我一觉醒来，昏黄的油灯仍然照她伏案的背影，闹钟在案头"嘀嗒，嘀嗒"丈量着夜的深寂。

每天放学后，母亲便拿起锄头，到地里种菜。我跟着拔草捉虫，有时还帮着抬粪——不过，那是七岁以后干的活了。天黑下来，别人家屋顶温白的炊烟渐已散尽，母亲就收了锄，回去做饭。

烧饭的锅台在教室的拐角。下雨天，雨水从烟囱缝中注进饭锅，雨停了，阴潮的瓦上生出一种黑毛虫，当地人叫"瓦蛆"。饭煮开汤时，可不能揭开锅盖，热气一熏，瓦蛆就会下房，有时端了饭碗，在灶前吃着吃着，忽然就扒出一条黑毛虫来。

母亲晚饭烧得迟，等饭做好后，得把我从趴着的课桌上叫醒了吃饭，我迷糊着眼，一边往嘴里拨着饭粒，一边春瞌睡，饭含在嘴里，又趴着睡着了。

下饭的菜很简单，简单得只有一个菜。分量倒是足够，堆堆一大碗，看不见油水，吃肉——那更是逢年过节的盼头。也有例外，腊月初，村里早早杀猪的人家吃晚饭时，主妇便跑过来，捣灭母亲刚点着的锅洞，拉我们去吃饭，母亲再三谢辞，主妇可就不高兴了，"老师可是看不起我家，嫌邋遢？"我在一旁虽不敢作声，心里可着急了，真怕主妇生气而去。母亲终于还是解下了围裙，路上告诫我：可不许自己夹菜，碗里有什么就吃什么。还没进主妇家的门，便闻着油厚的香了。我规规矩矩地坐在一侧，小声地吞着馋涎，眼睛偷偷瞄着油汪汪的红烧肉，巴望着好心的主妇快些儿夹给我。

住在附近的几户人家，有了新鲜蔬菜下地，也总不忘摘下一把放在我家锅台上，有时，根本不知道那菜是谁家送的。

周末，中午放学后，母亲便将沉甸甸的一担子压在肩头，我则像个小尾巴一样跟在母亲身后。这一路回家，要翻过一座山岭，过一条河渡，然后，是左一弯右一弯荒僻的山路。

我喜欢初夏时节的山路，路上被树荫遮着。树丛间开满了野花——蔷薇，金银花，栀子花……母亲偏爱那香白的栀子花，停下担子，掐一大把让我捧着。知了是夏天的精灵儿，此起彼伏的叫声连成一片阔阔的海——海面上跳跃着鸟儿清脆的对唱。几乎每一种鸟鸣的韵律，母亲都能用口哨逼真地模仿。母亲有着很好听的女中音，只是，偶尔教学生们唱歌时才能听到。此时，母亲的心情难得的轻松，我更是疯魔起来，尖着嗓子，快活地大声锐叫着——直叫得路边的知了都噤了声。

不知不觉，"之"字形的山路很快就到了岭顶。远远，就望见那方静候着我们的大青石了。青石像是天生就卧在这儿，供路人坐着歇息的。坐在光滑沁凉的青石上；喝着刚从山涧里接的清泉；阳光透过绿叶斑斑驳驳地撒在身上；幽暗的林底深处响着神秘的"沙沙"声，想来，大概是山兔和松鼠们在捉迷藏吧。歇了片刻，身上的热汗被青石吸干了，接下来，就是不太费劲的下岭路了。

下到岭脚，便踩着细软的沙石河滩，一条白苍苍的大河，缓缓地从远山流向远山。河畔丛生着芦苇，竹蓬船就泊在芦苇丛中。艄公是一位六十开外的老人，船上还有一个女孩，十四五岁的样子，是老人收养的孤女。给我印象最深的是她那条粗长的麻花辫子，每当她弯下身腰时，辫子就会滑到胸前，女孩拾起辫梢轻巧巧地往后一甩——辫子在空中划出一道优美的弧，又轻巧巧地落在背上。我看得迷了，不觉中也学起她的姿态——只是我的头发齐着耳根，甩出来一团乱发纷飞。

上了岸，母亲重又挑起沉甸甸的担子，我拖着酸胀的小腿，耷拉着倦怠的眼皮，真想一闭眼再睁开就到了家门口。

这总也转不完的，相似的弯弯山路，什么时候，才能见到我的小村庄？

这样走走停停，到村口时，远远地，便见着我家矮矮的屋顶上，一缕淡蓝淡蓝的炊烟，那是我的小脚奶奶升起的炊烟。

姜月红

她姓姜，名字我记不清了，可能叫月红吧。

她的父母很早就去世了，除了一个哥哥再没有别的亲人。为了活命，六岁的时候，她被送到一户人家做童养媳。童养媳的地位是卑贱的，相当于奴仆，没有父母的童养媳更是路边草一般任人踩踏，挨打受骂也是家常便饭的事。

九岁那年春天，她在大河边洗衣服，看到放排人经过大河，她目不转睛地盯着放排人——竹排上的人那么眼熟，多像哥哥啊——那就是她的哥哥，没错。

她扔掉手里的衣服，赤着脚跟着竹排跑，河滩上的石头割着她的脚，血淌出来了她也不晓得痛，只是一个劲地跑，一个劲地跑，一边跑一边喊：哥哥，带我走吧，哥哥，带我走……

她顺着大河跑出了村子，摔倒了又爬起来，再跑。她不能让竹排在眼前消失，竹排上的人是她在这个世界上唯一的救星。

竹排终于靠了岸，她被背上了竹排。一上竹排她就昏死过去了。她在哥哥家过了十年。十九岁那年，一个媒婆上门来说亲，无论如何她得出嫁了。没多久，她嫁给了媒婆给她说的男人，比她大十岁，看上去也还忠厚老实。

成亲的那天她忽然觉得不对头，不是人不对，而是房子不对——她清楚地记得媒婆带她看的房子是崭新的，而她披着盖头进的房子却是一个破庙般的黑屋子。可盖头掀开就没办法再回头了，更不能再跑。

男人打鱼为生，也做砖匠，蛮勤劳的，脾气憨得很，对她也算不错，不像别的男人那样动不动就打女人。除了穷像山一样压着这个家，也没有别的可挑剔。

她生了六个孩子，活了两个。原本可以活三个的，最大的女儿原本是可以活着，并且已经活到十六岁，甚至都说下了一门好亲了，再过两个月就能过门。

最大的女儿九岁就会做鞋子，会绣花，从没读过书却很会算账，又有一副好容貌，一把好嗓子。十三岁就开始有媒婆上门提亲，不断地来，不断地来，最后终于定下村里一户不错的人家，也就是她当初被媒婆引着看过的那户崭新房子的人家。

可惜，最大的女儿没有活到出嫁的好日子。那年夏天双抢（收割稻子）的时候，最大的女儿从田里跌跌撞撞走回家，满脸通红，逮着桌上的一壶凉水咕嘟咕嘟喝下去，过一会就倒地上，不停抽搐，没多久就断了气。太聪明能干的孩子在人世是活不长的，老天会想法子把孩子收回去。这是后来别人对她说的话。

她最后生下的是个男孩，生这个男孩的时候她已经四十多岁了，真是没力气生了，更没力气养。如果生下来又是个女孩就扔掉算了，她说。她前面生的五个都是女孩，包括没养活的。

男孩子生下来就像一只不足月的猫，整天整夜地啼哭，哭声也像猫。半年以后，男孩子终于不再哭了，和后山上的姐姐们做伴去了。

面对一次一次的死亡，不知道她是否痛苦过。痛苦这两个字是对曾经感受过快乐的人才有的。而她，她是没有过快乐的。死亡、贫穷、疾病、饥饿——她从来到人世就被这几个鬼纠缠着，这几个鬼仿佛就是她的影子，她的命。

没有过快乐的人也是不会爱的，没有能量去爱，没有心力去爱。没有过快乐的人最终只会麻木，对一切麻木，或对一切（命运）痛恨。

男人老了，有肺气肿病，不能再干重活，打的渔也少。她的脾气越来越坏，身体也是，一天一天地垮下去，家里揭不开锅了，两个女儿饿得说胡话，说妈妈，把河滩里的沙子挖回家来煮饭吃吧。她没办法，只得拿起米斗到亲戚家去借米。亲戚家早就被借得烦了，看见她远远地拖着脚走过来，不等她开口就说，哎呀，我们家今天连下锅的米都没有了。

村子里的差不多大的孩子都背着书包上学去了，她的两个女儿眼巴巴地望着，交不起学费也就进不了校堂的门，打完一筐猪草后就躲在教室外面的窗户底下，偷听老师上课，拿着树枝在地上画来画去，老师在黑板上写什么字，她们就在地上划什么字。有一天老师发现了窗户底下的两个孩子，把她们叫到房间，指着一本书让她们读，她们读得竟比教室里的孩子们还要好。天黑的时候，老师找到家里来了，说无论如何得让一个孩子去上学，这么好的苗子，撂了荒就太可惜了。

姐姐终于可以像别的孩子一样上学了，学费是借来的。妹妹在姐姐放学后就抱着姐姐的课本，恨不得把书上的每个字都吞下去。

妹妹出生在六月，名字叫莲，是村子里一个私塾老先生给取的名。老先生还会算命，把莲的生辰八字掐了一遍，说这个孩子以后会有出息，会当先生。

莲长得极像她，简直就是一个模子里倒出来的，村子里比莲小的孩子都上学去了，莲还在家里挑水担柴，煮茶给过路的人喝。喝茶的人有的会丢五分钱在竹筒子里，有的说声多谢就走了，就这样一天下来也能攒几毛钱。莲十岁的时候终于攒够了自己的学费，跑到学校把钱交给老师，说我要读书。

莲捧着老师发的课本兴冲冲地跑回家，进门就挨了一顿打，"败家子，谁让你把钱拿去读什么破书……"她拿着竹棍往死里抽着眼前的小女儿。她恨这个像极了自己的小女儿，就像对没有办法熬出头的苦命的恨。

很多年以后，莲回忆起自己的童年心里还是血淋淋的，那些伤口还是那么新鲜，仿佛挨打是昨天的事，而不是半个多世纪以前的事。那些伤口几十年来在梦里一直追着莲，在梦里莲看见自己仍然是那个经常被疯了一样的母亲追打的小孩子，悲愤、仓皇而惊恐。

第二天莲还是去学校读书了，走不了路，是父亲背着去的。父亲心疼小女儿，摸着小女儿身上的伤痕不停掉泪，却不敢出声。

有一年她突然得了一种古怪的病，肠子痛。痛起来直打滚，从东头滚到西头，西头又滚到东头，家里仅有的一条长板凳也给滚倒了，砸在她头上，血流出来，淌得满脸都是，混着大颗大颗的汗珠子。她的衣服本来就很破了，在地上乱滚的时候扯得更破。

她从没穿过新衣服，直到下葬的那天，身上穿的还是打了补丁的衣服——只有一个补丁，在她的衣服里面算是最好的一件，这件衣服其实不是她的，而是十六岁上死去的女儿留下来的。

肠子痛的怪病折磨了她五年，第六年头上总算是放过了她，不再恶鬼一样动不动就把她推倒在地上，在她的肚子里面乱踹，横冲直撞、拳打脚踢。不论什么样的怪病，对一个死去的人是不能再施加什么酷刑了。死亡解开了那根套在她颈上的绳子。两个长成大姑娘的女儿帮她梳洗过以后，皮包骨头的她看起来竟有几分安详，得了大解脱的安详。

她就是我的外婆，我妈说她去世时还不到六十岁。

外婆去世的那年，我妈——也就是莲，考上了初级师范，是免费的学校。姨妈考上了卫校，也是免费的。姐妹两个一路离开了那条生养她们的苦命的大河。过了几年，姨妈把年老的外公也接走了，留下外婆的坟包在大河边，也不是孤零零的一个，陪着外婆的还有那些没养活的孩子们的坟包。

九岁的时候，外婆就沿着大河跟着竹排跑，跑，跑，巴望能跑出一条活路，只是外婆的脚掌太小了，没有跑出命运的手掌。

孙金莲

孙金莲是奶奶的名字。

奶奶过世已有十多年，不知为什么，最近老在梦里见着她。梦的底色是昏暗的，如同她房间的底色。梦里的奶奶对我倒十分亲热，摆出许多点心，一个劲地叫我吃。奶奶虽是离开这个尘世很远了，但离我的心倒像是近了些。

奶奶是在一九九九年元旦头一天过世的，那天是周末。能够清楚记得这个日子，是因为，原本在第二天的元旦晚会上，由我代表学校演出的独唱节目。奶奶的去世，将我第一次上台展露的机会也带走了，为这，我沮丧了很长时间。

奶奶并不是我的亲奶奶，而是我父亲的伯母。亲奶奶在父亲十六岁那年时便去世了。父亲说，亲奶奶在死前还诌了半碗玉米糊叫他吃。她没给自己舀，她吃的是一种"观音土"的东西。我没见过观音土，只听说是白色的，是能充饥的土，但不能多吃，多吃会把胃坠破。不知道亲奶奶的死可与这观音土有关。

亲奶奶过世后，已经六十来岁的奶奶将父亲领回了家。奶奶没儿没女也没丈夫，在她还很年轻的时候，他们，便在乱世中去了另一个世界。奶奶的娘家也没人了。这是我懂事后听奶奶自个儿说的。奶奶的娘家在南京，做着茶行生意。每年春上，娘家兄弟会带着她幼时爱吃的八宝蜜饯来看她，走的时候，站在装满茶叶的竹排上，说的也是同一句话：自个儿多保重，明年再来看你。奶奶记得兄弟们最后一次说这话，是她四十岁那年，第二年春天，兄弟们没有来。当奶奶知道"南京大屠杀"时，已是第三年春天了。

奶奶家里住着一个江北裁缝，父亲喊他"爷"。爷比父亲早几年住进这个家。爷和父亲相继加入，使得沉寂三十多年的屋子又有了人间烟火。其实，爷在江北是有家室的。那个灾荒年头，漂流异乡的江北人很多，有的拖家带口挑着铺卷，长年在外，过着迁徙生活。爷在经过奶奶低矮的门户前时，可能是走得累极了，便进屋，歇了脚。这一歇就是十多年。十多年后，爷还是回了江北老家，是被他当县长的儿子用吉普车载走的。

在我记忆中，奶奶总窝在那个常年闭着窗的房间，外面进去的人有两分钟是看不见她的。奶奶身边也总离不开烘篮，和一只浸了麻丝的大木盆，它们偎在她的脚旁，温暖，安定。搓麻索是奶奶的拿手活。村里人只穿两种鞋——布鞋和草鞋。上山下田穿草鞋，进了家门换上白底皂面的软布鞋。奶奶搓的麻索，就是给布鞋纳底子用的。青青的麻线浸到泛白时，三根并一股，搭在膝头，一只手牵住线的一端，另一只手按紧了，在膝盖上来回搓着。看着挺简单，但功夫不好的便搓成麻花散了，纳出的鞋底不牢实。奶奶几乎搓了大半个世纪的麻索，从二十来岁搓到九十来岁，整个村子纳鞋底的麻索，都是奶奶搓的。偶尔，还有外村人拎着麻丝捆子，和油纸包的点心来找她。

有时候我想，奶奶之所以能在乱世中，承受住那么漫长的孤寂，也许，就是这老也搓不完的麻索拴住了她。

搓得累了，奶奶便拿过一尺长的紫竹旱烟筒，含在嘴里，一手托着杆儿，一手伸进烟丝袋，轻轻捻着，捻出一个烟丝丸子，塞满牛角形的铜烟嘴，然后，拈一页草纸，在膝头搓成细卷儿，两指捏着伸进烘篮，火煤上点一下，挨近嘴边，"噘吠"一吹，一朵蓝蓝的火焰便跳了出来。火焰吻上烟嘴时，奶奶眯眼瘪腮，深深一吸，再一吐……整个人儿，便沉酣进一个缥缈的境界里了。奶奶做这一套功夫时，我总是看得入迷．奶奶的举止间有一种缓慢的、神秘的静气。

我在十岁前和奶奶接触的日子极少。我的童年基本上是随着母亲的，在母亲教书的地方度过。有时也跟父亲过一段。父亲在另一个镇里工作。可能是幼年不随奶奶生活的原因，我和奶奶的感情是疏淡的。奶奶房间里有一只落地大橱。橱门总挂着铜锁，但我知道里面的情形，云片糕，顶市酥，麻饼，蜜枣……都憋着气儿躲在里面。奶奶总不当我的面开橱门，即便我耐着性子，在笼着近百年的光线和气息的房间里，装作没有任何企图的样子耗两个钟头，奶奶也不会开了橱门，摸一粒蜜枣塞给我。而对于我哥哥，便是天壤之别了，那橱里源源不断的点心，有一大半是进了他的狗肚子（哥哥属狗）。每次，看见哥哥鼓着半边腮儿，从奶奶房间蹦出来，我都气得牙根痒痒。

我和奶奶的疏淡还有另一层原因——我母亲和奶奶，似乎在前世就有解不开的宿怨。尽管我对母亲的做法并不认同，但母亲和奶奶的每次争端中，我都站在母亲一边儿。我不直接参与，而是用不理睬奶奶，不给奶奶穿针线，来表示立场。现在想起来，奶奶的性子也是不弱的，有一次口战中，被母亲戳到痛处的奶奶，竟拿着半片剪刀，跌出房门，直叫母亲杀了她，吓得母亲转身便跑，半天不敢回家。

在那半天里，奶奶以哀歌般的长调，一遍遍哭唤。哭唤她早逝的、离散的亲人们。那个跟她生活了十多年的"爷"，没有在哭唤之列。也许是隐在长调跌宕的尾音里了。

奶奶过世的时候，只有我一个人在家。奶奶离世前，去的最后一个地方是厕所，奶奶从厕所回来的脚步有些趔趄。当时，我正站在锅台前炒腌菜（腌菜是准备第二天带到学校的），我用玻璃瓶装好腌菜时，听到奶奶喊我，声音像风里飘摇的一丝幻影，她拿着半片虎骨止痛膏，叫我帮她贴在肚脐上，她说，肚子……好痛……我刚接过膏布，奶奶的身子便软软向地上滑去，我抱住了她，喊着她，我在她枯叶的脸上看到一抹诡异的笑容，这是她最后的表情。

农村里有个说法，过世的人是不将"怕"给所爱之人的，可奶奶过世后的半年里，哥哥每晚都不敢入睡，说是一闭眼奶奶就站在床边。哥哥是在奶奶的身边长大的，奶奶是左撇子，哥哥也是；奶奶不吃荤，哥哥也不吃；奶奶和母亲同时唤哥哥时，哥哥准往奶奶身边跑，哥哥之所以觉得怕，可能是奶奶责怪哥哥没有给她送终吧。

尽管奶奶没有嫡亲的子孙，但出殡那天，整个村子都披麻戴孝地跪送她。奶奶是村里最高寿的人。奶奶过世后，村里的布鞋便改成用水绵线纳底子了。

奶奶一生平庸，就像母亲说的，除了搓麻索，便没成过什么事儿。可有多少人不是在平庸中度过一生光阴的呢？而能够在战乱的、孤寂的、病灾的九十多年里，守住平庸的生命，没有在某个薄弱的时分，剪断自己与尘世相牵的细线，得有多么坚韧。何况是一个裹着三寸金莲的女人——二十岁便丧夫的女人——在乱世中又失去故园和根的女人。这中间，要咬着牙吞咽的苦楚和暗痛，是我无法想象的。

湖滨织户

香樟渡口

一年，两年，三年，四年……七年。算一算，竟然已有七年，有七年没见过那个小伙子了。

时光之河真是不可回溯，一次回溯，额头就会多出一道横纹。

那个开渡船的小伙子……他离开这里有那么久了么？

记得这个小伙子，长相是有些不一般的，有些像拉斐儿的大理石雕像《大卫》。小伙子喜欢看书，经常是一手握着方向盘一手捧书，好在湖面很宽，除了小小的渔舟，少有别的机动船。那些靠着湖边划行的渔舟，总被渡船撩起的水浪推得一漾一漾。

小伙子看的书也不一般，不是武侠，不是传奇，而是有着长长人名的外国小说：《悲惨世界》《红与黑》《白痴》《基度山伯爵》。书是托乡村女教师在城里图书馆借的。乡村女教师家住在城里，每个周末，都会出现在渡船上。

每天，小伙子在湖上有两个来回，上午一趟下午一趟，把船上的客人送上岸，再把岸上的客人迎上船。靠岸和离岸，中间有一个小时的空闲时间。

这一个小时，小伙子就在渡口那棵上百年的香樟树下坐着。香樟树下，冬天避风，夏天阴凉，春天开花的时候香气浓得人挪不动脚步。树下还有把椅子，竹制的，像是从地上长出来的一样。这椅子当然不是自己长出来的，而是人家姑娘有意摆在那儿的。这个姑娘十七八岁的样子，在香樟树边一个亭子间前摆了两节柜台，卖香烟、罐头，酥饼和油盐。姑娘的容貌就不用细描了，生在山里长在水边的女孩子，"清秀"两个字可以唤作她们的乳名。不过，这个姑娘的眼睛跟别的姑娘有些不一样，是深棕色的，看人时总是亮汪汪水盈盈的。姑娘倚着柜台坐着，和小伙子说着小时候有趣的事，或托着腮凝神听他讲书里的事情。一只花狗蹲在他们中间，慵懒地半眯双眼，也似懂非懂地听着。

不知从什么时候开始，香樟树下的椅子就经常空着了，也没有姑娘在柜台里眨巴眼睛的声音了，只有花狗还在那儿蹲着。有人要买烟，门口喊一声，没有应答，便想进亭子间，看看姑娘在不在，那花狗就一轱辘站起来，很凶的样子，冲人直叫。不一刻，姑娘从里间慌慌地出来，红着脸向花狗轻斥一声，抱歉地对客人一笑。花狗悻悻住了口，喉咙里咕隆两声，从柜台底拖出一根光净的骨头，趴在地上啃起来。

渡船不再如以前那样准点开出了，经常会出现这样的情况——开船的时间过了，小伙子还不见影子。那个因常年水上生涯，而练就一身健子肌的帅小伙子呢？

五分钟，十分钟，十五分钟……船上的客人等出一身毛刺刺的急躁，大声问来问去：船家呢？船家呢？怎么回事？

岸上，拎着花生瓜子油麻花的胖嫂，笑得诡秘，她才不告诉那些客人呢，更不去亭子间门口叫小伙子，渡船停得久，她篮子里的吃食总要多卖出去一些。

相爱的岁月里，总以为这样的幸福时光可以悠长，悠长得可以盖上"恒久永远"的印戳。可是，过了一些时间以后，幸福时光，会因为一些根本料不到的事情，而转弯，变得僵硬，化成石头。

一年以后，渡船不见了，香樟树也不见了，猝不及防，消失于这个已规划成公园度假区的渡口。

同时消失的，还有姑娘与开渡船的小伙子。

搭乘过渡船的常客——包括那位经常帮小伙子借书的女教师，他们都以为，姑娘与小伙子一定是去了别处，经营他们共同的幸福生活去了。就像花开了会结果——这是顺理成章的事。

只是，并不是所有的花都能结出果子来。

几年后的一天，已经进城工作的女教师遇到开着早点铺的胖嫂。胖嫂说，香樟树下的姑娘后来没有嫁给开渡船的小伙子，而是嫁给了锯断那棵大香樟树的包工头。

香樟树的位置，现在已是一个观景台了，站在观景台顶，可以看到最宽阔的湖面。

那么，小伙子呢？

小伙子去了北方的城市，打工去了。

一年，两年，三年，四年……七年。确实，有七年没见过那个喜欢看外国小说的帅小伙子了，也没有去过那个有棵大香樟树的渡口。

当然，现在那儿已不叫香樟渡口了，那个地方，现在叫丁香花园。

湖滨织户

这是外貌上极不相谐的一家人。妻子很胖，是三个人中最壮实的一个。丈夫和妻子一般高，看起来却似乎要矮许多。女儿生得文秀，纤手纤脚，小白鹭一样。

这家人住在我每天都要经过的外院里。之所以说外院，是因为里面还有一道院子。我就住在里院的二楼。这家人以织补渔网为业，织补渔网是一门古朴的行业，现在做这行业的人不多了，沿湖十里八乡，只有他们一户人家还做这行。

这对夫妻在这儿住了多少年？不得而知，甚至连他们的年龄也是不为外人所知的，猜也猜不出来。如果从他们女儿的年龄推测，应该不会太年轻吧。这对夫妻给人的感觉有点怪，好像从来没有年轻过，也永远不会老。

小院一侧有一角菜园。丝瓜藤儿爬过了鸡舍又爬过院墙，绿的叶、黄的花、青的瓜，互生互叠；辣椒和茄子挤挤挨挨，亲亲热热；一畦大叶苦麻有半人高，是栽来喂鸡喂鸭的。花种的不多，有一株月季和几株端午锦，还有几茎大理菊——倒不是主人家不爱种花，实在是小鸡小鸭们太调皮了，花苗刚冒出泥土，便用嫩黄的嘴喙啄食尽了。

妻子包揽了大部分的家务活，洗衣做饭打扫院落，亲切地唤鸡唤鸭，给它们洗澡、喂食，忙完了就帮丈夫一起织网，一个在院西，一个在院东，各扯网的一角，埋头穿梭，时不时用乡音慢悠悠侃着什么。女儿放学后，书包一挂，也加入了织网的行列。这家人这时便热闹了，妻子的声音很亮，笑得也爽朗，丈夫的声音是和缓的、慢悠悠，却总是逗得女儿着恼，跺脚大呼小叫，嘴噘得老高，一脸娇憨的模样。

天黑得整齐了，这家人才算收工，点上廊灯，把长条凉床拖出走廊，放上三只矮凳。菜也端出来了，四只碟子，放在凉床中间——有一碟油旺旺香喷喷的韭芽炒鸡子，是专给女儿吃的。女儿捧起碗时，总会先拣一筷炒鸡子给左边的饭碗，再拣一筷给右边的饭碗。

每天，拖着自己孤单的影子从院里走进走出，从这户人家古朴又融洽的生活旁边擦身而过，心里总是涌动着一股情绪，说不出是羡慕、感动，还是别的什么。

一户人家的寨子

这个叫作龙窑寨的岛上，只住着一对中年夫妻。

一间黄土泥屋便是他们的住所，现代的文明设施，在这里找不到一点痕迹。照明用的是煤气灯，土灶里烧的是松毛柴，吃的是屋后园子里的果蔬，就连男人炼泥拉坯的陶车，也与几千年前祖先们用的同出一辙。岛上还有一只小黑狗，见了陌生人来，也不狂吠，而是很友好地蹭着我的裤腿儿，尾巴欢欢地摇着。

男人早先并非烧窑做陶的出身，而是在村里当着村长的，只因他对民间的制陶工艺很是爱好，十多年前便上了这岛。

"为什么要住到这孤岛上来呢？"我问。

"这岛上有现成的龙窑和陶土。"男人说。

男人身板敦实，长年被湖风吹着，窑火熏着，脸上便上了一层古铜釉色。

男人告诉我，那座古龙窑几年前就停烧了，它太大，耗费的木柴太多。他在岛边砌了一座小馒头窑，如今正旺旺地烧着。男人做的大多是农家必用的陶缸、陶罐、陶瓮、陶壶。农家平实的生活，就被这些粗笨的陶皿守护着。男人也做陶艺品，那是卖给城里人的，城里人稀罕那些古拙又精巧的玩意儿。

"这几年上寨子的客人很多，有冲着那座古龙窑来的，也有冲着我这玩泥巴的手艺来的。"男人憨笑道。

女人穿着青花细布的衣服，长发松松在脑后挽了一个髻。女人两颊有浅浅的笑窝儿，问及她的孩子时，笑窝儿就深深漾开了。

"有两个妹姑（女孩）哩，大的在省城读外语学院，小的在市里读高中。"

女人升起袅袅的炊烟，将一条条银白的小鱼在油锅煎着，鲜香的味儿直往我鼻子里钻。女人说她每天黄昏和男人到湖湾里钓鱼，钓到天落黑了就收钩。这种小鱼是长不大的，但味儿鲜嫩，男人喜欢喝两盅，油煎的小鱼佐酒最好了。

"常年待在岛上不寂寞吗？"我很想问。看到女人一脸平和恬适的模样，便将这话咽回去了。

"中午和我们一起吃饭吧。"女人像招呼邻居一样对我说。锅台上摆着洗净的笋衣、干蕨、腊肉、鲜蘑。我听到自己腹中响起轻快的欢呼。

厨房后面有水声，叮叮咚咚，走去一看，原来是一条长长的竹槽，从山涧引来的清泉。顺着山涧往上走，曲折迂回的尽头，有一个长满芦苇的池塘。苇花被苇叶紧紧地包着，只露出一小节青白色的箭头儿。透过郁郁的苇叶，只见十几只野雁，在池塘里悠然地游来游去。

静静望着，感受这一份恬淡宁谧的快乐。不知过了多久，传来女人唤我吃饭的声音。恍惚间，以为是回到童年，回到很久很久以前的——祖辈们居住的家园。

荒岛炊鱼

那次吃鱼，是在一个荒岛上，在地上挖一个洞，支一口锅煮食的，可算是野炊。

也是秋天，叶黄之时，我和两个同事坐快艇去了那座荒岛，其实也不算是荒岛，因为岛上有一个木屋，木屋里住着一位孤身男子。男子在岛上已住了两年，网鱼为生。这岛离码头不太远，划木船半小时就能靠岸。但是，男子很少上码头，似乎是躲避什么。男子不满三十岁，皮肤有着饱浸日光的黝黑，身板结实，坚硬，面目孤冷，鼻子刀削般的刚挺。这是一个能叫人望而生畏的男子，但同时，又会被他身上某种黑色力量所吸，挣扎不脱。

我的两个同事是一对情侣，上岛后就钻进了林子，把我扔下，和这个男子一起煮鱼。男子虽与我的同事熟识，与我却是陌生的，因此并不理会我，只是沉默地洗鱼，架锅，拣柴，烧火，煎鱼。我在旁边的一块石头上坐着，无聊地盯着恍惚的火焰。午后的太阳里有着隐隐不安的哗叭声，淡淡的鱼腥气息在空中悬浮，我的呼吸忽然无端紧张起来，手和脚都僵着，松弛不下。

"你去捡点柴吧，湖边有。"男子似乎也感觉到我的不自在，开口了，眼睛并不看我。

湖边泊着不少毛柴，细竹，树根，大概是被水送上岸的，日常生活所需的燃料，在这里随手可拾。这个荒岛百年前可能是一座坟山，岸边起伏着一垄垄的黄土堆，土堆前深埋着厚实的青石碑。石碑是不腐的，刀刻碑文被水浪冲得模糊了，隐约可辨的姓名已然无主。站在岛上可以遥看对岸的码头，舟船停泊，人流来去，一湖相隔，是两个世界的生活。

我捡了一抱柴，回到木棚外的时候，男人却已将鱼盛起在一只大陶盆里了，盆摆在矮桌样的树墩上，四面放了木棍削的筷子，竹碗。我的同事也闻着鱼香钻出林子，推搡着，在树墩前蹲坐下。

男人吃的不多，话倒多起来，一碗米酒过后，脸上的孤冷渐渐化开，声音低缓，说起他以前的事儿。

从他带着悔意的话语里，我得知了他孤身居岛的原因。

两年前，因为沉溺赌博，他输光了预备结婚的钱，把房子也抵了，工作也丢了。未婚妻知道后，撕了婚约，并且很快与一个陌生男人出走，去了异乡打工。

他没有去寻找未婚妻。他说，是我对不起她，伤透了她的心，就随她走吧。

他抱着一卷铺盖上了岛，在岛上搭了木屋，过起与世相隔的生活。

"我上岛的目地，并不只是为了惩罚自己，还为了磨炼耐性，让自己耐住寂寞。"他说。"这两年的孤岛生活，对我最大的改变是可以与自己相处，这在以前是不可能的。""初上岛的时候，一到天黑就有发疯的感觉，想离开，每到这时，我就在自己胳膊上划一刀，以肉体的疼痛来转移精神的崩溃感，后来有个朋友给我送来一部收音机，晚上我就听它，心里慢慢地也就沉静了。"

"你准备什么时候回去呢？"同事问。

"过完这个秋天就回去，已经联系好承包一片农场。"

那天，吃完一盆鱼已是日斜西山。离开荒岛，我就再没见过那个男人。后来听同事说，他不久果然有了自己的农场，养鱼，种果木蔬菜，经营得不错。

只是他的未婚妻一直没回来，也没消息。

有时一个转身，可能就是永远的消失。

已经很久不曾野炊，也淡忘了那个小木屋，如今想起这些的时候，心里竟有股子说不出的怀旧滋味。只不过是一次荒岛炊鱼的经历，什么故事也没发生，怀的什么旧呢？

忽至森林深处

1

如果你有一个心愿，不知道怎样去讲明白它，也不知道向谁去讲述的时候，就用意念把心愿化成种子，埋进心的泥土里。

当泥土拥有足够的养分，这个心愿发散的磁力波又足够持久，就会被宇宙中一只神秘的耳朵接收。有一天，在你差不多快要淡忘这颗默哑的种子时，却忽然发现它如你当初所愿的样子，钻出泥土，长出叶子和枝条。

我有很多心愿，就是这样得以实现的，深种于心的种子，然后借助时间、愿力和宇宙自然力，抽枝发芽。

在我如芝麻般细碎，不可一一列举的心愿种子里，有两个埋藏了很长时间的。一个是像只鸟儿那样，宿在寺院的大树上，听晨钟暮鼓。一个是像蝴蝶那样，在有高大树木的原始森林里飞啊飞，在奇异的植物香气中一次一次快乐地迷路。

不知道这两个心愿是怎么来到心里的。或者在我记忆的源头就有一座森林，一座寺院。每次看到很好的月色，总会升起一种思乡般的念想：此刻的森林是什么样子？寺院是什么样子？看到冬天第一场大雪落下来时，也总是要想：这时候的寺院一定美而静寂，朝暮课诵的声音也更加庄严、入人魂魄吧。

为什么要像鸟儿那样宿在树上听寺院的钟鼓呢——这样就没有人注意到你啊，你也不用跟着别人去做自己并不理解的事了。你只管去听、看，去感受，在一个不打扰别人，也不被别人打扰的角落静静旁观，这样多自在。

而如果做为人那样走在寺院里，你就得和周围人有一样的言行举止，要懂得佛门规矩并且遵守，心里想什么，嘴里说什么都得加倍小心，不可有触犯，否则……

否则会怎样就难说了。

啊，只这么一想，就觉得做人真不如做一只鸟或一只昆虫那么自在，总有条条框框禁锢你，有无形的外力挤压你的自然天性。

但我此生的皮相已然为人，又怎能拥有一只鸟或一只昆虫的自在呢？

2

我生活的地方在皖南山区，有大片山野。寺庙也有不少，百年古寺、十多年的新寺、座落村庄与人间烟火为邻的小庙，更有坐揽一方山水名胜的殿堂。

这些离自己并不远的寺院，我从未专程去拜谒过，仿佛有道说不清缘由的篱笆横在那里，阻拦着我。山野倒是经常去的，尤其是居住地附近的山谷林地。有那么几年，只要不下雨，便会入山走一走，待上两三个钟头，手里拿着喜欢的书。

那几年我每日上半天班，另半天休息。上班的地方是码头，簇拥着过往的客人和本地的个体经商者，镇日嘈杂，纷争不断，耳边没有片刻安宁。我负责码头的窗口服务工作，这工作更像消防员，紧绷神经，随时准备扑灭那突然就会蹿起来的大火。

上班前我心里总压着一团抑郁的铅云——不知道这天又将遇到怎样棘手的事或无端的风波。直到临近下班，那团铅云才从胸口松散开来。幸好还有半天属于自己的时间，让我暂时摆脱尘嚣，走到山野里去，在自然声音的洗濯中滤去耳蜗和心头的泥垢。

常去的山野离单位宿舍不远，走十五分钟便到了山的入口，一条泥土小径蜿蜒伸向山中，两边是菜地、茶园、荒草坡、灌木丛。顺着小径往前走，会遇到一条跌宕的溪流，跨过去，才算真的进入了山中。此时马路上的声音完全听不见了，嘈杂的人世已抛在身后，耳边除了循环不绝的水声，便是虫吟与鸟唱，还有山风翻动树叶弄出的哗哗声。

那条小径会一直把我领入山的腹部，引进一片水杉林，再悄然遁去。

水杉林是人工种植的，树身并不粗壮，却挺拔俊美，如同刚长成的青年。——后来我又走过周围的几座山，发现每座山都有这样的人工林，种植的也全是水杉。不知是这里的水土更适合水杉生长，还是水杉生长较快，十多年便可成材的缘故。

水杉林最动人的时候是早春和晚秋，这两个时节就像生命的两端，色彩全然不同，在人心里唤起的感动也是不同的。

早春的水杉林每天都有一个小小的奇迹。这奇迹是那些新生的叶子制造的。水杉的新叶起初是褐色的叶苞，一场催春雨过后，叶苞褪去褐色，转成新翠。之后，被渐暖的春风诱使着，每天打开一点，舒展一点，直至变成柔软又精致的羽叶。

在叶苞刚打开时入山，远看会觉得水杉林里漂浮一团迷梦般的绿雾。等叶子舒展开，再入山中，便见挂着细小水珠的绿羽飞满山间，到处都是童稚的明亮的歌唱。置身这绿莹莹的林地，使人也想歌之舞之，又禁不住屏声敛息，生怕惊动什么。

霜降过后的水杉林则是另一番景象。

我曾用"寂静的火焰"来形容它们，然而这太单薄了。最贴近这情景和画面的还是普希金的诗句：我爱大自然豪华的凋零＼树林换上红色和金色的外衣＼林中是风的喧嚣和清新的气息……

只是这诗句又似乎可用于所有的秋景，而不只是这山中的水杉林。

秋将尽时，我在水杉林里的时间会更为长久，时常整个下午都在那里。风穿过山谷，摇动树梢，金红的羽叶纷纷离枝，旋转着，旋转着，落在头发上、肩膀上，再一层层堆叠在地面。这时会听见空中有支小提琴在拉动琴弦，旋律舒缓，有一些告别的忧伤，更多的是尘埃俱寂的清宁。

3

虽然是带着书到山中来，却并不长时间地阅读。书对我来说就像是一个伴侣，无论到哪里我都需要有一本书在身边陪伴着，这会使我感到踏实，安心。

在山中最吸引人的读物还是时刻都在变化中的自然之书。大自然实在是丰富又慷慨，向一切走进它的人敞开着，任由你去观察、发现，在细微的事物中感受神奇与美，为之着迷。

我常进的那座山最让我喜欢的地方是很少有人来。少有人来，便使我感到整座山都是我的。

其实不然。除了我当然还有其他的进山者，只是我看不见他们。

和我不一样的是，他们是提着刀斧，或别的工具进来的。时常，我会听见山林高处传来伐木的动静——利器落在树上特有的"砍砍"声，很有力，在山谷荡开一圈圈回音，也在我心里激起震动和钝痛感。

有人在砍树。是砍水杉树还是砍柴禾呢？

这座山除了年轻的水杉林，就是竹林和一些只能当柴禾用的杂木了。山上没有大树，更没有上百年的古树。大树的树桩倒是有的，也早已经枯朽腐烂，一个一个的巨坑，像时间的废墟。

周围别的山也是如此，很难找到一株上了年纪挂满藤蔓如同房屋的古老树木，就像原始森林里的那种。还是因为人太多了，人的破坏力太强大了。人对于树木的尊重、对自然的敬畏感，越来越弱乃至于无了。

一座山没有上百年的古木，没有野兽的出没，甚至连野兔、野麂子也很少看见，是称不上森林的，只能叫作山野。但我是不应该有什么抱怨的，相比起大多数生活在城市钢筋水泥森林里的人，我已经是一个幸运者。我至少还有半天属于自己支配的时间，我有随时可以进入并在其间悠然漫步的山野，甚至在山中里还有我的书房——那紧邻溪边的巨石——我曾在上面盘腿坐着，聆听自然之音，冥想，书写。

被我当作书房的地方在很久以前就是寺院。这是后来才知道的。

怪不得那里的磁场和别处不同。第一次走到这时我就有某种感应，对自己说：就停在这里吧，这里很好。究竟是怎么个"好"法，又说不上来。

寺院早已不在，但它还是留下了一些遗迹，除了那方巨石，还有隐约可见的地基、瓦砾，和几块残碑。后来在别的山上也见过类似的古寺遗址。遗址边上还有完好的古道，有虽颓塌而更显荒芜之美的门与墙。

站在遗址上，双手合十，对空膜拜。相比香客众多、香火兴旺的寺院，已成为遗址的看不见的寺院更能使我感受到一种神性的存在。

4

我在读中学的时候曾去过一次九华山，跟随在表哥表嫂后面。

表嫂是九华山本地人，上山前就警告我，九华山是地藏菩萨的道场，进山后不能胡言乱语，特别是在寺庙里，说话不能高声，不能对菩萨指指点点。

"要对菩萨恭敬，多烧香，多磕头，菩萨就会保佑你。"表嫂说。

那天我不知为何显得很反常，也许是兴奋过了头，或是正处于青春叛逆期，越是禁止的事情越要去冒犯。一路上我不停地指东问西，故意说些不恭敬的话，惹得表嫂直朝我瞪眼。

不记得那天进了多少寺院，表哥表嫂是逢寺必进，烧香、磕头，跪拜许愿。表嫂很胖，每一次跪拜都显得吃力，姿势也难看。站在她身后，看着她硕大肥胖的屁股，总使我想笑，又难为情，觉得别人也在看着她那笨拙的样子。

表嫂让我依她的样子跪拜菩萨，我坚决地摇头。随后又加了一句：这是迷信。

表嫂扭着我的胳膊走出寺院，额头上冒着汗珠子，脸通红，不知是吓的还是气的。再逢寺院，表嫂就不让我跟在后面进去了。这正合我意，我更喜欢在寺院外面看热闹，看各种衣着和面孔的人。

那天下山的时候我踩空了一级台阶，摔了一跤。表嫂说，知道吗，这是菩萨在惩罚你，不守规矩就得受罚。我看不清表嫂的表情，但能听出她声音里微微的得意，仿佛菩萨一直和我们在一起，并且站在她那一边。

从九华山回来，有差不多十年时间，我被一种不致命却让人难以忍受的顽疾折磨着。每次疾病发作时，就会想起表嫂的那句话：这是菩萨在惩罚你。虽不相信这是菩萨的惩罚，心里还是后悔了，为自己的无知无畏而后悔。

不知是表嫂那难看的跪拜姿势给我心里投下了阴影，还是别的原因，在我成年后，遇到寺院仍是只肯在外面站着。

十年前的某天，黄昏的时候，陪朋友去一山寺，到山寺后他们进去了，我找了个理由留在外面等着。我沿着寺院有些荒芜的院墙走了一圈，准备走第二圈时，忽然听到从寺院里传出的钟声，随后是唱经声。

此时太阳正在下山，在钟声中那么肃穆，又苍凉。一只山鹰倾斜着翅膀，从我头顶盘旋而过，向着落日飞去。西天庄严，如一座庙堂。

我的眼泪猛然就涌了出来，像失控的水龙头。那深沉的钟声，仿佛一个久别亲人的安慰，一直在等待而终于出现的安慰。在这样的安抚里内心的壁垒和那些尖锐的细刺一下子就消融了，人变得柔软，脆弱，只想哭。

我控制不住地哭出了声，哭得额头发麻，四肢绵软，又觉得很痛快，胸口堵塞已久之物得以释放的痛快。很久以后回想起，仍不明白自己怎么会有那么强烈的情绪反应。莫非有一刻菩萨曾到我身边来过，以独特的方式让我感受到慈悲的力量？

5

我开始写作是在码头工作的第五年，随手写在书的边缘，也写在专用稿纸上。一些短章和诗就是在山野"书房"里写下的。太阳下山后回到房间，关上门，铺下稿纸，用和自己交谈的方式继续写。单位同事起初不知道我写作的事，直到第一本散文集《金色湖滩》出版，他们才知道我把自己关在房间里时做了什么。

大约是在我第三本散文集出版之后，告别了码头"消防员"式的工作环境。我终于有了更多可以安静独处的空间，更多可以由自己支配的时间。这是我一直以来就想要的生活，安静，自在，不用再被事故现场般的尘世裹挟，可以去自己喜欢的地方，做自己喜欢的事。

这生活也是我众多"心愿种子"中的一个，且是活力最强的那个。多年后，它长出了我所愿的样子。在可以由自己支配的时间里，我所做最多的事还是阅读和写作，去得最多的地方也还是周围的村落和山野。

每天我会空出两三个小时，去附近的野外走一走，像多年前那样。我的手里拿着相机，把看见的植物和昆虫拍摄下来，发在博客，与读者共享。有了智能手机后，又学会了一样手艺——把流水和鸟鸣录下来，发送给住在城市里的朋友们听。

周末的时候爬的山要远一些，高一些，也和三五朋友约着一起徒步，走古道。

那些山和古道均在皖南境内。皖南的山实在是太多了，即便不重样的走，走一辈子也走不完。青石板的古道也很多，较有名的有徽杭古道、徽青古道、旌歙古道、吴越古道，还有更多已佚失了名称的。一百年前，这些古道就是皖南通往浙江和江西一带的交通要道。

在古道上最令人兴奋的事就是遇见古木，仿佛遇见隐居于深山的老神仙。这些古木多是劫难之后的幸存者，身上留着雷电、火、雨雪和刀光剑影的遗迹。这些古木也是残木、病木、丑木、废木，于生活几乎是无用的。也正是因为此，才使它们免于砍伐之灾，继续逍遥地生活在这山野。

我多么希望有一条古道能将我领入真正的森林，遇见更多老神仙一样的古木，遇见与古木共存的森林居民——那些叫不上名字的昆虫、植物，食草的或者食肉的动物。

事实上，离徽州不远的地方就有这样一座森林。这是我在今年夏末才知道的，它就在浙江，与歙县比邻而居的临安天目山。

天目山这个名字我很早就听闻过，我知道这座山是因为那里有我通过写作认识的朋友。

时常是这样，知道一个地名，认识一座山或一座城，是因为那里有你认识的某个人。这个人生活在那里，于是那个地方就成了他（她）的坐标，他（她）的象征。

但我一直有种错觉，以为天目山离我很远。当真正踏上路途，抵达它的时候，才发现天目山竟然这么近，比我乘车去一趟省城还要近。

6

到天目山后才知道入住的酒店就在寺院边上，与寺院只隔一道墙。

房间在三楼，拉开移窗，整座寺院的内景进入眼中——天王殿、韦驮殿、大雄宝殿、法堂、上客房、药师殿、禅堂……回廊里有不少衣着时尚的游客，也有手持香火的善男信女。僧人不多见，估计是在禅堂里坐禅吧。

这不正是我想要的视角吗？一只鸟栖宿在树上的视角，旁观者的视角，可以感受寺院的种种而又不被发觉的视角。

这一念闪过，便觉得自己已然是一只鸟了。而酒店就是隐蔽我的那棵大树。

寺院内确实有不少大树，寺外更多，沿着马路边一溜全是，排列如仪，每株都有四层楼的高度，得两三人手拉手才抱得过来。

起初以为这些树是从别处移栽来的，再一想又觉不对，这么粗壮的树，如何移栽得了？

马路对面的林子里也多是这般高大的树木，像一个个巨人聚在一处，悠闲地聊着另一个世界的事儿。

真是不可思议，究竟是从哪里弄来这么多大树呢？

其实这不过是冰山一角。第二天，进入天目山的森林腹地，看见一棵挨一棵名副其实的参天大树，想到之前"移栽"的猜测，简直汗颜。如果真能移栽，那也只能借天神之力了。

谁知道呢，或许真有天神镇守在这座山上，以一种人类和自然都无法破坏的力量，庇护着这些古老的大树族群。

铁木、银杏、柳杉、金钱松、香果树、领春木、连香树、银鹊树……每株几百年的树身里仿佛都有一个秘密的王国，每一个王国里都有他们的律令、文字和语言。能听得懂这些语言的就是森林里的另一些居民，那些簇拥在树下的花草植物们，以及那些小小的或爬行或飞翔或蹦跳的昆虫们。

天目山的昆虫和别处的也很是不同，它们在人前没有丝毫的惊慌——螳螂会举起前足与人相握，蜻蜓会落在人的肩上，蝴蝶更是不得了，抱着人的手指使劲吮吸，仿佛那是一朵花，又仿佛旧相识。

不知是季节的原因还是森林里植被丰富的原因，天目山的蝴蝶比我在任何山野看见的都要多，恐怕昆虫学家到了这里，也很难分清它们的种类和名称。

看着这些蝴蝶双双对对飞在森林里，很容易就出神，遁入"庄周梦蝶"式的迷幻之境：那些蝴蝶与大树，某一世的轮回中或者也曾是人类吧？而我的前世，或者也曾是这山中一株不知名的植物，一只小小的蝴蝶。

若真有这样的生命轮回，那么我们与这山中的树木、昆虫，某一世就是亲人了。

这么想着时，心头不由一颤。

7

在天目山的第二天清晨，还未醒来就听见钟鼓声，仿佛从遥远的天际传来。

真是美妙啊，尤其半梦半醒中听着，整个人像摆脱了地心引力，漂浮在幽蓝的静谧之海。

当唱经声一波一波如平缓中逐渐升高的海浪时，混沌的意识猛然清晰，想起自己就住在寺院隔壁，耳畔所闻正是从寺院传来的禅音。

赶紧起身，整理好衣衫，至窗前，拉开纱帘，再拉开半扇移窗。

此时天色还未大亮，空中半弯淡月，几缕疏云。

寺院里少见人影，只有一位僧人在洒扫庭院。片刻，一位身着修行服的居士从廊道里走出，手里拿着几只干馒头，走到放生池边，将馒头掰碎，向池内撒去。

大雄宝殿在寺院的最高处，做早课的僧人们正聚集在殿内。

有一瞬间，我突然明白了自己为什么会有那样两个心愿。因为我的本性中就有那样一个地方——那是离灵魂最近的故乡一样的地方——就像梦中漂浮的幽蓝之海，是宁静的，也是安详的。这样的宁静与安详，唯有禅音天籁可以给予，唯有自然的路途可以抵达。

我在窗前的地板上坐下。在我面前还有一只蛾子，翅膀贴在窗玻璃上，一动不动，仿佛入定。它也在聆听此刻的禅音吧？

第六辑

寂静书写者

你之所以付出，如果不是完全因为爱，便是为了让自己的内心得到安宁——当你获得安宁时，就是你付出的回报了。

未知的生活

需要

当别人即便是出于好意给你一样东西时，你也要想一想，这件东西是不是你需要的，若不是，就不要。

一个人只要明白自己要的是什么，不要的是什么，就不那么容易迷路了。也只有你自己最明白这些。别人以为你需要并愿意帮助你得到的，未必是你的需要。

在做重大决定时，要听一听爱你并了解你的人的忠告。

接受新的生活意味着放弃旧的生活。在这个时候，你需要把"接受"和"放弃"放在天平上称一下，看看哪一头在你心里的分量更重。旧的生活未必不是好的。好的生活是适合你的生活。

一只手里抓了一样东西时，最好要让另一只手空着，保持身体的自由和轻盈。若两只手都被东西占满了，甚至肩上背上都挂满了东西，走得就会很辛苦。

这个世界上的人很多，真正需要你的人只有那么两三个，所以，你不必以为谁都离不开你。

你也要有至少一个你需要的人。"需要"的关系是一根绳子，有了这根绳子，你就不会成为断线的风筝。

布置得满满的房间只能让人感觉到拥挤、嘈杂，哪里来的禅意呢？况且这个房间里还放置着假花。所谓禅意，就是空、静、自然，智慧的生长之地即在于此。一个人的内心就是一个房间。

当别人需要你帮助时，你要自问一下：这是你愿意做的吗？即便是行善，也得是你乐意的。不要做勉强的事，不要做力不能及的事。先助己，再助人。

亲情

当我们说到亲情的时候，脑中想到的就是和我们有血缘关系的人。

包含着血缘关系的亲情是我们生命的源头，如果这个源头是充沛的、富于营养的，那么我们的生命就会得到源源不绝的滋养，内心就会始终是明亮的，对家会有温柔的依恋——朝出之后会有暮归的渴望，并因这种渴望而倍觉亲情那不可替代的故巢般的暖意。

但是，事实是，包含着血缘关系的亲情往往并非富于营养，很多时候，它更可能会成了一个人生命的枷锁。

如何对待这副枷锁呢？当我们远离亲情是否就能摆脱枷锁？

很多次的，我想过怎样对待亲情。我不愿被这副枷锁套住，以至于丧失自由的呼吸，又不能远离亲情，因为在这个世界上，当一切都离你而去时，唯有亲情会留在你身边，就像是你身体的一部分——哪怕是你曾经厌恶过的部分。

除了血缘关系这种与生俱来的亲情，还有一种后天的亲情，这种亲情比天生的亲情更为深刻——你生命的根和对方生命的根已长在一起，无法分开，若是分开必定要受重创，甚至无法存活。

想想看，你生命中有这样的人吗？

当你这么想的时候，头脑中第一个出现的人会是谁？

对亲情，我的感受是：保持适当的距离，承担应承的责任，付出应该的付出——但不要期望你所付出的会得到完全的理解，或者会有同等的回报——那会让你失望甚至会受伤。

你之所以付出，如果不是完全因为爱，便是为了让自己的内心得到安宁——当你获得安宁时，就是你付出的回报了。

和亲情的相处需要隐忍，需要耐心、包容——其实和所有人的相处都需要这样，而亲情尤为如此。

盛宴

到处都是桂花香。

桂花的香气是有重量的。过于浓稠和极致的东西都是有重量的，压迫我，给我沉坠感和死亡感。

桂花香让我有死亡感。当我写下这句时，想到了爱。

是不是极致的东西都会给人以死亡感？

我是喜爱桂花香的。这浓稠的香气，和爱极为近似的香气，让我愿意在其间死去如同在爱人的深吻中窒息而亡的香气。

午后怀抱着一本书在香气里坐着——而我多想怀抱着的是一个人。与所爱的人在桂花香里拥抱着会是怎样的感觉？

嗅觉的盛宴。醉生梦死。

隐疾

本想摘录一些《睡美人》的句子，拉动鼠标翻看又觉得没有什么可摘录的句子。

这篇小说是日本作家川端康成晚年时的作品，作品中男主人公也是一位年近七旬的老人。这部作品更可以看作是作者对自己晚年生命的感受。

每一个作家终其一生都是在写自己——这是关于写作的

一种说法，这个说法也可以转换成"作家的每一部作品里都能找到他的影子，或从前的，或当下的。"

读《睡美人》，没有办法不把主人公江口和作者川端康成看成是同一个人。这篇小说完全是从江口——一个老年男人的视角和心理上去写的，写一个就要变成"非男人"的老人的情欲、对生命活力的渴望，以及丧失这种生命力的悲哀感与虚无感。

欲望，或者说情欲，在年轻人那里是生命活力、快乐的源泉，在一个老年人那里则是不可告人的隐疾，是耻辱。

怎样对待这样的隐疾与耻辱呢？

其实人的生命在不同的阶段都是有隐疾的，人所做的一切努力就是治疗和抚慰这隐疾，与之相安。

未知的生活

我喜欢生活里有未知的部分。

未知就是不确定，是未曾有过的新鲜的体验，是途中可能遇到的意想不到的风景。

随着年龄的增长，生命变得越来越清晰，你站在那里，能看见一生的环节，始与终，这会让你失去活着的兴味，就像观看一部已知剧情与结局的电影。

当生活中不再有未知时，你会觉得自己老了，没有热情，没有活力，不再有期待。

——人是不会期待已知事物的。

一些人亲手打破了自己多年建立起来的生活，就是对已知生活的厌倦吧；一些人总是不停地离开居留地，去别处旅行，从一个地方到另一个地方，是为了在途中与未知的生活邂逅吧。

我生活在这个小山城，很少离开。如果不是为了爱，我是不能把自己投入到未知之旅的。

我可以为了爱把自己投入到未知之旅，但是这样的旅途不是随时都能上路的。对我来说，随时都能上路的未知之旅就是写作了。

写作是我已知生命中未知的部分。下一篇文字里会写下什么？未来的时光里还会写下什么——这些都是未知的。我写作，就是为了一步一步走向这未知的生活。

真实

一个人之所以写作和阅读，除了借助写作和阅读逃逸现实，就是想通过写作和阅读了解真实的自己，或者说了解人性（生命）的真实。是的，是人性的真实而非其他。特别是小说的写作者，了解人性是最基础的功课，也是最初和始终存在的诱惑。是这个极具魅力的诱惑牵引着写作者，不停地书写（思考）和阅读——当然也通过自身的体验，一点点、一层层地剥开人性的面纱，直面那个赤裸裸的真实。

　　一个小说家的作品有多么好，就是看他对人性的真实挖掘出了多少、表现了多少。但是一个人的生命是有限的，见识与经验也是有限的，还有剥开真实的勇气（真实往往是残酷的）也是有限的。这些有限就是一个写作者的局限。真实的世界总是比人所看见的、了解的大得多，深远得多（我们看到的大多是我们愿意看到的）。写作者看见的和说出的真实，无论多么真，也还是镜子里的真实。

状态

　　今早六点就醒了，比前两天醒来的要早一些。

　　我是不恋床的，醒来后会马上起来，偶有一些时候多躺两分钟，在脑子里回想一下昨夜的梦境。

　　夏天起得更早，五点多就会醒来。我喜欢一天中的早晨，尽管住在城里看不到日出，但那种世界在安静中一点点苏醒的感觉也是很美妙的，我用耳朵听着它们——远处和近处的鸟鸣声、鸡鸣声（小区里有人家养了鸡）、早起人的开门声、走路声、汽车的启动声。细细碎碎的声音从各自的角落里睁开眼睛，钻出来，相互打着招呼：早啊，早啊。接着很快就有了叫卖声，四季不变的是卖大馍、包子和发糕的，天冷下来后就有卖甜酒和糯米粉的。

　　卖大馍、包子和发糕的声音是从音箱里传出来的，事先录好音，循环播放着。经常会有这样的情形：听到的叫卖声是女声时，卖主却是男的；听到的叫卖声是男声时，卖主是女的。有点滑稽。

卖甜酒和糯米粉的声音也是音箱播放的，婉转的女声，有着甜酒的味道和糯米粉的软。叫卖甜酒和糯米粉都是中年的妇人，衣着和表情像极了我乡下的表姐，踩着人力三轮车，双颊紫红——是冻伤留下的痕迹吧。

当这些叫卖声在楼下穿梭时我已吃过早餐，准备出门上班了。

我的早餐是一碗芝麻糊。菜市场里买的纯黑芝麻粉，加一袋永和牌豆浆粉，加上麦片，或随意添上一些别的。单位也是有早餐提供的，大馍、包子、鸡蛋、稀饭。到单位后我会再吃一个鸡蛋、一个大馍。

前一段时间好友严黄来我这里，听说了我的早餐内容后，表示了肯定的态度，她说芝麻含有丰富的钙质，应当多吃。严黄是营养师，有证的营养师，她的肯定坚定了我把芝麻糊长期吃下去的信念。

严黄还说皮肤容易过敏和长痘是缺钙引起的。怪不得了，自从把芝麻糊当早餐后，我的皮肤过敏症状明显好转，很少再长痘。若是我在二十岁的时候就知道这个秘诀多好啊，那我就天天把芝麻糊当饭吃。

如果是那样的话，我的人生是不是会改写呢？至少一个人待着看书的日子会少很多吧，我会把看书的时间用来谈一场又一场的恋爱，享受和挥霍着醉酒般的青春……——这些都只是假设，不过我还是觉得，之所以在后来走上书写之路和年轻时的自闭有关系——有十年之久，我把自己关在房间里，将被青春痘荼毒的脸埋进了书籍，很少抬头。书籍给了我安全感、信任感、亲密感，书籍不会用复杂的表情盯着我的面孔说：唉，你呀你，好好的一张脸怎么就弄成这样？

生活拿去你一样东西就会给你另一样东西，这个道理我是坚信不疑的。我曾认为自己是一个丧失了童年之后又丧失了青春的人，可现在看来，我觉得自己的生命年轮其实不是通常方向的运转，不是童年——少年——青年——中年——老年。我生命的年轮是逆时针转动的，并且有着一个放长了几倍的青年期。一直到现在，我仍在青年的状态中——我指的是精神状态，而这样的状态还将持续下去。这种状态是书写生活给予我的，只要我始终在书写，就不会老去。

小镇图书馆

我对城市唯一的羡慕是那里有很大的图书馆。我用"很大"这个稚气的词来形容，是因为没有亲见过，也不知道怎样去想象。我只在电影的场景中见过城市的图书馆。

如果生活在城市，那么图书馆将是我常去的地方，或整天就泡在图书馆里，就像一条把鱼缸当作整个海洋的快乐的鱼，我会满足于图书馆里的风景和氧气。

在我的甘棠小镇也是有图书馆的。

很多年前，只要一回小镇，所去的地方必定是图书馆。我记得图书馆的位置就在现在的中通广场对面，那里以前是工人文化宫，有三层。底层是大厅，沿着可以三人并行的楼梯上去，转角处就是图书馆。顶层的空间最开阔，是活动室。在白天活动室用作会场，晚上用作舞厅——小城里的青年男女天黑后会一波波地涌来跳舞。那时是二十世纪九十年代，跳的舞比较呆板——慢三、慢四、两步摇，快舞也有——伦巴、恰恰、快三。小城的舞厅里跳的就是这些了，再快一些的就是迪斯科，中场放两曲，结束时放一曲，恰到好处地制造出舞会高潮，让年轻人过剩的荷尔蒙在加速度的节奏中得以消耗。

图书馆在晚上是不开放的，上午也不开放，只在每天的下午开放三个小时。开放的时间这么短，大概是因为来这里读书的人并不多吧。

事实上这个图书馆是不提供阅读场所的——空间太小，比现在阔绰人家的书房还小，靠墙四排书柜，中间几排书柜，书柜与书柜之间只容一人通行，若有两人在过道上相遇，就得收腹，侧着身子才能走过。图书馆的门口拦着一张桌子，管理员在桌子后面坐着，来人得先在桌前站定，把借书证交给管理员，再侧身绕过桌子走进。借书证是一个可以握在手掌的小本，红皮的封面，里面贴着持证人的照片，写着姓名、工作单位，压着图书馆模糊不清的印章。

管理员有两名，都是中年女性，举止言谈有明显家庭主妇的味道。在不登记借书证时，管理员就在手里端着毛线衣，右手的小指和食指上钩着毛线，熟练地绕着，嘴里有一句没一句地说着家长里短的事。

管理员在接到从门口递过来的借书证时，会翻开来，看一眼借书人的脸，再看一眼借书证上的照片——我怀疑她们只是佯装着看——我曾把借书证给同事用过，照样借到了书。借书人进去选书时，借书证就在管理员的桌上摆着，待借书人选好了书，走到她们面前，递过书去，管理员就将书名和编号登记到借书证上，偶有一些时候借书人较多，管理员就得费时间翻找了——借书证胡乱堆在桌子上，看起来是一样的，很难辨认。

去过几次图书馆后，管理员记住了我的名字，这让我有亲切的感觉——不知道她们是不是能记住每位借书人的名字。

两名管理员里有一个长得很不错，即使是中年，仍然颇有风韵，天然卷的短发打理得整齐有型，皮肤白而细腻，下巴微微地双着，使她看起来有一种被好日子滋养着的丰润感。长得不错的这位管理员说话也好听，声音有柔软的质地，不急不慢，好脾气的样子。我喜欢在她手上办理图书的登记，当她低头写字时，我便从她覆着刘海的额头看下去，想着，她年轻的时候一定是个美人。

小镇的图书馆其实更应该算是图书室。虽说有两扇对开的窗，空气还是显得有些陈旧，仿佛很久以前的。那些书是不是也在呼吸着空气里的氧？并把自身的气息吐纳出来——一种吸了潮的时光的味道——仔细辨认，还能闻到老房子和旧布匹的味道。

午后的光从西边的窗口斜探过身子，缓缓移动脚步，把窗格子的影子拉得细长，投在桌子上，投在桌后正在编织的女人怀里，投在一排贴着"外国文学"标签的书柜上。我就站在书柜跟前，在苔丝姑娘和查泰莱夫人之间，泛黄的斜照像一双会意的手，替我翻开书页，一只石青色的长着触须的书虫从里面爬出来，原地转了几个圈，仿佛不能适应突然降临的光，又返身迅速地逃向暗处。

　　书虫多像一些隐居在书里的灵魂，世界之大，之精彩，对它们来说皆是不相干的，形同虚设，唯有书是它们的安心之所——寂静无声的栖息地。

　　小镇图书馆里的隐居者除了书虫是不是还有天使？

　　在一部外国影片里曾看到过这样的场景：在图书馆里走来走去、站着或坐着的不止是阅读者，还有面目纯净的天使们。那些天使是城市的守护者，他们看得见人类，听得见人类一切思想和内心的声音，但人类看不见他们的存在，哪怕他们就在对面。

　　那部电影里的天使为什么会聚在图书馆里呢？当然他们也出现在别的地方，比如医院和街道，但他们最喜欢的去处还是图书馆，大概是因为图书馆有着城市难得的安静吧，又或者图书馆里的氛围更接近他们的故乡——天堂。

　　那部电影里的图书馆真是大啊，简直就是一座图书城，又那样明亮，仿佛世界所有的光都在那里——仿佛图书馆本身就是一个发光体。在那样大的图书馆里人会不会有特别渺小的感觉？看着那些书会不会觉得又富足又无助——和看不见尽头的书比起来，人的生命是太短促了，不够用，转眼就翻到时光的尾页。

　　我在小镇的图书馆出入了三年，三年后那个图书馆再也吸引不了我了，就像一个被我知悉了所有秘密并吮尽了氧气的洞穴，已经没有什么能够让我再次前往。

　　最后一次去图书馆借的书是日本作家有岛武朗的《叶子》。

这本书已被我反复借读过，并在笔记本上摘录过许多段落。我感触于这本书的作者对女性的心理了如指掌、了如发丝——又细致又精准，有些描写简直令我有身体上的切肤之感——太可怕了，一个男性作家竟能把女人丰富又隐秘的情感写得如此透彻，仿佛他的灵魂潜身于笔下的女主人叶子身上，和叶子一起经受着挣扎、痛苦、欢乐与折磨，那些细微得连叶子自身都可能忽略的内心动静，却被作者的眼睛敏感地抓住了，放大，用又温柔又冷酷的笔尖，抽丝剥茧地表现了出来。

我实在太喜欢这本书了，如果以后写小说，这本《叶子》就是一个典范。

那时我还没有开始写作，——准确地说那时我虽也写一些东西，但还没有在刊物上正式发表的作品。我不能确定自己以后是否会走上写作之路，我只知道这是一条我最想走的人生道路。

就像对一个心悦之人的难以忘怀，我挂念着图书馆里那本已破了封面、毛了边的《叶子》，小镇的书店是买不到这本书的，城市的书店对我来说更是遥远，要得到这本书唯一的途径就是把它再借一次——永久地借一次。

借了《叶子》之后我便不再去那个有着陈旧空气的图书馆，之后没多久它就消失了，包括三楼的活动室——舞厅，也消失了。工人文化宫的整栋楼改建成了超市，过了一年三楼又成了歌舞厅，晚上从那里经过能听到楼上的舞曲声——劲爆得能掀翻半个小镇。

图书馆里的那些书去了哪里呢？当废品卖了吗？有时我会这样想一下，心里有一些不明确的怀念，就像很早认识的人，后来听说不在了，便在心里模糊地追怀一番。

小镇现在还是有图书馆的，新修建的大楼，在中学附近。四年前我去过一次——文化局要求本地作者为图书馆的落成捐赠作品，我便带着自己的散文集——也是当时我唯一正式出版的作品去了。相对于这个人口并不密集的小镇来说，新修建的图书馆确实够气派的，有三层楼——或者四层。我去的时候楼梯上上下下的人很多，面孔都熟悉——小镇实在太小，在这样的小镇生活了几年后就不会再有陌生人——即便叫不出名字。

我没有停下来观看图书馆内部的样子，把书交给馆长就匆匆走了。

不知道为什么我不愿意在新筑的图书馆里久留，后来动过要去看书的念头，随即又打消了。

我十岁的侄儿倒是这个图书馆的常客，整个暑假都泡在里面——这是真正的可以阅读的图书馆。在这个图书馆里读书的人大多是孩子和孩子的父母，也有来读报的老人，总之人不少——这是侄儿告诉我的。大概正是因为"人不少"的原因使我不再想去吧。

有一次侄儿说他在图书馆看到我的书了，就摆在门口显眼的地方，在"本土作家"的柜子里。我问他有人读吗？他说有。我问他你读了没有，他挠了一下脑袋，不好意思地说，没有。

寂静书写者

声音

我已在电脑前枯坐两个小时了，等待。

写下一个句子，删除。又写下一个句子，删除。

它们都不是我要等的。它们不能带我滑翔，进入灵性花园，与隐秘的自己相遇。

也许今晚等不到了，越是渴求，它越是不来。

关上电脑，周遭安静。秋虫的声音浮在夜的低处，透明如玻璃，提醒着一种存在。

不知道这些声音是怎么发出来的？蟋蟀，秋蛉，它们的身体那样小，要消耗多少体能，才能发出这样的声音。

它们为什么要发出声音？在没有星光的夜晚。是为了求爱，还是为了不让空旷的夜晚过于荒寂？

我愿意想象，它们是为了让对方在看不到自己时，能从声音上分辨彼此，在同类的声音里，让孤独的生命得到安慰。

虫声让夜有了边缘和深度。虫声有多远,夜就有多深。

我忍不住又铺开了一张纸,用笔发出微弱的声音。

我的声音是发给谁的?为什么一定要发出声音?

为什么要写作?

为什么要写作?

这已经是不必再疑问的问题。因为写作是唯一,是不可替代,是除却一切的最后持守,可以平衡一切的不平衡。

只有写作可以让一个人独自生活。也许还有别的方式也可以让一个人独自生活。我不知道那是怎样的方式。我的意思是说只要有写作我就可以独自生活下去。

很早的时候我就知道我会走写作的路,只是那时还不明确。很早的时候我也知道我会独身。我渴望独身,一个人,无拘无束自由自在。

我不喜欢受人管制,不喜欢家庭琐事,从中得不到乐趣,只觉得消耗。有一段时间——二十岁多一点时,我也渴盼过家庭生活,那时我对自己毫无理想,能够过一种大家都在过的生活可能就是我的理想。只是这个理想存在的时间很短。

必须承认自己对爱和美有着过度的贪念。我不能忍受平淡庸常的生活,或者说我可以接受看起来平淡的生活,但它的内部必须是有起伏的，激烈的，碰撞的。是水与火。水是表面，而火是核心。

创造需要水，也需要火。不能一味平静，也不能一味燃烧。我喜欢有创造的生活。最好的生活就是每天都有新的内容，这能给我活着的理由和安慰。写作就是我的创造，我写下的那些文字，它们是从我平淡生命中分离出来的部分，它们来自那火焰燃烧着的中心。

生命自由的方式

秀，昨晚就看到信了，因为很迟我就没有急着回复，我想在一片宽阔的清静的时间里，慢慢地把你的信看上几遍，再给你回信。

借着给你回信，我对自己的思绪也做了一番梳理，关于写作，关于内心。其实我们的写作还谈不上具有使命感的文学创作，只能说是运用文字对自我的书写，缘于内心的需要，这和我们狭窄的生活空间有关，也和我们精神不够深广的穹隆有关。

我们迷恋书写，是因为书写本身如此的安静美好，就像一款醒脑安神的香料，一味清凉解毒的中药，长期服用使得我们的身心对此有了依赖，依赖书写镇解那些来历不明的疼痛、情绪上的纠结、紧张，还有爱欲。

是的，爱欲，我总觉得喜欢书写的人是内心有着强烈爱欲的人，感性多于理性，容易心动，抑制不住激情的燃烧——也就是你所说的内心的"火"。

你在信中说为自己内心的"火"感到羞耻，但我觉得有"火"并不是一件难堪的事，而是一件值得欣慰的事呢。我相信"火"是生命力的表现，像地心潜藏的能量。内心有"火"也就是说你的体质中具有创造欲，只是你还没有认识它并善于控制它，你被内心的"火"弄得焦灼不安，渴望燃烧又惧于燃烧，几乎陷入走火入魔的境地。

怎样才能控制住内心的"火"，不让它熄灭又不被它焚毁，将之转化为宝贵的创作能源呢？我想这就像中国陶瓷的烧制，重要之处就是对"火"温的掌控，温度的过高或过低都会生产出次品、劣品，把原本很好的材料和工艺都浪费，前功尽弃了。

我先前说书写就像一味清凉解毒的中药，这也是针对平定内心的"火"来说的，而当我们书写的时间到达一定的长度，就不仅是为了平定内心了，我们希望笔下的文字能成为心灵的歌曲，是自己的独特歌唱。是的，歌唱，我向来认为好的文字也是一种音乐，我们古代的文学作品，那些流传下来的诗词歌赋，哪一篇不是千古绝唱呢。

作为歌者，只有在感动了自己又感动了所有观众时，才能获得鲜花和掌声，如果没有这些，歌者很难有勇气一直唱下去。作为写作者同样如此，支撑一个人长期书写的力量不仅来自内心的需要，也来自于他（她）的读者。我们把写下的文字拿出来放到博客、论坛，投给刊物，就是希望更多的人听到自己的声音并喜欢。不过，真正的文学创作并不是如此浅薄和急功近利的，真正的文学创作是前不见古人后不见来者的孤绝，道路中即便永远也没有鲜花和掌声，却依然执着着孤独的热爱，因为这是他唯一获得生命自由的方式，也是他创造并热爱生活的途径。

我和你，可能始终都达不到这样的写作境界，但我们对此境界中的人保持仰视的姿态和崇敬。

你在来信中说到文字的表达方式，你对自己的表达很不满，它们从你笔间流淌到纸上，却是生硬和牵强的，不是你想发出的声音。这种情况也是我经常遇到的，写出来的文字总是达不到内心的要求，语言滞涩，纯度不足，没有新意，不够精确……这些都使得我们难以获得书写的愉悦感和满足感。还有一些时候，我们渴望着某种表达，却始终被隔离在外围，无法寻得一个入口进入畅通无阻的叙述，这实在令人沮丧，怀疑自己是否具备书写的功力，有时干脆就颓废下去，想放弃书写，逃开。但我们，这些已经中了文字之毒的人又能逃出多远呢？越是不写就越对自己不满，任何事情都不能使我们感受精神上的充实，享受时光的柔软美好。于是，我们会再次返回于文字中，就像离家出走的孩子回到家园，我们怀着惭愧和羞涩请求文字之门的开启，赐予安宁。

其实，每一个书写者，包括任何一个伟大的作家，都会遇到这种"书写困难"，长期的写作光凭借内心的"火"是不够的，还需要智力、经验和耐心，就像酿酒一样，慢慢发酵，在时光的地窖里长期储存，等候它自己转变成醇美的液体。

对文字日常生活般的需要和迷恋，使得我的书写内容和语言都形成了一种定式，重复表达在所难免。有时我也会为自己设定一次有难度的书写，渴望突破，颠覆和重建，但我总是在到达一个边缘时无法跨越，这和内心的力量有关，是的，内力不够的时候是举不起一定重量的。现在，我要做的就是安下心，在有益的阅读中吸收营养，继续以书写的方式认识自我，在孤独中保持对生命的热爱，安静等待，等待时光赐予一抹完美的芳香。

精神的瑜伽

秀，我昨天回家了，没开邮箱，刚看到你的邮件，回复迟了，见谅。

从你的来信中知道你的文学写作开始得很早，从学生时代就开始，这就是天赋了。文学或者说艺术多是来自天赋的土壤吧，是这土壤里原生的种子，当这种子在发了芽开了几朵幻美的花儿之后，被现实粗暴的手拔了起来，再撒下可以结瓜结豆的种子，生长着喂养生活的果实，一年一年，以致再也不能生长出别的幻美花朵——这是多数具有此类天赋者的际遇——这还不能算是际遇吧，因为现实生活本身也是很重要的，能够兼顾者很少，只能取一舍一了。你取了现实生活，但你一直并未抛掷你最早的梦想之花，当你的人生走到一定的阶段，也就是生活不再成为你需要付出全部为之奔波的时候，这朵花又浮了出来，你看见了它，这时的你觉得比少年时候更需要它，你需要书写帮你找回逝去的时光，帮你打通情感和思绪的关节，你需要以书写的方式沉淀所经历的岁月，并在沉淀中提炼出生命的分量、实质、意义以及存在的价值，你还希望自己在现实生活中磨损的心灵能够通过文字得以修复，重新润滑、清澈，散发出属于自己灵魂的香气。

我不知道我对你的文学情结理解得对不对。

可是，秀，你对自己又是那样的不自信，你一边书写一边质疑着自己的书写，就像陷入一场矛盾重重的爱，你独自体味着超出了心力所能承荷的痛苦与欢乐，将文字的锐角对准自己脆弱的胸口，用力划出一道道伤痕，舐吸着自虐般的快感——这是我在看了你博客文字后的感受。

你希望能得到帮助，当你对自己的书写感到力不从心又不能自拔的时候，来自别人的一个温暖的、肯定的、鼓励的眼神，就能像温泉一样润泽你——这也是你给我写信的原因吧。"我现在一点内力都没有了。我写不出来字了。不写字我就枯萎了。丽敏，给我写封回信，长长的，我要在你的文字里呼吸。"——这是你在上封信中最后的一句话，这句话如同一句绝望的呼喊，让我震颤。文字，我实在说不出它是人生的安慰或毒害，唉，也许它本身是没错的，只是服用它的人用错了剂量。

　　很多时候，我会有这种感觉，我觉得对于一个亲历过世态冷暖的女子来说，书写可以是情绪调理和心灵疗养的好方式——是精神的瑜伽。她心里有很多想说的话啊，这些话有些是生活的刺，有些是精神的芒，她迫切地想把它们拔出来，她需要一个疏通的渠道，需要有倾听者在场的倾诉，如果她原本又是一位内心敏感、情感丰富的人，那么，倾诉的心理要求就会像生理要求那样，成为活着的不可遏止的需要了。

　　我觉得现在的博客书写就起到了这样一种功效，为倾诉和倾听提供了一个绿荫场地，可以缓解很多精神上的抑郁、内心的堵塞，也减少人生荒凉无助的孤寂感。

　　你新写的文章我看了，是过去生活过的小镇上的人物故事。我觉得你与你想写的故事还是靠得太近了，你时不时跳出来在故事中说话，急于把自己的想法在文章中表达，这就破坏了故事客观平静的叙述。觉得写故事最好还是把"我"藏起来，不要在场，或只做一个在场的旁观者，用一种沉静的语调说出故事，把"我"的思想观点润物细无声地融化在故事中，让读者自己去体会和感受。

　　我想我们还是不要把自己的书写当作是一件很重要的事吧，这会让书写过程失去轻盈之美，即使它确实在我们心里占着很重要的位置。我们在提笔书写之前，要先让心安静下来，让情绪落下来。书写也像是茶道，讲究的是静功，有时我们通过书写过程达到内心的安静，而内心安静后的书写则会把我们送到更深邃的谧境。书写之时也不要考虑别人怎么看，只要自己能潜入它的内部，感受那种在光荫的绸缎上缓慢织绣的静美，就行了，你会因此而产生心灵的愉悦，这种愉悦就像生命内部结晶的糖霜，有着妙不可言的甜。

我爱这华丽又孤独的春天

除了书写
还有什么适宜的方式
表达我此刻的感情呢
我爱这华丽又孤独的春天
爱陌生的名字
爱你从异乡寄来的书和地址

你看，此刻我正举着书签
一枚干枯的树叶
对着黄昏寂静的光线
读着上面绝色的句子
心里涌起的感情那么年轻

我想起很多年前的一个春天
曾以这样的感情，隐秘地
爱过一个莲花般的少年

收到书的时候是傍晚，我在电脑前坐着。房间里煮着薏米绿豆粥，米脂的香味已经溢了出来。

门敲响时，我没想到会是邮差，往常邮差都是上午或中午时来，这个时间敲门的人多半是同事。我起身离开电脑，开门，是一位很斯文的年轻人，他说有你一个邮件。年轻人已给我送过很多次邮件，不算陌生人，不过若是在街上遇到，我很可能不认识他。"你的邮件真多啊！"他进了房间，将邮件递给我，又递给我一张表格，指出空地让我签上名字。他站在我身后，竟令我有些轻微紧张，大概是他年轻的气场有些逼人。

我不知道年轻人有没有打量我的房间，如果他是作家，会怎样描述我的房间？会怎样看我？他也许会这样说——这是一个很奇异的女人，她看起来已经不年轻，也不老，大概三十多岁吧——很难确切地猜出她的年龄。她房间的光线很暗，令人看不清她的面目，不过她的面目倒是有一些特别的地方，这种特别是指你只要见过一次就不会忘记。她的房间里有很多书，到处都摆着书，显得有些乱，她看起来也是有着书卷气的，她的邮件也多是书，还有汇款单。她是作家吗？看起来不像，作家不会住在这样简陋的地方吧，她究竟做什么工作呢？每次敲门她都在房间，即使是上班的时间。她房间的气味很复杂，水果的味道，米脂的味道，绿豆汤的味道，还有一种说不出来的味道，像一种微涩的植物……

我把自己想象成身后年轻的邮差，站在一边，用他的眼光来看我和我的房间。我从我的房间确实看到一些神秘的东西，和周围人的生活内容全然不同的东西。

年轻的邮差取回我签过名字的表格，又撕下邮件上我签过名字的快递单，走出房间，在我的谢谢声中道了再见，轻手关上房门。他第一次给我送邮件是什么时候？他是怎样找到我房间的？下次他再来时，我要问问他，还有他的姓氏。

我看着手里的邮件，方方正正，确实是本书。是谁的书呢？我一时想不起来，我的记忆越来越差，每次给财务室打电话都要询问号码，以至于同事们笑我是个"高人"。我看了看邮包上的名字，是陌生的，也不完全陌生，好像在哪见过，我拉开抽屉，找出剪刀，拆开邮包，《聂鲁达诗集》四个字进入眼睛，我一下子就想起来了，是许野寄来的书，他曾说过，要寄一本聂鲁达的诗集给我。

我迅速在头脑中集合对许野的所有印象——许野是一位很有才华的年轻人，我在散文天下论坛读过他的文章，在文章中能听到血液的流动，感受到那属于青春的激烈气息，活生生的爱与痛，死一般的窒息之美。

房间里的薏米香味更重了，一缕缕蒸气把盖子顶起，从电饭煲的边沿挤出白白的身子。我翻开书，对着窗前昏黄的光线，扉页上有一行字，"这个译本不是最好的，所以，我加了树叶与文字。"我将书平摊开来，果然有一枚树叶，手掌一样宽大的树叶，也是手掌的形状，伸着，像要与人握手一般。

树叶上写着字，是一首诗。

我合上书，将树叶放在书面上。心里骤然失力。

我脑中突然涌出了奇异的幻觉——我所处的此时是很多年前的某个时间——甚至我本人也突然年轻了，很年轻，是第一次体会恋爱滋味的年龄。

我没有看树叶上的那首诗，心里一时还承受不了那首诗。或许那只是一首很平常的诗罢，而我愿意在此时把它想象成一首情诗——是很多年前就盼望读到却始终没有读到的一首情诗。是啊，是这样的，很多年前，我就这样，守着一个人的春天，一个人的黄昏，想象着，期待着，那个被我隐秘爱着的少年，能在他借去的书中留下一首小诗，或一片美丽的叶子，那么，我将多么幸福，会因幸福的气流袭击窒息而死。

但我未能如愿。在最好的时光里，我没有收到我想要的东西。那个少年，他不停地从我手里借过干净的书去，又将书干净地还回，很小心的样子，不曾弄皱一页边角。

……我听到一声清脆的跳动，电饭煲里的水已熬干，开关自动断开了。

窗外，天空暗蓝，湖水无声漾动着，三月的岛屿像一艘异乡漂来的船，安稳地泊在春天的岸边。

我又拿起那枚手掌一般的树叶，举到眼前。

我觉得我在读很久以前的一封信，这是一封被岁月的邮差误投的信，经过了颇多曲折，来到我手中。

我似乎收到了盼望的东西，然而，很多年已经过去，天色已晚，眼前的一切都很恍惚，和先前不一样了。

给 L 的回信

L，现在是周日的下午，我一个人在办公室，我的同事们刚刚到湖上去了，下午有个接待任务。办公室现在很安静，只有空调的声音和我敲打键盘的声音，如今这样的安静对我来说是很难得的，更多时候我处于电话铃声、接电话声、游戏声、扑克牌声和各种脚步的声音中，这些声音是无法避开的，因为我所从事的是旅游工作，而我所在的办公室又是人员最多的办公室。

我的工作倒并不忙，不过每天都要到场，也有一些日子，我把工作安排好就悄悄地溜走，我需要安静，需要一个人待着，没有人打扰。为了拥有安静，我每天很早就来到办公室，在同事们上班之前到达，这样我就可以拥有将近一个小时的独处时间。傍晚到了下班时我也会留下来，写一点东西，但是很多时候我仍然什么也没写。时间过得是那样快，一会儿天就黑了，我得回到我的住处去，我的住处离办公楼有一段路，不能回去太迟。

这样的状况是从五月份开始的，五月初，我们单位搬到了新建的办公楼，上班条件是比原来好多了，可对我来说，写作的条件却差了，原先的办公室是和我的住所在一起的，我可以整天待在自己的房间里，有工作时同事们就在楼上叫我一声。

从五月后，我基本上就没有写长的文章，没有大块的安静来让我写。其实夜晚是安静的，我也曾试想过在晚上书写，在纸上写（房间里没有电脑了），只是一个多月以来，我仍然不能适应在纸上的写作，于是就作罢了。没在夜晚书写的另一个原因还在于，我不想让自己熬夜，不想用脑过度以致失眠。对我来说，睡眠是重要的，睡眠关系到身体的健康，我的身体一直都还好，这也和我早睡早起的生活习惯有关。这样看起来，我其实还是一个娇气的人，对于写作也并不刻苦勤奋。我想，还是顺其自然吧，能写就写，不能写就不写吧。当然，我也并不能够做到真的不写，我的内心不同意，我内心的安定依然需要文字的书写来获得。于是我就开始写短的东西，把要表达的尽量压缩，用更简洁的文字写出来——也就是所谓的诗。工作环境的变化令我的文字也有了转变，好在从中我还是能够获得书写的愉悦感，因此才能继续平静地生活。

我的书写，说到底就是为了内心的需要，写什么不重要，是否发表不重要，重要的是我自己能否对过去的一天感到满意。以前我也曾说过，若是两天不书写，我就会觉得自己迅速苍老，精神颓废，溃散。换句话说，书写不仅是我的内心需要，也是我的生理需要。就像嗜酒者的生理平衡依赖于酒精——我的生理平衡依赖于文字。

有时候也想，若是有一天我能不依赖于文字而能获得安宁就好了，那样就真的可以称得上幸福了。怎样才能获得那样的幸福呢？爱情和家庭可以吗？应该可以吧——就像你现在的生活那样，但我觉得自己已经错过了，有些美好的东西，过了时间就真的和自己无关了。我也并不觉得沮丧，因为丧失和获得是成正比的，一种丧失必然有另一种获得，反之亦然。

写作。有时想，能将写作进行到底的，可能就是那些别无选择的人吧，除了写作，你不能再有其他途径获得生之欢愉，你内部的光芒只能从写作中吸纳，然后，照耀你的生命。

五月前我写了几篇赏析类的散文，是新的尝试，写的过程中也领悟到一些东西，我觉得，对一个作者来说，最有价值的作品仍然是艺术的创作，一个作者要不停挖掘自己的才华，把创造力发挥到极致，写出新颖的、不受地域限制，并能感染与自己完全不同时代读者的作品。而这种作品必须具有人性的光泽，具有不被时间腐蚀的大美，如同自然的结晶。

在书写的时候也经常感到文思枯竭，有时写一个句子竟是那样艰难，就像要一个哑巴说话般艰难，每逢此时我就深刻怀疑自己是否具有写作能力。若是不具备写作能力而写作是多么荒谬的事情——惨淡一生的文字经营不过是一堆废品。这种时候，我会让自己离开文字走到自然中去，在自然的事物中汲取营养，直到心中又有了清润泉眼，才坐下来，让自己与文字重叙欢爱。不断否定自己，不断肯定自己，我就这样，又痛苦又幸福地书写着。

前不久的一个夜里，我做了一个梦，我梦到我和母亲在争论着什么，梦里的母亲看起来似乎比我还年轻，对面临的选择拿不定主意，我大声地对她说，"你要坚持，是你想做的事你就要坚持，就算是错了也要坚持，只要你坚持下去，总有一天错的会变成对的。"从梦里醒来后，这句话仍然清晰，我回味着这句话，觉得这句话是一个比我更理智的人对我的忠告。是的，坚持做自己想做的事，不会有错的。

现在是傍晚了，我的同事们也已经从湖上回来了。他们的工作比我要辛苦很多，他们很多的时间都献给了工作，而工作之外的时间则献给了家。当然，也有个人的娱乐，比如网络上的游戏，午间的牌局。

和同事们在一起我虽然不能安静书写，不过也觉得愉快，是一种集体氛围的愉快，是喧闹的，也是有温度的。

不知不觉和你说了这些，这些话不像是对你来信的回复，而更像是我的倾诉，也是我对自己的这一阶段生活的回顾。

君子之交淡如水，这句话虽是老话，却也是我信奉的，过于亲近的交往我不能适应。我喜欢保持着距离的亲近——心灵上的亲近，无须语言就能相通的亲近。我在你身边，你看不到我，但你能感受到我的气息，就像你在我身边，我见不到你，但我知道你在看着我，一直都在静静地看着我。

未曾出生却被思念的孩子

我不知道我是写的太多了，还是写的不够。从开始书写到现在已有十年多了吧？这些年里我大多数的生活都为文字占据，当然真正写的时间并不是很多，一天里大约有两个小时吧。也有时候连着几天不写一个字，也有时候从早到晚都坐在电脑前，把时间和身心投注在一首诗或一篇散文上。

写了这么多年，作品也并不是很多，没有像其他写作者那样一本书接着一本书地出版。但是，当我偶然在别处看到自己的一首诗或一篇散文，会突然地发愣——这是我写的吗？怎么会完全不记得这篇作品。我仿佛一个有着失忆症的母亲，仔细辨认着眼前的孩子——是的，她是我的，每一个句子，每一个标点，都贯注了我的情感和生命。

只有写的多的人才会对自己的文字漫不经心，以至于遗忘吧。对我来说一篇文字只有在写的时候，是我愿意把整个身心都交付的时候，这个时候，书写就是我所有能感知的世界，我的呼吸。而当我完成，也就意味着我与作品的告别，我从她身上走过去了，或者说她从我身上走过去了。我们变成了两个彼此不再需要的个体。（这种状况像不像一对爱意已尽的恋人？）

我很少回头看自己过去写的文字——哪怕那过去的文字

是昨天写下的。这种情况近两年来尤其如此。我甚至懒得整理，懒得投稿。我觉得我要做的只是写，我对我的文字只负写的责任，而这责任也是由多年来的生活习惯和少量写的欲望勾兑。我用"写"这种方式度过生命里的时日——这是最令我平静和满足的方式，我在写的过程中慢慢老去，又全然地忘记正在消逝的岁月和流年。

如果我的基本生活能得到某种保障，是决意不会为了发表去写作的。我更喜欢的是为了所爱而写，为了自己内心的声音而写，为一个而不是为很多个的读者去写。只有这样的写作会带给我写的快感而不是厌倦。只要有一个读者就够了，对一个写作者来说。如果这个读者是你所爱的人，那么你就是一个幸福的写作者。

然而一个写作者在写作的时候心里是不应该有任何预设的读者的，一个都不能有。你只是顺着你的心——贴着你所要表达的那个东西，真实地、毫无遮蔽地把它表达出来，仿佛苍茫大地只有你孑然独行。

我不知道我还能写多久。其实也有很多时候我想不再写一个字，只是阅读，纯粹地阅读，像很多年前——没有开始书写之前那样，毫无功利地阅读。现在我的阅读已做不到那样纯粹了，这样也就失去了阅读的享受感，我总是想着要从阅读的东西里面吸收一些什么，若吸收不到我想要的就放弃阅读。

又有一些时候，我觉得我的写作还没有真正开始。是的，我写过诗，也写过散文——或许我这一生最好的诗和散文都已写出来了——往后所写的再也不能超越过去了，但我还没有写下最想写的。

我最想写的总是离我一步之遥。有时我几乎已看见她的身影、闻到她的气息，却仍然不能抓住（也不敢轻易地抓）。

要怎样我才能抓住她？用我的整个生命——既是前所未有的又是剩余的生命能量去拥抱她、供养她。

也许我永不能抓住她了。一部未写出的作品就如同一个未曾出生却被思念的孩子。如果真的不能抓住就放开这臆想中的孩子吧。有时我会这样绝望地想。

想写的与能写的

"不要去写你想写的，而要去写你能写的。"

这句话是几天前在毕飞宇的文章里读到的。毕飞宇说他刚开始写作时也曾困扰于"写什么"，后来读到这句话，有如醍醐灌顶，大受启发。

对作者来说，想写的和能写的总是隔着一段距离。想写的，往往是作者通过阅读所建立的审美塔尖。而能写的，则是作者能力所及，不用奋力跳跃就能达到的高度。

不止写作，别的事情也是这样。

比如做菜，当我想，一定要做出在某某宴席上吃过的那道菜，做出和那一样的形色味道，否则不下厨，那么我就永远做不好这道菜了。

做好一道菜，是需要一次次操作的，允许自己失败，在失败中摸索，之后才有可能将这道菜做成美味。

记得去年有次学习，许冬林也在，聊起她正在写的小说。我说我从不敢动手写小说，把小说写好太难了。

冬林说，我以前也是这么想，这是给自己设置障碍，使写作变得难以开始，现在我不这么想了，在写小说前，我会告诉自己，我要写一部失败之作，这样动起手来就从容多了。

我写散文也是这样的心态，在写作之前，并不去想要写一篇如何出色的作品。

其实一篇散文的写作，在没有动笔前就已经开始了，开始于我所关注的事物，开始于我对事物的观察、思考，开始于我的阅读，以及我当下正在经历的全部生活。

而写作，不过是将这些以文字的方式表现出来。

我在准备写作时，只有一个写的念头，当然还有写的时间。然后坐下来，抓住脑子里出现的第一句话，把它变成文字，顺着这句话写下去，写下去。

只要坐下来写，从能写的开始，就有可能遇见想写的。

重要的是开始。

重要的是不要把开始想得那么难。

重要的是愿意把写的过程当作度过时光的最好方式——即使失败，即使写下的不能带来任何报酬。

　　"不要写你想写的，而要写你能写的。"

　　我把这句话写进搜索引擎，点开"搜一下"，并没有查到这句话的出处。

　　甚至根本就没有这句话。

　　我疑惑起来：这句话确实是在毕飞宇的文章里读过的吗？或者是我记错了原话？

　　有可能是记错了，但这并不重要。即便没有任何人说过这句话，它也很早就在那里，很清晰地刻印在我心里了。

我为什么写作

小时候我是个很木讷的孩子，有轻微的语言障碍——就是结巴，不能很顺利地把一句话说出来。越是想说的话越难以说出，就像一根鱼刺卡在喉咙里，有时得跺一跺脚，才能把那根鱼刺吐出来，弄得自己面红耳赤。

我因此得了个外号：结巴佬。这个外号让我很自卑，更不喜欢说话了。说话对我来说成了一件很困难的事，甚至让我感到恐惧，每当我看见大人——看见我妈妈和两三个妇女围成一圈，嘴里喊喊喳喳，不停地说着什么，可以站在那里说到天黑，我就恐惧。我恐惧什么呢？我恐惧自己长大，在我看来，长成妈妈那样的大人，是必须要会说话的，会站在那里和别人聊天，无所不谈——我觉得自己永远做不到那种样子。

我的语言障碍有心理因素的成分，在不感到紧张，或与非常熟悉、信任的人在一起时，说起话来就一点也不结巴了。但是很多时候我是紧张的，很容易就受到惊吓，整个人僵在那里。这跟家庭氛境有关系，在我童年和少年时期，我的父母就像两个敌对国家，随时会爆发战争，我小小的神经也随时紧绷着，承受着笼罩在家里每个角落的荫翳。

不喜欢说话并不代表我无话可说。我还是有很多话想说，当这些话不能顺利地通过言语表达时，我就在心里默默地对自己说。对自己说话不会结巴，特别是想说的话不需要发出声来。于是我很早就拥有了默语的能力，或者说习惯。在心里和自己说话，如同一个自己和另一个自己交谈，而这声音只有我能听到。

和别的孩子一样，小时候我最喜欢听大人讲故事，只是这个愿望在家里无法得到满足，我的父母从不给孩子讲故事，他们自己的事情已够焦头烂额的，给孩子讲故事，那就像要冬天开出春天的花一样不可能。村里有一些老人很会讲故事，也喜欢讲，夏天在院子里乘凉的时候，光着瘦骨嶙峋的脊梁，手里有一下没一下地摇着蒲扇，给围在身边的孩子们讲鬼故事。

听老人讲鬼故事就像受虐，既渴望又害怕，孩子们吓得挤在一起，大气不敢出，后背一阵一阵地发麻，仿佛那些没有脑袋或拖着长舌的鬼就在身后，直到故事讲完，不得不回家时，便盯着自己的脚尖，跌跌撞撞窜回家。到家后仍担心那些鬼藏在房内，强忍住害怕，把门后、床底看个遍，证实什么也没有，才敢把头蒙在被子里胡乱睡去。

鬼故事被老人反复讲过几遍后，就不想再听了，又没有别的故事可听，于是我就开始自己编故事。

　　我渐渐迷上了这秘密的游戏——编故事，用心里的声音讲给自己听。只要一个人待着，我就沉入这漫无边际的神游，自己编故事比听别人的故事有意思多了，想怎样编就怎样编，在故事里满足自己所有的想象和愿望。

　　大概是受当时常看的古装戏的影响（当时常看的古装戏有《女驸马》《红楼梦》《追鱼》《天仙配》）我编给自己听的故事大多是公子小姐式的，有长袖善舞的服饰，有悲伤动人的爱情。那样小的年纪——不过十岁左右吧，就对情感戏充满了兴味，把自己化成女主人公，放到类似的故事里去经历磨难、搭救、爱和生死，这算不算一种早熟呢？

　　也有一些故事里，我是会飞的。前年我写过一个童话，叫《没有翅膀的人如何可以飞起来》，那个在黑房间里练习飞翔的小女孩就是童年时的我，当然，我并没有像童话里写的那样真的练成了飞行术，不过呢，当我在故事里赋予自己飞行的能力时，我确实感受到了风一样的轻盈、自由和快乐。

　　我编的故事里还有一位武功盖世惩恶扬善替天行道的女侠，有很长一段时间，这女侠就像一个隐形人，活在我的身体和意识里。这女侠当然是聪明又美丽的——见过她的人都爱慕她，至于怎么个美丽法……嗯，应当就像当时港台影视明星的样子，比如《侠女十三妹》的女主角扮演者翁美玲。

　　编故事让我获得了一种越狱般的本领——如同孙悟空七十二变的分身术——当我身处不喜欢的场景，比如父母吵架的现场，只要让头脑里的意识凝聚，进入自己的故事，周遭的一切便陡然消隐，不再存在。我已变成了另外一个人，腾嬉在想象的空间里，经历着神奇而有意思的事情。

我成了一个地道的爱做白日梦的孩子，耽于幻想，即便是上课的时候（尤其是不喜欢的课），也会在脑子里编着连续剧般的故事，整个人呈灵魂出壳的发呆状，这当然逃不过老师的火眼金睛，一根粉笔射来，击中我的额头，吓得我一震，差点叫起来，游离在外的神魂才算附体了。

从小学开始，我就明显偏科，语文成绩很好，作文经常被老师当作范文在课堂上朗读，引来同学羡慕的目光，而数学呢，只能勉强及格。升到初中后，数学就更差了，连及格都困难，语文则一如既往的好。

由于数学成绩差，又总是呆愣愣的样子，在老师的眼睛里，我便是个愚木不可雕的孩子了。我也觉得自己很笨，即便作文写得还不错，但那并不能使我显得聪明。这让原本因结巴而自卑的我更自卑，挨过几次老师的粉笔弹，引来同学一片哄笑后，我有了逃课的念头。

我果然逃课了，只要是上数学课和同样不喜欢的物理课，我就离开教室，躲在学校后面的山上，找个平整的草地，躺上去，对着蓝天白云继续编故事，做白日梦。逃课的滋味并不好受，这等于彻底放弃自己。那时，我多么希望，这世上根本就没有讨厌的数学课、物理课，只有我喜欢的语文课、音乐课、美术课，那么，我就是一个受老师喜爱的好学生了，也就不用这么颓废地像只流浪猫一样躲在山上了。

很多年后我才明白一件事，人的大脑是有左右之分的，左脑和右脑的分工各不相同：理解数学、善于语言和逻辑思维的脑细胞集中在左脑；发挥情感、具有想象力和创造性的脑细胞集中在右脑。人的左右半脑是不平衡发展的，绝大多数人左脑发达，也有一些左右均衡，右脑发达的人则极少，而这极少的右脑人却是具有艺术直觉和创造天赋的，"他们不善言辞，但长于非语言的形象思维，对音乐、舞蹈、美术等艺术活动有超常的感悟力。"——多年后，当我在一本关于教育的书上读到这段话，对年少时期的自己才有了正确的认识和判断——我并不是一个低智商的笨孩子，我只是属于那少数的、左脑不够发达而右脑比较发达的人。如果我的妈妈和老师很早认识到这点，就不会错误地判断我，并将这错误判断的影响施加于我，让我自卑并自弃了。

记得很小的时候，还未接受启蒙教育之前我就喜欢图画（当然那时并没有启蒙教育的概念，我连幼儿园都没上过）。家里有一些父母带回来的杂志，是和他们工作有关系的杂志，我每天把它们挨个翻一遍，那时我还不认得字，只挑有插图和漫画的页面看，看熟了，就找来纸笔，趴在方凳上，临摹杂志上的图画。

最初妈妈并不反对我对图画的兴趣，甚至还很高兴，对我的临摹画作表示欣赏，说我这方面很像她，说她读书的时候图画是得过奖的。当然，后来她是没有工夫画了，她需要完成的工作太多，神经绷得紧紧的，每天都像在打仗。

是什么时候，妈妈开始反对并禁止我画画的呢？是在小学的班主任跟妈妈告状，说我上课时不听课，把老师的头像画在课本的空白处——是在那之后，妈妈再也不许我画画的吧？班主任把画有她头像的课本作为证据递给妈妈，课本的空白差不多快被我画满了，有落在窗台上的鸟，有窗外的树、天空、云朵……更多的，是身着古装头戴钗花的仕女。

我确实是一个很让老师和家长伤脑筋的孩子，如果我自己是老师，也不会喜欢我这样的学生。在初中，我除了逃课，还经常在上课时读课外书，老师发现后，那些课外书——大多是小说，无一幸免被没收的下场。初中毕业那年，班主任把我叫到他办公室，我忐忑不安地走进去，以一贯做错事的神态——低着头、绞着双手站在那里，没想到这次班主任竟很和蔼，将一大摞书推到我面前，"喏，都是没收的你的，现在还给你吧。"我简直难以置信，有一种做梦般的荒谬感，想笑又想哭。这些被没收的书害我吃了多少苦头啊，我不得不做出只有坏孩子才做的事——偷拿爸爸口袋里的钱（我父母直到现在也不知道他们的孩子干过这事），赔给书的主人。这些书是在学校边上的小书屋里租借的。

也不是所有的老师都不喜欢我，音乐老师对我就很偏爱，在她眼里我简直是一个天才，我对她所教的音乐知识领会之快令她惊异，一首新歌听两遍，我便能准确无误地唱出，我对旋律和歌词有着超强的记忆。

初三那年暑假，也就是十六岁的夏天，有两件事使我觉得自己并不那么糟糕，甚至还让我尝到了被认可、被肯定的骄傲。

第一件事是我的一篇作文获得了全国中小学生作文大赛的三等奖。这是我人生第一次获得的奖励，此前我从没往家里捧回过一张奖状。第二件事是我被音乐老师推荐参加市里的文艺调演——这对我来说是一个事件，当音乐老师告知我这个消息时，我既惊喜又惶恐——这不可能，我怎么能面对那么多的人演出呢？我连一句话都说不好，又那么容易紧张，并且一紧张就胃痉挛，腹部绞痛、出虚汗、浑身失力……

音乐老师说，没事的，你不用说话，只管闭着眼睛唱，把心里的声音发出来，不要去想台下有多少人。音乐老师还说，我再也想不出比你更适合的人去参加这个演出了。

我是那么喜欢音乐老师，一点也不想令她也对我失望。我决定按照她说的去做，只管闭着眼睛唱，把心里的声音发出来，不去想台下有多少人，就像平常一个人待在山头，对着无人的山谷大声歌唱那样。

演出并不顺利，也没有所想的那样可怕，我发挥失常，上台后还是控制不住地紧张，腹绞痛，眼泪都快下来了，强忍着把歌唱完，可意外的是仍然获得了潮水般经久不息的掌声（这也是我人生收获的第一次掌声）——我不知道到底是什么打动了在场的人。

十六岁的夏天，我还收到一张明信片，是心里秘密喜欢的一个男同学寄来的，上面写了一句赠言"天赋的火花可以熄灭，也可以燎原！祝你……"后来知道，这句赠言来自俄国作家高尔基，原句是这样的："天才就是劳动。人的天赋就像火花，它既可以熄灭，也可以燃烧起来，而逼它燃烧成熊熊大火的方法只有一个，就是劳动、再劳动。"这句赠言对十六岁的我有过作用吗？它有没有变成潜流推动我朝着一个明朗的方向而去？当我忆及过往，看自己一路走来的这几十年，觉得它是有过作用的——仅仅从过去这么多年我仍能记住这句话，就说明它曾像钉子一样敲进我的内心，哪怕只是一颗小小的图钉。

对于一个还不能正确认识自己、确立自信的年轻人来说，来自外界的肯定和鼓励是多么重要，如果这鼓励来自内心看重的人，那就更重要了，如同暗夜的灯盏。反而言之，如果被内心看重的人所否定，那么，信心所受的挫伤也是很严重的，这否定之辞就像咒符，你得花很长时间——几个月、几年、十几年，甚至半生才能摆脱它。

在文艺上表现出来的天赋使我的自卑感减轻了一些，但在当时这对我并没有实际的帮助，拿我妈妈的话来说就是：这些好有什么用，又不能让你以后有饭吃。我妈妈认为只有学习好、能考上好的学校，未来才是有前途的。

想到未来，有时我会觉得光明，有时又觉得黑暗。也有过一些不确定的理想，最大的理想就是当画家、歌唱家。但这太难了，如同摘月，遥不可及。于是我就降低理想的难度——当服装设计师、音乐教师、美容师……这些大大小小的理想跟艺术多少是有关联的，也是我心里愿意去靠近的。

我父母对我的未来想得更现实：既然没指望升高中考大学，不如去技校学个专业，出来有份工作就行了。至于我喜欢什么想学什么，他们从没问过我，我也从没跟他们交流过，长久的语言障碍使我形成了一个习惯，从不跟他人，包括亲人表达自己的见解和愿望。

初中毕业后我就进了本市的旅游职业学校，我喜欢的绘画、音乐在这里是学不到的，这里所教的课程只跟旅游行业有关。不过我还是很高兴自己离开家来到这里。我总算远离了父母无休止的战争，远离了压抑的家庭氛围，呼吸一下子就变得顺畅了。我感受到有生以来从未有过的快乐，生命自由生长的快乐。

在这个学校，最大的好处是可以自在地看书，想看什么书都可以，老师不会射粉笔弹，或走过来没收，这个学校没有高考，老师的教学也很放松，学生愿意听就听，不愿意听的，看书、发呆、趴着睡觉都没关系，只要不干扰别人就行。

家里给的生活费有一半被我用来买书了。这个阶段，除了当时风靡的言情小说、武侠小说，我还迷上了诗歌，每个月初都会去邮局的书柜买《星星诗刊》《现代诗》，还买过《普希金诗集》《席慕蓉诗集》《朦胧诗选》。我加入了学校的诗歌小组，开始学着写诗、朗诵诗，在学校的第二年，我强迫自己参加过一次诗歌朗诵会，临上场的前半分钟，心里那个声音还大声叫喊：逃跑吧，快逃跑吧。我没有真的逃跑，而是深呼吸几口，上了台，当着全校学生的面，朗诵了自己写的诗。在朗诵时，我能感觉到脸颊有两团火在燃烧，声音控制不住地颤抖着，中间忘了几句，但我没停下来，接着往下朗诵，同学和老师也没注意到这个细节。

这次诗歌朗诵会我得了一个鼓励奖，奖品是一张盖了学校印章的明信片。后来的岁月，我又得过一些别的奖，唱歌的、写作的，奖状很快就被我弄丢，而这张小小的明信片一直保存着，它意味着我生命的一次更新：在这之后我不再结巴了。

这个阶段我还热衷一件事，给自己取笔名。其实在初中我就给自己取过几个笔名，取笔名意味着我希望能成为一名作家，只有作家才用得上笔名。

想成为作家，和想当音乐家、画家不同，并不是出于一种虚妄的荣誉心（也不是一点虚荣心都没有）。我以为在所有的行业中，唯有作家是不用跟人说话的，在家里把文章写好，投出去就行，生活来源也不用发愁，因为有稿费。我是那么害怕说话，害怕和人打交道，写字为生，用笔说话，对我是再合适不过了。

这个想法伴随了我很多年，当我陷于未来干什么的迷惘中，这个想法就会像浮在水面的石头给我以安慰：如果我真的什么也干不了，不能当服装设计师、音乐教师，甚至也不能在旅游行业谋个工作，当个普通的导游或宾馆服务员，就去写作吧，这或许是一条不错的生路。

多年后，我在一个作家的书里读到一句话"如果你什么都干不了，就去写作吧"。这句话有戏谑和自嘲的成分，却和我曾经的想法那么相同，不谋而合，我真想告诉那个作家：哎呀，我也这么想过的。

在我给自己取的众多笔名中，有一个叫"琼岑"，我曾用这个名字给同学写毕业留言，同学问这个名字有什么含意，我就说，"琼"是美好的意思，"岑"是小而高的山。我没说取这个笔名的另一个含意——当时我很痴迷台湾的言情作家琼瑶，梦想着有一天也能拥有她的才华，像她那样写作爱情。之所以想写爱情，也是由于琼瑶说过的一句话：没有人不喜欢爱情，爱情是小说永恒且唯一的主题。

如果我的同学还保留着当年的毕业留言簿，他们翻到"琼岑"写的留言，可能会迷惑半天，这个"琼岑"究竟是谁呢？

当十多年后我开始写作，在报纸杂志上发表作品，没有用当年取的任何一个笔名，我用的始终是本名。我的本名是妈妈取的，这个名字曾被我深深厌弃过，抵抗过，想扔掉这个名字（热衷取笔名也有这层原因），就像摆脱一个不喜欢的影子。而后来，当我在报刊上看到铅印的本名，发觉我妈妈取的名字其实挺好的——大俗大雅的好。为什么以前我竟那样不喜欢呢？

人是在一次次的背叛中成长的，最初所背叛的就是父母给予的一切，当成长到某个阶段后又开始回归。

在旅校的最后一年，我有一种好日子就要过到头的恐慌，毕业之后该何去何从？这个时候我猛然醒悟：之前的理想、梦想、对未来的打算多么可笑，多么不切实际——什么都干不了就去写作——这是不可能的，父母不会同意，再说我还没经历过生活，没经历过爱情，能写出什么呢？

理想是现实之树上的果子，连这棵树都没有栽下，果子也就无所依凭了。

经过一段茫然无措的日子，我心里的那个声音告诉我，应该把理想降落到地面上来，走出校门，找一份工作养活自己才是最现实的，哪怕是在宾馆里打扫客房、端盘子。

从旅校毕业后我很快就在一家宾馆上班，两年后我离开那里，来到太平湖风景区。自工作以后，之前的理想就像解开绳索的木船，离我越来越远，远得我看不到——仿佛那木船在无人看管的漂流中已经沉底、腐烂。

它们并没有完全腐烂，即便腐烂了，也总有几块船板在岸边浮着。我依然喜欢音乐，喜欢唱歌，甚至比以前更喜欢，当我沉浸在耳边的音乐和自己的歌声里，就看到小时候那个在白日梦里飞翔的我。我也总是随身带着书，这些书就像一道屏风，为我遮挡了眼前纷乱而嘈杂的生活。我几乎每天读一本小说，所读的小说大多是世界名著，也读国内近代和当代的小说，有一段时间特别喜欢张恨水和张爱玲，也读贾平凹、王朔、池莉、陈染、林白，也读中国的古典小说，有一年我只读《红楼梦》，把《红楼梦》翻来覆去读了六遍，在读《红楼梦》的时候，心底那个写作的欲念又开始往上鼓动，鼓动，叫我白天夜里都想着这事，构思着我想写的故事和情节。这个欲念愈来愈烈，促使我拿起笔，但我写了几页就住手了，没有再写下去——准备不充分的写作使我难以继续；对自己所写的东西没有信心难以继续；过于孤独、没有任何读者的写作也使我难以继续。

经过这次写作的尝试和放弃，我认识到，一个没有生活阅历的人是很难写出小说的，即便有过很多阅读。我无法写出我所不知道的生活、不了解的人群，不能写我感到陌生的人物心理。

写不出就不写吧，一辈子当个读者也不错，就读书，不停地读，想读什么书就买什么书来读，这样也是很不错的一生。

但是有一天，我发现，很难再找到能唤起我阅读欲望的小说。阅读就像一个人对美食的品位，当你从没吃过好吃的，你会觉得眼前的食物就是美味，而当你吃遍了美食，你对食物的胃口就会变得挑剔，你宁愿饿着也不吃那制作粗鄙的食物。这个比喻还不够恰当，人饿极了还是会吃随意递给他的食物的，而阅读则不会，阅读是一个螺旋上升的过程，你所读过的每一本书都是一级台阶，每一级台阶都把你引向更高处，你也只愿向更高的地方去阅读。

当我在小城图书馆和书店里再也找不到能把我引向更高处的小说，突然感到空虚，仿佛人生失去了方向和依持。

多年埋头阅读的生活使我养成了一种习惯，只有拿着一本书时才感到安心、踏实，而现在，当我的手指划过面前摆列的书脊，却没有抽出来翻读的欲念，魂魄也就找不到寄身之所，不知道自己存在于何处了。

存在感，这对于一个人是很重要的，存在感就是一个人对自己的定位，自我确认，当你知道自己存在于何处，生活才是有目标、有方向、有重心的。

一个人只有做自己喜欢的事并在其中获得满足才会有存在感，感受到生活于这世间的美好和快乐。歌唱、阅读，这两件事在很长时间内都曾给过我存在感，如同荒漠中的清泉，润泽并安慰我。但同时我又总感到心里有一个黑色的、坚硬的核，我几乎能触摸到它，看见它的形状，它时不时地硌痛我，有时还会变得异常灼热，使我难以安宁，耿耿于怀，郁郁不乐。

这个核究竟是什么呢，它是我臆想出来的，还是确有其物？

后来，当我开始写作之后，才明白，这个核等同于一个人生命内部的能量——是自我实现的欲望。当这能量不能通过一个正确的途径得以释放，就会在人的体内冲突、撞击，或变成别的东西，比如精神和身体的疾病。和地球内部的能量一样，它可以转换成能源，也可以引起灾难。

我又拿起了笔，在埋头阅读各国小说七八年之后。其实这些年里我手边一直是放着笔的，以便随手涂下一些文字，诗、日记、小品文，是自发的书写。

这次我想写的不再是虚构的故事，我写的是童年生活，真实的经历、情感和体会，它的体裁叫作散文。

我写下的第一篇散文名为《灯笼草、蒲公英》。不过，在我动笔写的时候，并没有刻意要把它写成散文，我只是想把童年的一段生活剪辑下来，把那刻在心里的画面、凝结的情绪用文字表达出来、抒发出来。我写得一点也不费力，一句一句地往外涌，这些话语我早就烂熟于心。在写下之前，这篇文章在我心里已经完成，我不止一次用默语对另一个自己叙述过。

文章写好后，我觉得心里堵塞的东西少了一些，像一间经过整理和清扫的房子，连光线也明亮起来。

我把文章拿给我的同事也是最好的朋友去看，"朴实，但很让人感动，写得也很细致，能透过文字看到那些画面。"朋友看完后评价道。

朋友的肯定让我高兴，这次书写算是成功的，我一鼓作气，顺着内心涌动的波澜，写出第二篇、第三篇……

那时还没有电脑，我把文章写在软面簿上，写一篇文章之前先打腹稿，让它在心里成型，再用笔写。很快我就形成了一个新的习惯，在心里写文章，这和小时候在心里编故事很相似，只不过那时编的故事虚无缥缈，更具梦幻的性质，而现在，在心里写的文章是一种记叙，是经过文学加工的时光刻录。

朋友成了我的第一读者，也是我当时唯一的读者，她很惊异于我丰富的词汇和刻画事物的能力，其实这得益于我多年的阅读。有部名叫《云上的日子》的电影，里面有句台词：过去的生活总会在你心里留下印迹，就像咖啡杯里的渣渍。对文学多年的阅读就是一种写作积累，只不过这种积累是在我无意识中完成的。

发表文章是一年以后的事情。一年以后，单位办了一份报刊：《太平湖文艺》，我鼓足了勇气，才敢把修改后认认真真誊在稿纸上的文章递给报纸编辑，有一大摞。编辑很快就给了肯定的答复，并把其中几篇推荐给市报和省报，没过久，我就收到了样报和稿费。

接着便有报社的编辑老师来约稿，几乎每周，在日报的副刊上都能见到我的散文，我写得更勤奋了，创作和发表的快乐使我感到生活前所未有的美好，每天都被莫名的喜悦充盈着，如同一个沐浴在爱之光辉中的人。

我写作的开端没受过什么挫折，没吃过闭门羹，运气之好如同受到上天格外的眷顾——但细想起来又并非如此，我写作的开端并非始于我写下和发表第一篇散文，而是始于七八年前或更早之前的阅读，始于我童年、少年、青年所有孤单和惊惶的日子，始于我对自己人生感到的沮丧失望和无能为力，始于我对爱的渴望和自由生活的渴望，也始于我对死亡最初的恐惧和光阴流逝的恐慌。我经过这一切走向写作——当这一切堆积在那里，并形成一股磁力想把我吸入一个黑洞，我知道唯有一件事可以拯救，那就是写作。

从发表第一篇散文作品到现在已有十多年了，这十多年里我从没停止过阅读和写作，它们是我生活的中心——当然我也做日常琐碎的事，也工作——光靠写作是养活不了我的，尽管我的物质生活很简单。

阅读和写作更多的是喂养了我的精神，几年前我看了一部名叫《心火》的电影，电影中的女主人公对她的孩子说："我让你学习、阅读和书写，不是为了你以后成为富翁，对于一个人来说，将来你所拥有的一切——你的财产、权利、家庭，包括爱你的人都有可能离你而去，但是你所拥有的强大内心和独立精神没有人能够掠夺。"

我反复地看这一段，庆幸自己当初对阅读和写作的选择，在我人生之初，并没有人——包括我的父母对我说出这样的话来，我只是顺从了自己的天性或者说愿望，去阅读和写作，在其中获得内心的安宁、精神的生长，以及宗教般的归属感，这种归属感是不受外界影响的，不随外物的改变而损毁。一个有阅读和写作习惯的人，即使独自漂流在荒岛或关在监狱，只要给他书籍并允许他书写，他就能很好地活下去。

有句话叫"一生只做一件事"。无法考证这句话最早的出处，我很认同这句话，我的前半生似乎也只做了一件事：

写作（包括阅读）。虽然没做出什么名堂来，但在这过程中我体验了劳动创造的快乐和满足，通过写作我了解了自己，接纳了自己，开始爱自己，随后，这个"自己"就扩大为他人、世界和天地万物。

写作也使我过上了自己想要的生活，一种简单又丰富、宁静而自足的生活。我的后半生将继续这样生活下去——阅读和写作。如果有人问我为什么还要这样，为什么不改变一下尝试点别的，我会说，经过多年的亲身体验，我觉得阅读和写作既节约能源又有益于身心健康，是最为环保的生活。